都市残酷

ワリス・ノカン
下村作次郎 訳

田畑書店

序　日本の読者の皆さんに

私の父は、私たちの家族のなかで、さらには、私たちの部落のなかで最も夢占いに長じた人でした。父はこう言いました。もし熊の夢を見たら、家族のだれかが山の霊に連れていかれる。カラスの夢を見たら、髪の毛を洗わねばならない。アワ（粟）の夢を見たら、幸運がやって来る。ヘビの夢を見たら、妊娠に気をつけなければならない。もし夢にわしを見たら、大変すまないけれど、お前は本当に夢を見ているのだ。

夢を占う民族として、私の小説は、実際のところ、一場面、一場面が夢なのです。いま、私は『都市残酷』というこの小説を、皆さんのお手元にお届けします。今度は、皆さんをお招きして、私のために夢占いをして頂きましょう。

目次

第二部――都市残酷

第三部——山野漂泊

都市残酷

【作品舞台地図】

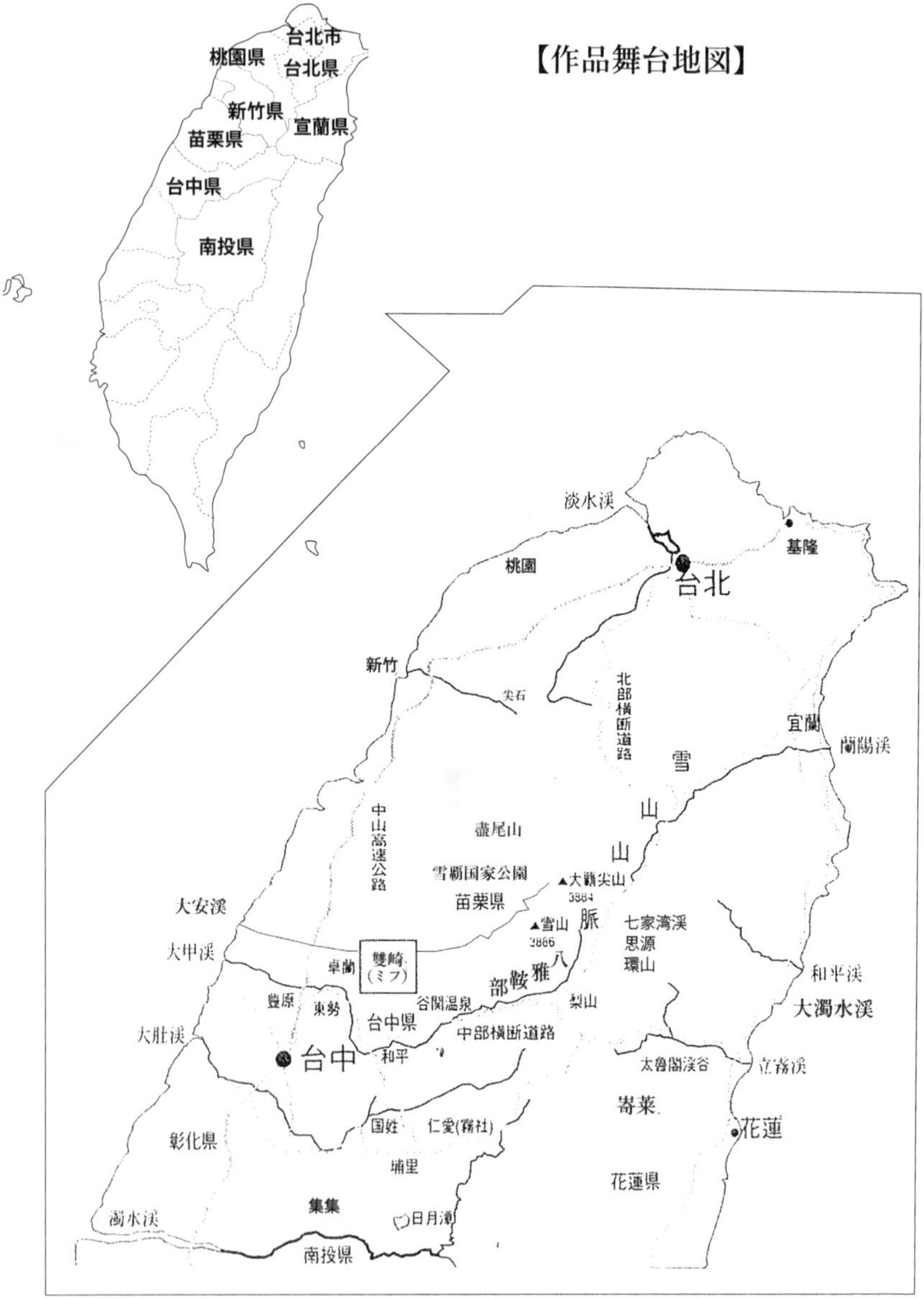

台北市
桃園県
台北県
新竹県
宜蘭県
苗栗県
台中県
南投県
淡水渓
基隆
桃園
台北
新竹
尖石
北部横断道路
宜蘭
蘭陽渓
雪山山脈
中山高速公路
畫尾山
雪覇国家公園
▲大覇尖山 3884
苗栗県
大安渓
▲雪山 3886
七家湾渓
思源
環山
大甲渓
卓蘭
雙崎（ミフ）
八雅鞍部
和平渓
大濁水渓
豊原
東勢
谷関温泉
梨山
大肚渓
台中県
中部横断道路
台中
和平
太魯閣渓谷
立霧渓
寄莱
国姓
仁愛（霧社）
花蓮
彰化県
埔里
花蓮県
集集
濁水渓
日月潭
南投県

※地図は『台湾原住民文学選３　ワリス・ノカン集』（草風館、2003年）に収録された「雙崎（ミフ）周辺図」を利用させて頂いた。

向かって右、高台の部落は作者の故郷の雙崎（ミフ部落)。雙崎の前方と右側は八雅鞍部山脈。河は大安溪、その左側は大克山。奥の山は摩天嶺。(作者提供)

【凡例】

一、本書では台湾の先住民族について、「原住民」や「原住民族」の用語を用いた。理由は、一九九四年七月二八日、憲法の条文を修正し、「原住民」が公称となったことによる。その後、一九九七年にさらに「原住民族」と修正される。また、原住民族基本法第二条（二〇〇五年二月五日公布）には、「原住民の原住民族地区の一定の区域内」、つまり原住民族の集落は「部落」と称することが述べられている。

二、タイヤル族の家族呼称は、ユタスは祖父母の世代、ヤパは父親、ヤヤは母親を指す。

三、＊印は訳注を表す。文中の訳注は〔 〕内に記入した。

第一部——記憶柔和

弔い

学校のそばの花屋のまえを通りすぎるとき、顔をあげて飾られた新鮮な花を見た。一瞬、通りにたまった風が吹きあげるように舞った。濡れたコートの雨粒をはらうと、さっと店のなかに入った。

店のなかを見ると、隅っこに隠れている花がぽつんと立って見ていた。

若い女の店員がそっと近づいてきて、「お花をお求めですか」と遠慮がちに聞いた。

彼はうなずいたが、どんな花を買えばいいのかわからなかった。

「今日は父の日ですね、お花をお父さんにプレゼントすればどうかしら」女の店員が明るく言った。

彼がうなずくと、女の店員は商売っ気たっぷりに言った。

「紅い牡丹の花が一番ですよ、お父さまにプレゼントするなら、富貴や縁起がいい意味ですから」

彼は頭を横にふり、ちょっと躊躇したあと、彼女の意見に従った。

彼は通りに沿って歩いた。暗い夜道、雨粒が髪の毛の先からポタポタと鼻先に落ちてくる。

彼ははっきり覚えていた。出国してきたあの夜もやっぱり雨に打たれていた。船のなかには人が溢れ、大波に揺られる甲板で吐いている人もいた、あちこちからは赤ん坊の泣き声が聞こえてきた。船に乗ろうとすると、父はコートを脱いで叫んだ。すべては運次第だ。

船は南シナ海で二週間近く漂流した。上陸してはじめて、コートの内ポケットは両替したばかりの米ドルでいっぱいになっていることがわかった。

彼はあのとき慌てて聞いたのだった。

「父さん、一緒に船に乗ろう！」

返ってきたのは、うつろな目とボソボソッと呟く声だった。奴らは村じゅうの人間を殺す気だ。

情勢が緊迫したあのとき、銃弾と爆弾の音が山の向こうで響き続けた。灰色の服を着て麦わら帽をかぶり、自動小銃を手にした「人民兵」が玄関先で声を張りあげている。

「陳主席、陳主席……」

彼が手に握りしめた牡丹の花が何枚かポロポロと落ちると、強風がビューッと花の芯まで吹き飛ばしてしまった。

彼はハッとして電話ボックスまで走ると、震える指でダイヤルを回した。カラ——カラ——カラ——。

受話器からやさしい声が聞こえてきた。

「交換台です」

「三七四二五一お願いします」

「どちらにお掛けですか？」

「ベトナムにつないでください、ベトナムの陳明台」

彼の声はしゃがれていて、慌てた声のなかに濃厚なベトナム語訛りが混じっていた。

「ベトナムですか？　申し訳ございません、ベトナムにはおつぎできません」

彼はほとんど電話ボックス全体を揺らさんばかりに、叫び続けた。

「ベトナムの陳明台！　ベトナム、陳明台、調べてください……彼が出国したかどうか……」

受話器の声は途中で切れると、あとはにぶい、ツー――ツーというまるで海底に落ちたような音だけがしていた。

彼はあの牡丹の花をかかげ、まるで弔うように言った。父さん――

最初の狩猟

老人は鉄線でつくった五つ目の罠が完成すると、草地に座っている子どもの手にのせた。今度は、ズボンの裾をまくりあげ、枯れ枝のような、傷あとだらけの足をむき出しにした。彼は手に唾を吹きつけ、細い麻縄を拾いあげると、太ももに挟んでないはじめた。

「ユタス〔祖父〕、それなんに使うの」

子どもは目を大きくあけ、バラバラの麻縄がより合わさって一本になるのを見ていた。

「フクロウを捕まえるんだ、夜に森で『ホーホー』って鳴き声が聞こえてくる奴だよ」

「知ってるよ」

子どもは興奮して立ちあがり、左手を左足に突っ張った。

「目が光る大きな鳥だね！」

老人はにっこりしながら、カニの足のような手を伸ばし、できあがった縄ひもを子どもに手渡した。そのとき、谷川からサラサラと流れる渓流の音が、ちょうどふたりのそばから聞こえてきた。

「習いたいかい？　ユタスが教えてあげよう」

子どもが手をたたくと、手から鉄線の仕掛けと縄ひもがバラバラッと草地に落ちた。

「もうだれも真面目に習わなくなったね。お前のヤパでも、都会に行くことしか考えなかったからね」

「うん――」と、子どもは低い声でこたえたが、彼にはユタスがどうして眉をしかめているのかわからなかった。

「でも、僕はイノシシを捕まえたいんだ、捕まえられる？」

子どもは老人の首にかけられた、イノシシの牙をつないだ首飾りをジッと見ていた。

「もちろん捕まえられるぞ、忘れちゃいかんぞ、お前はタイヤル族だってことをね」

老人は手の動きを休めると、手を伸ばして首飾りをはずし、子どもの首にかけてやった。

「これを覚えておくんだよ」

子どもはうつむいて両手で首飾りをいじり、耳もとに近づけて鳴らしはじめた。彼はふとなにかを思い出し、鳴らすのをやめた。

「このあいだ、八雅鞍部《バーヤーアンブ》〔雪山山脈の支脈〕でイノシシが一頭罠にかかったじゃん。どうして逃げられたの？」

「あの人たちがイノシシを叩いたので、必死に逃げだしていった」

老人は遠い空に目をやってちょっと笑った。

「本当の猟人なら、番刀で勇ましくイノシシの喉を突きさすものだぞ。そこはイノシシの急所だからな」

老人が番刀を持ちあげて首の部分に横にあて、手まねをしてみせると、子どもはわかったとうなずいた。

「それこそ勇士なんでしょ！」

子どもの背後の突き出た草叢がガサガサと音を立て、風が草のうえをサアーッと吹きすぎた。

「ユタス、勇士になるにはどうすればいいの？　教えて」

子どもはキラキラと瞳を輝かせたが、すぐにまた恥ずかしそうにうつむき、草地を見ながら言った。

「ユタスも勇士でしょ！」

老人はそう子どもに聞かれて一瞬苦笑したが、すぐに子どもをまじまじと見つめた。まだ成長しきっていない骨格には、タイヤル族の誇り高い英雄の血が流れているのだ！

微かに動いていた草叢が、突然、波のようにざわつきはじめた。中からどす黒い目をしたイノシシが突然あらわれ、ものすごい勢いで子どもの背後に襲いかかってきた。老人は弓なりになって飛びあがった。数十年の狩猟の経験から、精確に番刀でイノシシの頸部を狙ったが、老人もイノシシの鋭い牙で内臓を切り裂かれた。子どもは谷川の砂地に転んだが、左頬が冷たく感じて、はっと目を開けると、イノシシが前足を震わせながら立ちあがるのを見た。老人はまだ奴を仕留めきれていない。子どもは寝返りを打って立ちあがり、足を引きずりながら前に突っこむと、イノシシの首に突き刺さった番刀の柄を小さな手で震えながら握りしめて、目をギュッと閉じたまま思いっきり押しこんだ。子どもはとうとう野獣が地面に倒れるのを感じて、目を大きく見開いた。

「これが勇士に学ぶために払う代償だったのだろうか？」

しばらくして、ようやく自分の泣声が聞えてきた。まるでいくつもの山の頂をめぐってきたようだった。

長い年月のあとのある夕暮れ

阿翠《アーツイ》は、羅念祖《ルオニエンズー》は文学青年でいてくれればそれでいいとずっと思ってきた。実際、羅念祖が阿翠に与えた第一印象は、根っから本好きの品のいい青年だった。その頃、阿翠はまだ夢見がちな学生で、生活範囲も狭く、本や焼肉や白馬の王子様しかなかった。阿翠と彼女の仲間たちは、いつも図書館や庭園やヤシの並木道を行き来し、淋しさを嫌う蝶々のように美しく活き活きと飛びまわりながら、蝶を追う人々を待っていた。羅念祖は特に独自の慧眼を持った蝶を追う人ではなく、阿翠が髪飾りを新しくしても、皆がほめそやす滝のように流れる黒髪のことも口にしたことがなかった。阿翠は彼女をガールフレンドにしない羅念祖には、甘酸っぱいロマンティックな恋愛感情が欠けていると疑っていた。と言うのも、彼はただ積みあげた本で彼の頭に滋養を与えているだけだったからだ。同じように、特に言うほどでもない阿翠の幼稚な頭にも少しずつ滋養を与えていた。

阿翠は羅念祖の小さな宿舎に引っ越してきたとき、ロマンティックなストーリーが轟然《ごうぜん》と激しく展開し、他の大学生たちのような愛の冒険がはじまるものと大いに期待した。このようなストーリーは刺激や官能、幻想や甘美さに満たされていて、それだけであの仲間たちがたっぷりよだれを垂らすほど羨ましがらせられる。そこにさらに刺激を与えて弱々しいセックス幻想を満足させることができるのだ。あいにく羅念祖はそのようなロマンチィックなムードを演出することも、阿翠に発揮させることもついぞなかった。ほとんどの時間、阿翠は羅念祖のかわりに切り抜きをしたり、また、例えば、新聞資料の分類や、絵や写真の整理をしたりしていた。その後、阿翠の大部分の時間はなんと雑誌の編集を手伝うようになっていった。

阿翠はこの繁雑な仕事が大好きというわけではなかった。あるときは、剝がしたあとのサロンパスを何枚か社会の傷口に貼りつけたように感じた。このようなことをしても実際、なんの役にも立たなかったが、阿翠が時間を浪費し、このような仕事に消耗されるのは、正直に言えば、彼女と羅念祖のこの不即不離の弱々しい愛に固執しているにすぎなかった。それに、彼女は初めての恋（仮にこれがそうなら）が良くない印象として残らないよう心から望んでいたのだ。卒業すると、阿翠はもはや、羅念祖のようなひとにぎりの人間が毎日革命を叫ぶ気炎や、台湾の存亡はまるで彼らの肩にかかっているといったでたらめに耐えられなくなった。

「このすべてがでたらめなのよ！」

阿翠ははっきり覚えていた。彼女はこのことばを発するや、手にした新しいいわゆる地下新聞も、同時に憎々しげに地面にたたきつけた。このような決裂はふたりのつき合いのなかではじめての最も激しい火花だった。

「理論がだんだん完成して、実践してこそ価値があるし、反応もあるんだ」

羅念祖はたとえ感情が最高潮に達しているときでも、やはり理屈で人を説得しようとする冷たい表情を見せていた。

もうすっかりほこりに埋もれた遠い昔のことを思い出すと、阿翠は長い年月のあとのある夕暮れに、羅念祖が狂ったように昨日までとは打って変わった顔を見せるとは、やはり想像できなかった。

羅念祖の口もとにはひと筋の血が残り、顔の左半分は棍棒で殴られたために、はっきりと腫れあがっていた。彼はソファに座りこみ、まるで負傷したライオンのようで、眼光は鋭くひかり、怪我をしてても落ち込んではいなかった。

「お礼を言わなくっちゃね、僕をかばってくれて」

「私はあなたが言う台湾の最も反動的な最保守のニュース記者よ。暴動を鎮圧する警官のまえに革命分子のあなたを引っぱり出したのよ。この世界はなんてでたらめなの!」阿翠は、自嘲するように経験を積んだ記者のような態度で答えた。

「君の『万年国会』への見方を聞きたいね」

羅念祖はまた争いに火をつける気かしら、阿翠は彼の真意が読めなかったが、しかし、立法院前での抗争がこの温かい部屋に燃え移ったりはしないわ。阿翠はしかたなくこう言った。

「ここは街頭じゃないんだから、抗争には合わないわね」

翌日、羅念祖と別れてから、阿翠はやはりこう思った。間違って人を愛したんじゃないわ、時代が合わなかっただけよ。もし羅念祖が単なる文学青年だったら、あるいは、もし彼女が高らかに革命を叫ぶ同志だったら、結果はたぶんちがっていたわ！

風がそよそよと吹いていった。答えも空中に浮かんでいるかもしれない。

タロコ風雲録

1――タイヤル族長老豊年祭の祭儀のことば（清朝光緒廿一〔一八九五〕年）

「造化《ぞうか》の神よ、本日、わが民族は御前にて、不純な欲望を捨て、霧立ちこめる渓流の水でからだを清め、清浄な心で御前に出て、合掌跪拝し、正しい教えをお聞かせ頂き、わが民族が日々守るべきお言葉とさせて頂きたく存じます。

造化の神よ、わが民族に住むべき大地、山林の獣類、海洋の魚類を賜り、感謝申し上げます。本日、われらは豊かな食物を御前に捧げ、御身が心ゆくまで召し上がり、われわれタイヤルをご加護下さいますようお願い申し上げます。

造化の神よ、御前には、いま別の民がやって来ております。どうかわたくしに、あの者たちは、内心は善良なのか邪悪なのか、お教え下さい。われらが災厄を受けることなく、お与え頂いた食べ物を楽しみ、この生まれ育った土地を必ずお守りします」

2――日本人台湾総督のことば（清朝光緒廿二〔一八九六〕年）

「台湾島に進駐せしこと一年、ここは誠にいくら取っても、どれだけ使っても尽きることはない麗しの島だ、ああ！　フォルモサ、これはわが日本帝国を斬新な時代に推し進める一大契機であり、かくも大きな宝庫はまた、わが富の起点となるであろう。

　憎むべきこの台湾島の土匪（抗日義勇軍を指す）は、東に隠れ西に逃げ、まるで闇夜に出没するネズミのように、あちらで米袋をかじりこちらで油瓶をかじり、暫時、土匪の気勢を抑えたりといえども、再び反乱なきことは保障し難きなり。この攻防戦において、わが天皇陛下は二個半の師団の陸軍を投下されしが、腹立たしくまた恨めしい。

　これらの土匪〔漢民族〕のほかに、さらに頭痛の種の高砂族あり。この高砂族はみな歩くこと飛ぶがごとく、岩壁を登るにあたわざる所なく、一時に彼らを殲滅せんとするも実に容易ならず。前に土匪あり、うしろに高砂族あり、われはまず土匪を討伐し、そのうえで算段することとして、いまはまず彼らに穏やかな蜜月休暇を与えよう。

　後山（中央山脈以東）の立霧渓〔花蓮県のタロコ渓谷を流れ太平洋に注ぐ〕の砂金については、先に策を講じて獲得しよう。憎むべきあの哆囉満《タロマン》社〔砂金産出の伝説がある。現、花蓮県新城郷〕の高砂族は、凶暴残忍にして、情理に通じず、わが天皇陛下の統治のもとで、いつまでのさばっていられるか見てやろう！」

3——通事李阿隆《リアロン》（清朝光緒廿二〔一八九六〕年）

「神さまが、わしに客家《はっか》語の口を授けて下され、さらにわしに高砂族のことばを話せるようになさったのはなぜでしょうか。

高砂族、わしはあの連中の気性をよく知っている、四脚仔《シカア》〔日本人。四本足の蔑称〕も考えが甘すぎる。渓流のなかでキラキラ光っている金なんぞのために、代償をはらわねばならない。あの立霧渓は、ふん！　入ってはならん、『タロコ（太魯閣）の天険、飛ぶ鳥も渡り難し』だ。先人のこうした形容だけでも、地勢の険悪さがわかる。おまけに紅毛番（オランダ人）が何度か川を遡ろうとしたが、いつも追い返された。今回は、『通事（通訳）』のこのわしに投降を交渉させるのだ。わしにできないどころか、そのまえに『殺され』てしまうだろう。

話をもとにもどそう。台湾島はもともと四脚仔のものではない。ところがあの憎たらしい李鴻章が、あの『馬関条約（下関条約）』の紙切れに署名し、台湾と澎湖をむざむざと渡してしまったのだ。いわんや高砂族は台湾島の原住民、ここ数年、何度か通って、やっとわしらを人間と見るようになり、友だちということで、いつも杯を傾けて談笑した。そして、われわれ漢人と高砂族にも暗黙の了解がある。互いに相手を侵さず、それぞれ猟をし、商売をしている。商品は互いに譲りあった。過ぎ去ったことはすべて、時間と共にゆっくりと消えてゆかせよう。高砂族も覚えていないだろう！

仲間を裏切ることはできない。高砂族も人間であり、またわれわれと同じ台湾人だ。島じゅうで四脚仔に反抗し、わし李阿隆のような生まれつきの役立たずがたったひとり、反抗しなくたっていいが、いまはなんと四脚仔の手下となっている。いまはできないことを押しつけられているが、退くこともできない。もういい、たとえ一流の人間になれなくとも、子孫に不恰好なところはみせられない!」

4――円卓会議(清朝光緒廿二〔一八九六〕年)

李阿隆が汗をびっしょりかきながら、タロコ社まで登ってきた。渓流をさかのぼる険しい道のりには、紅毛人がどうして何度も敗走したのか、李阿隆にはその原因がよくわかった。

李阿隆は急いで手で合図して、もごもごと言った。

「仲間だ、仲間だ……」

見張り台では、早くも弓を手にした勇士たちに囲まれた。歓声があがるなか、竹の家から中年の男が杖をついて出てきた。長年、番人相手に通事をしてきた李阿隆は、出てきたのが地位の高いタイヤルの頭目だとわかった。

李阿隆は、平和の使者であることを示すために、背嚢のなかのものを地面に並べた。草地にばらばらに置かれたものは、火打石、麻布、塩……などありふれたものばかりで、もちろん武器などあるはずなかった。

李阿隆が来意を告げると、すぐに中年の男に家のなかに案内された。屋外ではのろしがあがり、時を経ずして、付近のいくつかの部落からトントントンと太鼓の音が響いた。

彼らは円卓の両端に座り、それぞれ五人ずつがそのあいだに座った。李阿隆の説明を聞き終えると、まず発言したのは長老だった。

「ここは先祖の地で、軽々しく離れることはできない」

別の長老は、胸にかかったイノシシの首飾りをふるわせながら、声をはりあげて言った。

「タイヤル族の民は神のご意思に従って暮らしてきた。ご先祖がわれらに与えられたこの土地で、穀物の種をまき、獣を狩り、渓流の水を使った、自然もこの神の殿堂を守っている。タイヤルの民もなんの罪も犯していないのに、どうして投降する道理があろうぞ」

李阿隆はようすを見計らって立ちあがって発言した。

「われら平地の漢人も、日本人の侵入を甘受しないが、日本人はわれら平地の漢人を脅かして、田畑《でんばた》の耕作を奪い、いまは高山の巨木や鉱石に目をつけており、次はきっとあなた方を脅かしにくる」

「そうだ、わしらは闘わねばならん！」

ようすを見ていた頭目が立ちあがった。

「わしらは怒れる渓流のごとく敵を追い払わねばならぬ！」

円卓会議が終わると、頭目と長老たちが皆を集めて、最後まで闘うことを誓った。急に、四方八方から渓谷の鳥獣の鳴き声がざわめき、一群の「シリック」(タイヤル族の吉兆の鳥)が空を旋回した。

5――戦闘の日(清朝光緒廿三〔一八九七〕年)

日本人が遣わした通事は入山してひと月、まだ戻らないが、心変わりでもしたのか、投降を勧告しても聞き入れられず、高砂族に殺されたのか、それとも、李阿隆が高砂族を糾合して、あくまで抵抗しようというのか。情況いかんにかかわらず、適当に口実をもうけてタロコ諸社に進攻して、立霧渓のキラキラ輝く砂金を採集するのだ。日本人はそう決めると、軍を指揮しタロコに攻め入る作戦を立てた。

一月一〇日、早朝、山の霧と雲が混じりあって逆巻いている、ただ渓流がゴーゴーと流れ落ちる激しい音だけが聞こえ、山間からは鳥の鳴き声が伝わってくる。

タロコ諸社の頭目と長老たちは、すでに待伏せの準備を終え、日本軍が来るのを待った。立霧渓の両岸に沿って、鬱蒼とした草叢におおわれた林のあいだで、多くの憤怒にきらめく多くの目が、頭目の命令をひたすら待っている。

この日の午前中のこと、カーキ色の軍隊がついにさっそうと立霧渓の入口までやって来た。軍を率いる者が山に入るまえに部隊を集め、改めておもむろに訓戒し命令した。そして、再び一斉に「天皇陛下万歳」と叫び、士気を鼓舞した。

渓流をさかのぼっていくと、意外にも壁のような山は雲にも入らんばかりの勢いで両側に高く聳え、頭をあげると、ただ細く一筋の空が見えるばかりで、わずかな太陽の光が谷底に射しこむだけだった。日本の軍隊は疲れ果て、休もうとしたそのとき、人の声や鳥獣の鳴き声が渓谷に一斉に響きわたり、渓谷の両岸のどこからか鋭い矢がビュンビュンと飛んできて、東西に飛びかった。日本軍は足踏みするばかりで、前にもうしろにも進めず、やみくもに渓谷に向かって鉄砲を撃ったが、休止符のような弧を描くばかりだった。たちまち渓流は色を変え、流れに沿って血を太平洋に運んでいった。

タロコ諸社の高砂族は、思いどおりに事が運び、胸をなでおろして喜んだ。社に帰ると、夜通し三日三晩踊りつづけた。

翌日、戦いに敗れたという知らせが伝わり、日本人を震撼させた。わずか百人余りの土着民が、いかにして多くの兵を擁し、優れた武器を有する日本の天皇の軍隊に抵抗したのか。急遽、歩兵、砲兵、工兵など千七百余人を集めると、「タロコ蕃討伐」の名前を掲げて、勢いよくやって来た。しばらくのあいだ軍火が天を突き、奇観を呈した。

渓流の下流で敵情を偵察していたタロコ社の戦士は、遠く林に煙があがるのを見て、事態の異変を知り、急いで駆けだして、渓流を渡り、岩壁をよじ登り、大慌てで戻って知らせた。

皆はそれを聞くと、女子どもを慌しく山林の奥に移動させ、戦士は弓を取って敵を迎え討つ準備にとりかかった。

前回の戦闘の経験から、日本軍が放つ不意打ちの銃の威力は、驚くべきものであった。岩石でさえも割れ、たとえ大きな斧をもってしてもその破壊力に抗することができなかった。頭目と長老は相談の結果、族人は天然の要害である巨岩に拠って戦うことにした。日本軍の武器がいかに精巧であろうとも、どうにもならないだろうと信じた。

一月二九日、日本軍は渓口まで進軍してくると、前回の失敗を戒めとして二隊の小隊を派遣し、両岸に沿って一路、捜索させ、そのうしろから大部隊がゆっくりと前進した。しかし、途中、わずかに鳥の鳴き声が聞えてくるだけで、土着民は影も形もなかった。まさか、彼らはみな山奥に隠れてしまったのだろうか。

先の戦闘場所まで来ると、死体が渓流の底に折り重なり、ひんやりとした空気が漂っていた。死体に別れを告げると、また前進を続けた。

突然、先の二列の小隊が引き返してきて、前方には天然の要害がある、かくも大きな山壁をいかにしてのぼるべきかと報告した。山に詳しい人物が、山の壁を指さし、もし登るなら、よじ登るしかないと言った。

やむを得ず、隊は天然の要害の下方に進むと、兵隊がひとりずつよじ登りはじめた。するとまもなく、渓谷には太鼓の音が鳴り響き、大きな石、巨木、鋭い矢がどっと降りそそぎ、たちまち日本軍は散りぢりになった。渓谷に落ちる者、傷ついて泣き叫ぶ者、そしてすぐに銃声が鳴り響き、「ドーン、ドーン」と渓谷の胸を揺るがした。

山の神が怒った！　黒い雲が空一面をおおい、大量の割れた石がなだれ落ち、山の神の雷が強固な石の壁を打ち、炸裂する大きな音を発した。

一日の激戦で、山林や渓谷はすっかり表情を変えた。タイヤルの人びとの歓喜の声だけが四方に響き、日本軍の混合部隊は時を置かず瓦解して、負傷した兵や敗退した兵は、見れば見るほど高く聳える巨岩を仰ぎ見ながら、心のなかに言いがたい恐怖が湧きあがってくるのを覚えた。

この役こそがタロコ防衛戦であり、日本人は招撫政策に改めざるを得ず、その後互いに何事もなく六年が過ぎた。

6——台湾総督佐久間左馬太（民国三〔一九一四〕年）

「台湾人の馴らしがたきは、誠に李鴻章の言うがごとし。三年一小反、五年一大乱なり。*従来、治乱工作にはいつも新しいはじまりがあった。『全島制圧』は、わが天皇陛下七年の時間を費やし、ようやくこれらの『土匪』を一掃することができた。この経済の宝庫は、いまついにうまく経営できるようになり、わが天皇陛下に用いられているところである。

台湾の近代化政策は、またまさに吾国人民に莫大なる利益をもたらすであろう！

しかしながら、台湾に住む蕃人は依然としていまだ完全に討伐されておらず、実に一大遺憾なり。

日月潭、霧社、タロコ社……などの蕃人は、その性激しく、ついに服従させられなかった。昨年の蕃人の代表は、台北へ招いて接待し叙勲し、大いに恩恵を施したと言うべきところであるが、しかし、蕃人らは感謝の気持ちを持たないばかりか、ひとり得意になり、実にわれらを切歯扼腕させた。

吾人は理蕃工作を画策したが、問題が多く複雑で、依拠すべき先人の理論がなく、もっぱら自らの創設に頼らざるをえない。以前の懐柔政策は彼らを平地に招来せんとするものであったが、効果はあがらず、彼らは山林を死守しようとした。実に台湾を開発して経済宝庫とせんとする吾人にとって、大きな妨げとなった。蕃人を抑えることができなければ、台湾を治めることはできない。

実に威嚇で鎮圧するのは古来からよく用いられてきた手段であり、畏れ多くも台湾総督である佐久間左馬太〔総督在任期間、一九〇六年―一九一五年〕が鎮圧を行なわない道理があろうぞ。ただし、長年、蕃民を弾圧してきた結果、わが天皇陛下の損失は極めて大きく、第五次の「タロコ蕃討伐」だけでも、大砲によって六つの部落を壊滅させても、タイヤル族はさらに深山に退去し、帰順、投降を肯んぜずいかんともし難い。台湾島の近代化は、蕃人を降伏させなければ実現できない。

いま歩兵、砲兵、軍医六千余人を召集し、人夫は一万余人、兵隊は二路に分けてタロコ蕃を討つ。たとえお前に翼があっても、吾が手から逃れることはできないのだ」

7――隘勇線内のタイヤル族（民国三〔一九一四〕年）

「天の神はわれを棄てたのか、それとも天の神はもはやタイヤル族を心にかけてはくれないのか。

ここはわれらが生まれ育ち、耕し、遊んだ天地である。われらの祖先——真の男、真の女はこの土地を育てて、厳格なる戒めを残された。すべての真の子は、必ずや勇敢に、土地を守るために抵抗しなければならない。すべての女は、必ずや貞淑で、手仕事をよくしなければならない。しかしすべてが変わった。日本人がこの土地に上陸してより、一歩一歩われらの範囲を狭め、家郷に有刺網を張りめぐらせて、奴らは一日一日と迫ってきた。天のご意志を奉じて、いまわれらはこの地に閉じ込められておるが、これは神がわれらを棄てられたのか、それとも、タイヤルが神のご厚情を失ったのか。

親愛なる父兄よ、『シリック』はもはや飛んでこず、カラス（タイヤルの不吉な鳥）が上空を旋回している。日本人は捕えたタイヤル族を集め、われらはまるで飼われた野牛のように、一生懸命に日本人のために働いている。しかし十分な食べ物は与えられない。これは悪辣なる主人である。

悪辣なる主人はわれらに木の伐採を命じ、われらはどうしても狩猟に行けなかった。そうでなければ、イルオ・カシハンのように、木に吊るされ、焼けるような太陽の光を浴びることになる。

悪辣なる主人はわれらに土木工事を命じ、われらはどうしても遊びに行けなかった。そうでなければ、ドワン・マサンのように、土に埋められ、憐れにも頭だけを土から出すことになる。

夜半は、依然として主人は鋭い眼でわれらを見張っており、われらが逃げださないようにしている。

昼間は、われらは休まずに仕事しなければならない。

まさか、天はわれらを本当に罰しようとなさるのか。鉄条網のあちらには、わが父がおり、わが子がおり、わが同胞がおるが、いつになったら会えるのだろうか。もしわしと同じように恋しく思うなら、どうか森のはずれでわれらのために恋しく思う曲を吹いて、われらの疲れ果てて傷ついた心を慰めてほしい………」

8——最後の徹底抗戦（民国三〔一九一四〕年五月）

台湾総督佐久間左馬太は、台湾島の土着民の征服が難しいことにかんがみ、軍隊を集めると広場で真摯に誓った。必ずやタロコ諸蕃を討伐し、後山の開発に利すると。

兵は東西二路に分け、タロコを直接攻略する。

東軍は立霧渓を遡り、タロコ社に直登する。

西軍は合歓山、奇莱主山を越え、両路から挟撃する。

タロコ諸社のタイヤル族は、それぞれ要害の地に分かれ、わずかに残った弓矢と銃で徹底交戦を誓う。

にわかに風雲が変わり、硝煙と粉塵が飛び散り、折れた木の枝や砕けた石がなだれ落ち、立霧渓の渓流はタイヤル族の血と汗を押し流した。川は変色して、黒ずんだ赤色に染まった渓流に変わった。山林は変色し、真っ赤な血の色に染まっている。

日本軍の大砲がドーンと響いて山の神の鼓膜を震わせた。日本軍の武士の刀が山の神の胸を裂き、天の神さえも怒りの涙を降らした。

離れ離れになったのは手と足だけではない。離れ離れになったのは妻と子だけではない。土地と感情も引き裂かれた。

一か月、太陽と月が三〇回追いかけあい、大自然は決して日本軍の銃弾と武士の刀を止められなかった。部落よ！　わずかな残り火が、ゆらゆらと立ち昇り、山霧とからみあっている。人びとはわずかに身を寄せ合って、大地にぴったりとしがみついている。

撤退！　タイヤル族の皆はどこに逃げればいいのか。前には銃、うしろには砲弾！　三〇日にわたる追撃で、タロコ諸社のタイヤル族は、矢は尽き、刀は鈍った。折れた枝を矢にし、石を武器にするしかなかった。木の枝はことごとく折れ、石は投げきってしまい、ただ血と涙にまみれた体が残っているだけだ。

撤退！　もはや退く道はない。

タイヤルの神も助けることができず、ただ雨水で悲しみの涙のあとを流すしかなかった。

9——頭目ハル・ナウイ（民国三〔一九一四〕年六月）

自分の親しい人を亡くすことより辛いことがあるだろうか。

自分の族人を亡くすことより悲しいことがあるだろうか。

自分の土地を失うことより恥ずべきことがあるだろうか。

わし――ハル・ナウイはもはやタロコ諸社の頭目ではない。このイノシシの牙の首飾りは、わしの首に突き刺さった。この羽根の帽子は、わしの屈辱を戴いておる。

祖先はわれらに土地を守るように求めたが、わしらはその土地を失おうとしている。

祖先はわれらに族人を大切にせよと言ったが、わしらは捨てようとしている。

わしらは勇敢であった。平地の漢人とわしらは盟約を結び、互いを侵すことはなかった。紅毛番が来襲しても、わしらは大きな石を転がして奴らを撃退した。日本人は何度かわしらの反撃に遭い、おとなしくわしらと約束を交わすしかなかった。ところが図らずも、こたびは敵は多数にして山河は踏みにじられ、山林は切り倒された！　敵は蜂の巣の蜂よりずっと多く、毒液で刺した。手にした蕃刀を振るう間もなく、弓を引く間もなく、味方は次々と死んでいった。

わしらは土地を守ってきた。いかんせん砲弾が次々と族人の心を打ち砕く。土は次々に吹き飛ばされ、体を張っても守りきれない。いかんせん蜂の大群のように押しよせてくる敵は、まるで波が次々と打ち寄せるように、撃退してもまたのぼってくる。

わしは残った戦士を引き連れ、敵を誘って山の深い谷間に退却した。敵が大きく前進しようとしたときに、蚊のように刺して一瞬たりとも放さなかった。

わしは死んだ母親を呼ぶ子どもを見た。子どもの悲しい声は山じゅうに響いていた。

わしは兄弟たちが体に大きな穴をあけ、血を流しつくし、その血がかつて汗を流した大地に流れているのを見た。

タイヤルの神よ、わしは疲れた。両目は、散り散りになった族人を見て涙を流し、両手は、弓を引きすぎてこわばっている。両足は、走り過ぎたためにしびれている。タイヤルの神よ、わしらは谷間の片隅であなたのお導きをお聞きしたい。

砲声と弾丸の音がだんだんと迫ってくる。わしらにはもう退路がない。これ以上退却すれば、タイヤルはいなくなる。わが族人は日に日にわが元を離れて、あなたの胸に帰っていく。わしらは涙を浮かべて顔を見合わせるが、そのぼんやりとして無力な目には胸が張り裂ける思いだ。前方から投降を呼びかける声が伝わってくる。それは谷間に響きわたり、一つひとつがわしの心をえぐる。武器を捨てよう！　わしらにはもう武器はないのだ！

生き残った族人のために、わしは敵に頭をさげるしかない。頭をさげるのだ！

事蹟

日本が台湾を接収した当初から、立霧渓の砂金の獲得を望んでいた。清朝の光緒二一年（西暦一八九五年）から光緒三〇年（西暦一九〇四年）のあいだに、五次にわたる「タロコ蕃討伐」を発動し、タロコ族は山深く退却したが、依然として投降することはなかった。民国三（一九一四）年五月、日本人の佐久間左馬太は自ら「タロコ蕃討伐軍司令」の任に着き、軍を指揮して両路より挟撃し、タイヤル族の頭目ハル・ナウイは一か月余にわたって防禦につとめたが、やがて弾尽き、援軍は絶えた。敵の数は多く、死傷者が続出し、ついに日本軍に投降した。

日本人は五年理蕃計画のなかで、一九一四年に最大の挫折を味わったが、その成果もまた最も大きかった。まさにこの役を指している。
　ここに証しとする。

＊清朝時代（一六八四年―一八九五年、二一二年）は、「三年一小反、五年一大乱」と言われるほど、台湾では各地で反乱が起った。反清事件の朱一貴事件（一七二一年）、林爽文事件（一七八七年）、戴潮春事件（一八六二年）は三大民変として知られる。

悲しい一日

堀を渡れば、情深き場所

北向きのこの小屋は、わが「読大学問〔勉強部屋。大学問は陽明学の著作〕」だ（一九六〇年代の原住民族部落では、中部地方の都市にある台中一中〔高等学校〕で学ぶのは「読大学問〔転じて秀才の意味〕」だと考えられた。理由は、あの頃の「山地同胞*」は、まだ近代化が進んでいなかったからだ。あいにく私の頭にだけ神経が一本余計に生えていて、それまで私の頭のなかに一体どんなものが詰まっているか誰も知らなかったからだ）。あの年、意気揚々と移り住み、一九九五年六月のこの日、太陽の光が部落の小学校の国旗と同じように、八雅鞍部《パーヤーアンブ》山脈の麓に向かって敬礼するまで、この小屋はもう四〇年、私と一緒だった。窓を開けるとそこには、ふたつの山が大安渓〔雪山山脈の大覇尖山に源を発し、台中市大安区から台湾海峡に注ぐ〕の太い首をぎゅっと絞めつけているのが見える。昔、清朝官吏の林朝棟《りんちょうとう》〔台中、霧峰林家の第六代当主。一八五一年〜一九〇四年〕が、髪を馬の尻尾状に縛った兵士〔辮髪の清朝兵〕を率いて東勢〔現、台中市〕、卓蘭〔現、苗栗県最南端〕の両地から干からびた渓流地（冬の乾いた大安渓の渓流は、前進する部隊には大きな障害とはならなかった。そのため山林のゲリラ戦に不得意な清朝軍が「番地」に進撃するときはいつも、冬場に渓流に沿って前進した。そうでなければ、瘴気や草木の刺、猛獣が辮髪部隊に多大な犠牲を払わせた。）に下ってきたとき、窮屈に挟まれた大きな河が一瞬ふたつの銅の鈴のような目になり、イノシシほどの大きさの口をむき出しにしているのを見て、すぐに「閉門」と叫ぶと、部隊はまるで命令を聞いたようにその場にじっと立ち止まった。それから百年前には、邵友濂《しょうゆうれん》〔台湾巡撫。一八四〇年〜一九〇一年〕は、隘防《あいぼう》〔漢民族と原住民族の居住地の境界に設けられた土牛あるいは紅線〕を撤去するには多くの軍事費がかかり、それを「番人」防御に用いるよりは、とんでもない高額な要求を次々と突きつけてくる八カ国連合軍（一九〇〇年夏、義和団平定）に用いたほうがいいと考えた。だから、私の亀の甲羅のように裂けた裸足の足裏に、夜中、この小屋が微かに振動し、百年前に起こった恐怖の振動を感じたとき、自然にこの小屋はたぶん平埔《へいほ》族のパゼッヘ（信じないなら、民間の学者か民族研究者に、パゼッヘ族〔もと台中市豊原区、神岡区一帯に住んでいた平埔族。いまは南投県、苗栗県に分布〕がどのようにして定地型農耕になり、漢人が山地に移り住むようになったか、さらにタイヤル族はどうして「番鞭（番人の陽根）」を味わうために隘勇にならざるを得なかったのかを聞くといい。だから、私も平埔族の消失には、確かに隘勇線での戦闘が密接に関わっていると思っている。）の隘勇がいた最初の隘寮だと連想した。この小屋が百年以上隘寮の用地であったかどうか調べるために、一〇年前に私は自分で小屋の周囲の瓦礫や泥土を一尺余り掘りおこしてみたが、ただ三、四〇年前の族人の糞便が出てきたのと、国民小学校で主任をしている従兄のハユンの口から「気が狂ってる」というひと言が飛びだしてきただけだった。しかし、部落のために全国で最初の原住民の一級古跡を発掘したいという私の思いはむだにならなかった。結局は、本心から願っている人の気持ちを祖霊は裏切らないのだ。ある日の、夜通し雨が降った早朝、外に出るやいなや、偉大な堀が私の目の前にあらわれたのだ。この堀はのちに雲豹〔別名タカサゴヒョウ、タイワントラ。台湾の雲豹は絶滅したと言われる〕にも匹敵するバネの効いた足を私につくりだしてくれた。だから私は、大安渓より狭い堀を飛び越せない族人たちには、犬かきで泳いで私の小屋に渡ってくるように言った。あの私たちの部落の古い店の徳懋《ドーマオ》商店のカラーテレビで覚えた「本当の裂きイカ**」という口頭禅だ。一〇年間、族人は文明の服に堀の泥がはねてこないように、ふだんはただ周りで犬が吠えるように呼びかけるだけだった。ただ一度だけ、主任の従兄が家族の傾斜地を売って街中のアパートを買おうとやってきたとき、果たして地獄の沙汰も金次第というわけで、彼を堀に押しこんだところ、犬よりも慌てて小屋に滑り込んできた。はからずも彼は奇妙な格好で、契約書をこの一〇年の堀の汚水のなかにつけてしまったが、家族の最後の傾斜地は守った。それ以来、彼は私を見ると、「気が狂ってる」とあの犬の吠える声をまねるように口にして、土地売買のことを話題にするようになった。私はもちろんこのような世間の些事にはかまわず、ただ一心にやるべき大切なことをやった。

　雲豹のように小さな足で堀を飛び越えると、そこは長老教会〔台湾最大のキリスト教宗派〕と教会のそばにある日本神社だった。この神社はただ狭い高台に、なんの記録もなく、歴史もなく、碑もなく、七〇年の長きにわたって部落に建っていた。この部落の最北端の一角にある神社は、日本統治時代は住み込みで世話をする神官がおらず、神社の祭りのときだけ、神官が東勢角〔いまの東勢鎮だ！〕より祭器や供物をたずさえて警備に守られながら四角林〔台中市東勢区〕を越えてやってきた。と言うのも、日本人は族人の頭がすでに皇民化〔日本人化〕されていることを信じようとしなかったからで、特にそれは霧社のあの模範部落が刀で日本人の首を狩って〔一九三〇年の霧社事件を指す〕以後のことだ。だから、いま殺風景な神社が高台に建っているのを見ると、七、八〇年前となんら変わらない。長老のビハオが言ったことがある。神社のお祭りが終わると、お供え物は翌日には山に帰る途中で人の腹に入る。日本の食べ物は脂肪っ気がないので、腐ったものと同じように山の溝に捨てられそうになるが〔脂肪のない食べ物は力がない！〕、実際はあまりにも腹が減っているために、ぺしゃんこになったお腹に放り込まれるのだ。そう言うと、ビハオは口のなかで舌なめずりをして、こう言った。

「あの寿司や清酒はわしの腹のなかじゃ！」

私は彼の腹のなかで数十年塩漬けにされた寿司と清酒が醸しだす悪臭を嗅ぐ気になれず、やむなく歴史のルーツを求めてと名づけた対談をさっさと切り上げた。本当のところ、私が気になっているのはなにもない神社の高台ではなくて、この高台のうしろに民国四二年〔一九五三年〕につくられた墓のほうだった。どうして神社の隣に埋葬して、部落の公共墓地に埋葬しないのか。族人の話ではこうだった。日本人は悪人で、ここに埋めるのは悪人だからだ。私は葬儀は雨がしきりに降る五月のことだったと記憶している。家族は私を除いて、祭主の伯父らわずか数人だった。族人のほとんどが遠く家のなかに隠れて出てこようとしなかった。と言うのは、墓に通じる桃の木の林のうしろには、特務が濃紺の服を着て監視しており、このことはその後中国の本で学んだ「人面桃花」〔恋い慕う女性に会えない〕という成語の意味になぞらえることができた。私の一日の旅は、ヤパ（タイヤル語、父親のこと）に心をこめて一分間注目することからはじまる。

部落には大きな家がある

去年の二月か三月の頃のことだ。部落の東向きの斜面地にドドドーッと鳴り響く音がつづいた。緑の山を掘り起こす怪物のような一台の掘削機が大地の胸を激しく切りひらき、掘削機の高笑いのような音は、高級ガソリンを食いながら本がうず高く積まれた私の机に押しよせ、その度に机の表面が揺れる。私は机が壊れてしまうんじゃないかと心配になった。特に一九六〇年代からずっと使いつづけているリバティ（利百代）の鉛筆が飛び跳ねたときには、私の脳裡にヤパが死ぬ前に木のベッドのうえでもがき苦しんだ姿がよみがえった。それでもうそれ以上日本人が残した理蕃関係の史料を落ち着いて読めなくなった。私は仕方なく堀を飛び越え、あの森の雲豹をまねて工事現場に突っこむと、ちょうど長寿〔タバコの銘柄〕をくわえ、斜面地を破壊するビンロウを噛んでいるよそ者が、玩具《おもちゃ》のように掘削機（この怪物は、一九九〇年代に部落を騒がし、好き放題、土石を砕いて、道を掘り起こし、果樹園を拓き、家を建てるなどのことをしてきたが、私はいつかこれも族人の墓を掘る文明の機器になることを心配している。）を操作していた。

「もう少し静かにやれないか？」

「なんだって？」

　この反応に遭って、私はやむなく掘削機に飛び乗り、その男の耳元で大声で叫んだ。

「静かにやれよ、うるさくて本が読めない！」

　気がつくと、私の雲豹の左足がねじれ、腹もかすかに痛く、さらにひどいことに私はなんと作業員の顔が見えず掘削機のそばに倒れていた。怪我をした目を開けて最初に浮かんだ考えは、もしこいつを使って堀を一時間も掘ればきっとうまくいく。そして部落の周りを掘れば、一級の古跡が出てくることもあり得ないことではない。私にはよくわかっている。八雅鞍部山脈に沿った部落の下には、日本統治時代にアメリカ軍の爆撃を防ぐための防空壕が七か所並んでいるのだ。いまの国民小学校の事務室の建物の下は、百人の先生と生徒を収容できる臨時の空襲避難所となっている。いまそこはどこも蜜柑や桃を植えて、家族を養うために、この歴史の跡を埋めてしまっているのだ。その工事現場もまさに最後のいく層にも重なった部落の記憶の回路を塞いでしまおうとしている。これは私には容認できないことだが、部落の人たちは皆、このもともと灌漑不能の土地を掘り起こして六か月後には大きな木造家屋にすることを容認したのだ（大きな木造家屋への怨みについては、一九九五年に部落に嫁してきたパイワン族の女性が、二大新聞のひとつの副刊に暴露するまで待たねばならない）。私の脳皮の下のあの思考神経は、一気にもともと山のうえにあった族人のアワ畑に飛んだ。あのアワ畑は日本人の計画によって埋伏坪社（現、雙崎部落の日本統治時代の名前。伝統名は「ミフ」」で稲作に換えられ、そのため族人はアワ文化を喪失してしまったのだ。私はこれについては重大な関心を持ち、大きな木造家屋の持ち主の私の叔父にこう言った。

「アワが米に換えられたあとの結果を知ってるかい?」

叔父は血がにじむ私の口を見て、明らかに喧嘩を売られて怪我をしているのを知り、こう答えた。「お前は米がわしらにくいぶちを増やしたとでも言うのか!」

私は叔父がまだ私の気持ちをわかっていないとわかった。

「それが僕らのタイヤル文化を変えてしまったんだよ、わかってるの?」とそう言った途端に、私は失敗したとわかった。頭が紙幣でいっぱいになっている連中に、文化について論ずるのは時間のむだだと、所詮決まっているのだ。案の定、叔父は人の耳を破壊するような一四〇デシベルの声で、私の頭を一撃するように怒りを爆発させた。

「わしが大きな木造家屋を建てたことと文化の改変にどんな関係があるって言うんだ。それにタイヤル文化って言えば、お前のでたらめなタイヤル語はとっくに大安渓に捨てて、山地の魚に喰わしてしまったくせに、それでもまだわしに文化をほざくのか! 部落じゅうの連中がお前は狂ってると言っているぞ。わしはなんと狂った奴と文化について話しているのか! 失せろ——」

タイヤル語が中途半端なのは、確かに私の人生の致命傷だ。ただヤパが亡くなってからは、「沈黙は金なり」をお守り代わりにして三、四〇年身を慎んできた。それで台湾の戒厳令が解除された日「一九八七年七月一五日」以来、口を開けたとたん、まるでタイワンアオハブにのどを咬まれたように声が出なくなってしまったのだ。

叔父の家を離れると、私は祖霊が土地を愛さない子どもに懲罰を与え、いつか虹の橋（話によると、族人は死後、誰もみな死者の霊の道――虹を通らねばならないが、良い霊を持つ人が祖霊が住む場所に来ると、虹の橋を守るカニは悪人を地獄に落として悪霊に苦しめさせるのである。私が族人にこの神話の話をしたとき、信じる人はもういなかった。族人は西洋のエルサレムの神の啓示を信じ、善人は天国に行き、悪人は地獄に落ちると信じていた。）を渡るときに、橋から落ちて悪霊に食べられてしまうように祈った。その一年後の六月に、私は小屋を飛びだし、東向きにそびえ立つ大きな木造家屋を見たが、その時には叔父はもうローンが払えず、農会に訴えられて裁判所に差し押さえられていた。私は族人の道端の噂話から、叔父は、もともと休暇用の別荘を建て、土曜日や休暇になると、揺り椅子に横になって金を集めている資本家をまねようと考えていたことを知った。が、叔父はつまらぬ連中の讒言にあって、雪山坑部落〔正式名称、桃山部落。台中市和平区達観里〕の雪山ガーデンに吸い寄せられた「短期漢人移民」（「短期漢人移民」の特徴は、お金で美しい山、美しい川、美しい鳥の鳴き声、美しい風景を買うが、その土地の文化や歴史を知ろうとしない都会人のこと。原住民の観光地に来ることを「文化観光」と飾って言う。）が、まるでイワシの群れのように、部落に通じる東勢の産業道路にひしめき合っているのに眼を見張った。人は豪華な別荘を一軒建てると、金が潮のようにグングン押し寄せてくること間違いなしと言うが、雪山ガーデンが山地保留地〔現、原住民保留地〕の違法建築となって、営業停止処分に遭うことになろうとは思いもよらなかった。その大きな木造家屋は「短期漢人移民」が見つからず、やむなく昼間は猛烈な日光を浴び、夜は部落の大きな蕃蚊に刺されるままになった。うわさでは、年初には急いで手放そうと、人にも頼んで中部の都市のリーダーにようすを見に来てくれるように頼んだ。幸い、大きな木造家屋のまわりには水遊びができる小さな川もなく、その話はそれ以上進まなかった。そうでなければ、火災市長が一旦、大きな木造家屋に住むと、どうしてもまた前回の全国ニュース「さて某部落の建築費一千万の大きな木造家屋が、深夜に原因不明の火事となり……」云々のようなことになる、と皆は噂した。

大きな木造家屋がいつ火事になろうとだれもかまわないが、私の心配は、最後の洞窟に逃げ込めるかどうかということだ。それにまた叔父が五人の族人に借りたお金をいつ返すことができるかということだ。と言うのも、五人は叔父と激しく争っており、叔父の債権者は何人かは兄弟であり、何人かは親戚だが、金銭は親戚をも他人とみなすほどで、金輪際、われわれタイヤル族の伝統文化にはないものだ。伝統的な土地と財産は、「共産制度（亡くなったヤパが生きている頃、「共産」ということばを使っていた。それに当時のタイヤル族、サイシャット族、そしてツォウ族の「先覚者」は、必ず社会主義の類の本を読んでいた。というのも、ヤパが読んだ本をみな焼くようにというヤパの遺言があり、そのなかにはぶ厚い数冊の『資本論』があった。）」のもとで一緒に運用される。族人が猟をするときは、獲物をしとめた族人が頭の部分をたくさんもらえ、他のうしろ足を除いた部分は部落の老人に分けられるほか、猟に加わった族人たちには一律に分けられる。山で育てたアワも交替で刈り取るが、お金が部落に入ってくると、皆は個々人を尊重して、男がどれだけ猟をしたとか、女がどれだけ織物をしたといったようなことはもう口にしない。だから、部落のなかで一番多くイノシシを仕留めたブユンは、一日じゅう専売局の米酒《ミーチウ》を飲んで酔っぱらい、酔うと人に聞き取れない英語をしゃべった。この老人の気性は日増しに衰えてゆく私の心臓にぴったり合い、さらに脳も天下を憂えるよりも、風や雨や、あるいは自由な白雲と話しているほうがいいと反応している。私はすぐに拝金主義の悪臭を放つ叔父の家の前を離れ、ブユンがアスファルトの道路に落とした蒸発した酒気を探して草地のなかについていった。

荒野気質の部落の小学校

坂道になったコンクリート道路を下ると、そこは国民小学校の運動場となっていて、その運動場にはいろいろな車が駐車している。よく見ると運動場はまるでジープの競争路のようになり、一台一台の車のタイヤのあとが雨後のどろどろの道に刻まれている。もし車のあとが紺碧の色だったら、山頂にのぼって見下ろすと、タイヤル族の学校の入れ墨のように見えただろう。去年の一一月の大安渓の五校連合運動会で、誰の発案か知らないが、でこぼこのトラックに細かい砂がぶ厚く敷かれていた（海の砂ではないと思う。ヤミ族〔タオ族〕の文化住宅は、海の砂が使われているそうだ）。小さな選手たちが力いっぱい走ろうとすると、足はしっかりと地面を踏めず、片足を交互にあげるスケート選手のようになり、ある子どもなどは六〇メートル三一秒かかってようやくゴールにつくような記録をつくった（走ったというより、転び込んだというやつだ！）。要するに、運動場で問題がなかったのは、車のタイヤのあとがつかないコンクリートでできたバスケットボール場だけだった。信じないなら、教室に行って見学し、子どもの頃のあの苦しい時代を思いおこすといいだろう。目からひと筋の記憶の道が開かれ、七〇年代の、ひと部屋を二班に分けた教室のようすがたちまち目に浮かんでくるはずだ。まるで誰かに悪意で穴を開けられたようにでこぼこになった床は、不注意に通ると、転ぶかもしれない。壁は雨にあうと、すき間から学童の机と椅子を押し流すように水がほとばしり出てくるだろう。このような情景を見るのは私だけでなく、あなただって教育委員会の役人が新聞でいつも「都会との差をなくす」と、教育改革のスローガンを叫んでいることを疑問に思っている。それはただ生けすのなかで、綺麗な金魚がパクパクと泡を出しているようなものだ。あるいは愛情にあふれた目だって、ひとたび東勢を越えれば、高さ百メートルにも及ばない中嵙山《ちゅうかざん》によって街なかに弾き返されてしまう！　部落の父兄は、かつて一学期に一度の父兄会で、おそらく台湾で最も老齢の外省人の校長（この外省人の校長はもと流亡学生で、国民党と共に大陸を転々とし、民国三八〔一九四九〕年に台湾に「転進」――政府の言い方――した。あるとき学校の同僚と飲んでいてひどく酔っ払ったときに、故国への想いが胸に突き上げてきて、自分は実際はのちに発給された身分証明書より一〇歳年を取っているんだと言い出した。部落の人たちは、それで年齢を若く申請する役人の校長はこの人たちからはじまったんだと知った。少なくとも校長は、その年の郝《ハオ》おじさん〔郝伯伯、郝柏村の愛称。当時の行政院院長〕が暴かれた「裸の王様」の年齢よりずっと若いことを知った。今年の二月に退職したときは、もう七五の高齢になっていた。）に、学校はいつ改築されるのかたずねたことがあった。老校長は、彼自身も上部が温かい目でいつ来てくれるのか待っているところだとはっきり言った。部落の小学校のほうではすぐにも壊すことができる。数年前に、すでに県の教育局から危険建築の教室だと鑑定されているのだ。つまり部落の子供たちは、早くから危険建築物の下で目先の安逸をむさぼり、いつの間にか「安定のなかに進歩を求める」美しい時間を過ごしてきたのだ。幸い去年、日本の大地震〔一九九五年一月一七日の阪神・淡路大地震〕の揺れが、台湾島の中央まで届かなかったからよかった。そうでなかったら、掘削機で解体しなければ、間違いなく地震で粉々にされぺしゃんこに崩れていた。考えれば考えるほど、私はやはり祖霊がタイヤル族の子どもを守っていて、エホバやマリアではないのだと思った。おそらく誰も考えたことがないのだと思うが、この学校の歴史は、一九二二年一月一六日に日本人が建てた埋伏坪蕃童教育所までさかのぼることができる。これ以降、族人は文明の洗礼のもとで成長し、学校設立の初期は、いたずらなリスのように落ち着いて教室に座っていないばかりか、頭では愚かな獲物を罠にかけることばかり考えていた。ある族人などは手に国語（日本語）の教科書を持つのは、猟銃をかつぐより重いと感じていた。しかし、結局は日本人の生まれながらに身につけた忍耐力がとうとう族人に「ありがとう」と言わしめた。敬礼するときには、頭を地面まで垂れてはじめて最高の礼となる。あなたは日本人は形式的な「礼儀正しさ」を重んじると言うが、しかし、人は果たしてこの形式に親しみ、しかもまるで宗教のようにひれ伏し、ありがとうと敬服せざるを得なくさせるだろうか。これは口でパクパクさせる金魚の泡よりも人を溺死させるだろう。だから、主任の従兄が、朝の太陽に負けないほど顔を真っ赤にして旗をあげ、そして学童に正しく成長し、絶対に祖先の土地を売ってはいけないと厳しいことばで訓示を垂れているとき、私はこれらの学童は五年後、部落で最も単純に敵味方を分ける暴走族になるだろうと心配になった。それは私が聞いていても腹立たしく、従兄を殴りつけて一五〇センチに満たない虚勢から一二〇センチに届かない小さな黒人にしてしまいたいほどだったからだ。いまこの七〇年の歴史のある部落の小学校は、生徒が四〇人にも満たないほどに凋落してしまい、もともと百戸余りしかない部落の家長たちは、学校教育の質と、いつでも崩壊して人の頭脳を破壊する教室を信頼せず、むしろ子どもの心を故郷から離れさせ、民族差別を受ける経験を早めさせるために、それは決して中国の忍耐力の第一人者、勾践《こうせん》の臥薪嘗胆《がしんしょうたん》〔将来の成功を期して苦労に耐えること〕の啓示を受けたためではなく、環境に迫られて、ほとんどが子どもを一三キロ離れた東勢の客家の小さな町の学校に通わせていた。私は族人の気持ちがよくわかる。学校の先生が自分の子どもを都会に行かせるのは、自分の教育の質に自信がないからだ。いわんや他の人にこの学校の教育がよくなるように、子どもへの教育水準を高めてくれることは期待できなかった。私には学校じゅうにはびこる「自信欠如の危機」が手に取るようにわかった。だから、学校を横切るだけで、学校に漂う荒廃した雰囲気を感じて、何とも言えない悲しみが襲ってくる。この悲しみはその場で涙を流して泣くといった高難度のものではないが、私も生涯で一度だけ味わったことがあった。それは四〇年前のことだった。

偉人と偉人のあいだで凍結された時間

四〇年後、私はまた学校のなかを行き来するようになり、偉人の銅像が立つ小学校の正門を通りかかると、部落の偉大な猟人ブユンが、年老いて力がなくなった両足で激しくふるえる体を支えているのが見えた。近づいてみると、黄色い尿で溝に沿った石垣に必死に字を書いているのが見えた。「ママ（タイヤル語で年長者の通称。祖父の世代の老人に会えば、ユタスと呼ぶ。漢人のような親族に関する細かい（言い換えれば、複雑な）、例えば、一番目の伯父や二番目の伯母のような煩雑な分類はない。私の考察では、族人は一貫した『共産』という考えを持っており、すべての祖父を共産したのが私たちの祖父であり、あなたが偶々会った長老をママと呼ばずに直接名前を読んだら、怠けブタ――怠けなければ肥れない――を一頭殺して共産し、ブタで罪を贖う。この運の悪いブタは、必ず部落じゅうのお腹のなかに共産されて、消化されて共産意識となるのだ。）何という字を書いてるんだい？」

年老いた猟人は、老イノシシのような黄色く濁った目で、下から上まで射るように私を見て言った。

「うーん、お前は誰の子だ？」

「バヤンの子どものボヤだよ。（漢字では佛訝《ボヤ》――いつも族名を北京語の漢字に直すとき、的確な漢字や音が見つからずイライラする。もしタイヤルの名前を漢字に直そうとしたら、いつの間にかとんでもない意味になってしまう。だから、先頃、姓名条例修正案が通過したが、原住民が民族の名前を回復できる唯一の条件が漢字を使用することであるなら、僕は死んでも変えない。たくさんの例で証明されているように、コンクリートのような四角い字――つまり方塊字――を、流れるようなオーストロネシア語に無理にあてはまめることができず、例えばVoxerをどう漢字に訳すか教えてほしいものだ）」

私はまじめにそう言いながら、目をそらさずに、年老いた猟人が陰茎を振って最後の一滴をしぼりだすのをじっと見ていた。

「ずっと前に死んだバヤンかい？　彼は昔は賢い奴だったな。お前も昔はそうだったが、その後、お前もヤパのように筋が一本切れて、自分をバカ者が住む家に閉じ込めてしまったな。いま話すようになったが、頭痛はよくなったかね。わしを支えて行ってくれるかね！」

年老いた猟人は私に話しているのではなく、まるで夢で死んだヤパに話をしているようだった。私は「わからない」と言った。私がこう言ったのは、年老いた猟人をだますような考えでは決してなかった。一六歳ではじめて頭痛がはじまってから、私は沈黙と安静で痛みを治すようにというヤパの指示に従い、親類も友人もない環境で、周りを堀で囲んだ。私のヤパは誰なのかと聞いてくる人がいたら、私は「石」だと答え、私に何歳と聞く人がいたら、私は一律に「一六歳」と答えた。私の言う石は墓を指し、一六歳はヤパについての私の記憶が一九五三年で止まっていることをわかっている人はいなかった。私はその後、小さな草や風や白い雲と対話し、人とはもうきっぱりと退屈な話はしなくなった。だから、その後強風が部落に吹きつけたとき、私は喜びか悲しみか分別して、二日間小さな草のそばに座って、わずかな成長を見ながら感極まって泣くことができた。私が得た結論は「集中こそが人生」で、忍耐のない奴は成功や偉大な功績をあげることができず、生まれるとのらりくらりして、尻尾を振って主人に媚を売る犬にもおよばないものだと決まっている。私の他の勉強は聞くと読むで、聞くは老人の話を聞くことで、実際、私はまじめにツォレ（タイヤル族のツォレ亜族は、千百年前に祖先の地ピンスプカンより北に移動し、それぞれの家系は大覇尖山〔雪山山脈のひとつ。三、四九二メートル〕の背面から各支流に沿って新しい土地を探した。その後毎年、秋には大覇尖山の麓にもどって、一年のあいだに起こった出来事を歌って祖霊に聞かせ、頭目についてきた青年たちもこのときに耳で聞くのである。各家族が歌うのは、先祖の発生や歴史で、大覇尖山も族人たちからババ－ワッグ――耳たぶと呼ばれる。）が大覇尖山から伝えてきた「聞く」の伝統を実践した。私は老人が、大覇尖山の麓には「霊の故郷」があるという霊の物語を話し、言うことを聞かない子どもを脅すのに使っていると聞き、それを深く信じている。そして、老人が、日本人が来てからずっと族人の胸中の怒りを抑えることができず、地理師に頼んで部落はもともと獰猛なカメの化身であったが、ただカメの頭の下三寸のところに剣を刺すだけでいいようにしてもらったと聞いた。だから、日本人は部落の北端で、渓流に突き出た巨石の下方に、水を汲む必要のない水塔を建てた。いまは廃棄されて天然の断崖になっているということだ。私はまた老人がヤパの昔のことを、ヤパが部落の先覚者として、北タイヤル族と有史以来最も広範囲の「攻守同盟戦線（攻守同盟は、実はタイヤル部落のガガ制度の部落を跨ぐ組織であり、組織の大小や消長は敵が強大かどうかに正比例しており、気球に喩えることができる。問題はこの気球はそれぞれが困った爆弾だということだ。日本人が「北番」を治めたとき、その足元でひっきりなしに爆発し、動きを止められてしまった。)」をつくったと言うのを聞いた。しかし、思わぬことにテイル(部落の族人によれば、国民党の外省人の兵団が初めて部落に入ってきたのを見た印象は、この鉄釜を背負い、黒い雨傘を背に差した部隊は、腹ペコで米がまだ炊きあがらないうちに争って食べていた。このまだ炊きあがらない米のことを私たちはテイルと言う。私たちの部落には、部落の米のうまさが忘れられず、さっさと除隊した廣さんがいた。気の毒にも、数年前に両岸の親戚訪問のニュースが伝わると、一気に血が上って血管が破裂し、第七公墓に埋葬された。)に見破られて同盟戦線は瓦解してしまった。もともとはその後、国府時期のこの村の初代民選郷長になれるはずだったが、「病死」した云々……読むのはつまり史料だ、清代の文献や日本人の史料、さらには台湾大学と改められた台湾帝国大学の地下図書室の、オランダ人が残したわずかな文書や絵などで、私はあれこれ考えて、読んだり、ノートを取ったり、複写したり、写真に撮ったりした。そして、今日まで、偉人の銅像の前に座って、祖先の決まりを守り、老猟人の話に耳を傾けてきた。

「もしわしの考えが間違ってなけりゃ、お前の頭はおかしいよ。お前のおやじのように六十甲(地名)の山地保留地を平地人に売って、部落のバナナ集積場を建てるなんて、誰もそんな人のいいことをして、人の嫉妬を買わないよ。あの頃、日本の本が読めたのは、お前のおやじ以外には、片手で数えられるほどだった。今も覚えているが、はじめて山に仕掛けを見に行ったとき、お前のおやじはわしに、捕まってるイノシシはその石のような皮膚を叩いたりしちゃいかん、番刀に棍棒をつけてのどめがけて突きさしさえすればいいと教えてくれたよ。いまはもう考えたくないこともあるなあ。わしなどは、一〇年前にはもう猟ができなくなったからね。イノシシや熊は、国家が保護するようになったが、ムササビやハクビシンのようなものでどうして辛抱できるんだ、それは猟人の名誉を侮辱するものだ！

わかるか！　ブユンのおやじさんは、もうとっくに時間を一〇年前で止めていたよ。わしは、毎月イノシシを一頭捕まえる生活をしているが、毎日酒を飲みながら思い出しているさ。わしの家の軒下にはイノシシのごっつい牙がいっぱい掛かっていたんだぞ。ちょっと聞くが、お前の頭上の真っ黒な銅像はわしと比べてどっちが偉いんだね？」

私はすでに死んだ人を見上げ、目の前で生きている老人とよく見比べてから結論を出して言った。

「おじいさんのほうだよ」

「そうだ、なぜなら、わしはまだ生きているからじゃ」

悲しい一日の終わり

まだ元気な老猟人と別れたあと、徳懋商店の息子で同級生の阿栓《アシユアン》が二階のベランダに建つ小部屋で風に吹かれているのを見た。阿栓はいつものように胸をはだけて、あばら骨がみえる自閉症の体に浮き出た毛穴を数えている。皆は、彼は東勢高工〔台中市立東勢工業高級中等学校〕で勉強しているときに、勉強しすぎて頭がいかれたと考えていた。ただ私だけが、私が彼に借金がいくらあるか知っていた。タイミングが良かったのかどうか、彼がおかしくなったあの年は、ちょうど私が小屋に住むようになった一九五三年の春だ。あの年、部落で桃の花が咲いたのは、春以上に穏やかな日だった。その前年、ヤパはいつも目上の人に街に連れていってもらって酒を飲ましてもらっていた。お付き合いというわけだ。酒は二泊三日、腹がふくれるまでたらふく飲んで、黒塗りの車で送ってもらい、ひとりが残って臆面も泣くヤパの面倒を見てやっていると言った。一度、正直者が大慌てで日本式の家のうしろにある桃の木の林を抜けて、人間の生活では出さざるを得ない便を処理したとき、ちょうど枝の剪定をしていたマホン婆ちゃんの目に、前方でうずくまっている正直者の股間に垂れている二挺の真っ黒い旧式の銃がはっきりと映った。水を発射し、煙を吐く奇妙な銃に驚いたマホン婆ちゃんは、指を一本、タブーを招いたお供えとして鋏で切り落としてしまった。気の毒な彼女は指が九本になってしまい、三日間意識不明に陥った。ヤパが死ぬ前日、私は台中一中に休みをもらって家に帰り、その夜は、ベッドのそばに座ってヤパのヒキガエルのように出たお腹を見ていた。

「お前はまだ覚えているかね、大《だい》嵙《か》崁《かん》〔現、桃園市大渓区〕のロシン・ワタン（漢名は林瑞昌、五〇年代の原住民の白色テロの受難者）叔父を？」

　私はうなづいてハイと言った。去年、昔は小さくて精悍だったロシン叔父さんが、数か月に一度埋伏坪に来ていた。先覚者の話はいつも神秘的で、深夜、カエルの鳴き声も静まり、フクロウもキラキラと輝く目を閉じていた。

「ロシン叔父さんは去年銃殺されてしまったけど、叔父さんの罪名はスパイで、だから、叔父さんの友達や家族も、腹の出たお前のヤパも皆、スパイで、だからわしはスパイなんだ、お前は知ってるか？」

そのとき、木窓に人影がさっと横切った。私は正直者だと思い、これを好機としてヤパに顔を近づけた。それで息絶える前にヤパが言った最後のことばをいつまでもよく覚えている。

「わしが死んだら、おまえは大声で泣くんだぞ。気が狂うまで泣け。お前のそばにいる誰も、最も親しい人も、誰も信じちゃならんぞ。後日、お前はわしの罪をそそぐんだぞ」

私の記憶はここで止まっている。その後の私の一生は、沈黙、老人の話を聞くこと、史料の閲読と気が変になることを含めて、この一刻のために生きてきた。私が本当にすまないと思っているのは、国民小学校の同級生の阿栓だ。彼は私が家に帰ったと聞いて、急いで窓のところに来たが、そこで「わしはスパイだ」ということばが耳に入った。それ以降自閉症のようになったと聞いている。

その後の阿栓は長い間、徳懋商店の老いた両親に養われて、二階のベランダに建つ小部屋で一日じゅう何かに怒って動きまわっている。私が彼に手を振ると、阿栓は彼の小さな毛虫を私に向けて振っている。私はその彼の小さな毛虫に言った。

「アーーシュアン（阿栓）ーー、名誉回復してあげるよ」

阿栓は驚いた目をむき、すぐにまた傷を負ったムササビのように木の穴のような小屋根に隠れてしまった。私は彼が私のように「狂った」のかどうかわからないが、彼にはもうスパイの息子で、小学校の同級生の私のことわからなくなっていることはわかった。商店街に沿ってまっすぐ歩き、長老教会の通路のほうに曲がった。私はもう一度、神社のうしろの「石」のところに一分間たたずんだ。ヤパ、今日は本当に悲しい一日だった。

＊戦後初期は「高山族」と称されたが、一九四七年七月一日「山地同胞」と改称された。その後、一九九四年七月二八日の国民大会で憲法修正案が可決され、「原住民」（後、「原住民族」と修正）と改称することが決定された。

＊＊一九九〇年代に、食品会社珍珍が販売したスルメのさきいかのテレビコマーシャル「珍珍魷魚絲、真正有意思」のことを言っている。

独裁者の涙

独裁者は自分が独裁者であることをまったく知らないものだ。民主選挙で選ばれると、歴代の総統はいつも驚くべき転向をする。総統たちはすぐに友人を換え、友人と知り合いたちは成金のようにピカピカと黄金に輝く権威を備えるようになる。かくて民衆は黄金色の光芒が総統と彼のまわりの十尺四方〔一尺、三分の一メートル〕をおおっているのをいつも目にするようになる。それはイエスの光の環よりもさらに大きく、さらに輝き、さらに十倍以上もまぶしく、またこれらの目を奪われるほどの光は、人びとのポケットを光のない暗闇にしてしまう。そして、これらの強烈な光の輝きは、民衆の顔に浮かんだ笑顔を消し去ってしまい、かくて総統たちは独裁者になるのだ。

地下の反動的なひそひそ話が、太陽に照らされて地面から蒸発する水蒸気のように、しだいに上昇してくると、独裁者はまた政変の危機感を覚える。この感覚が地面から十尺の高さまで昇ってくると、独裁者にこれはもう薄っぺらな防弾ガラスや何本かの強烈な放水、敵を近づけない有刺鉄線の防護柵、あるいは一、二発のへたな弾丸では防げなくなったと考えさせるようになる。そこで独裁者は善意の情報を出し、三大反対運動のリーダーを宴席に招いて、世の中の大事について相談するのである。

労働者のリーダーは枯木のように痩せた中年の男性、ふたり目は病気で痩せた婦人運動のリーダー、最後のひとりは数か月前にあらゆる手を使って頭角をあらわしたばかりの、しかしぼんやりした目つきの学生運動の青年、彼ら三人は、順番に旧植民地時代に残された、ヨーロッパのバロック風建築の総督府にやってきて、胸襟を開いて独裁者と国内情勢について意見を交わし、さらにこの得難いチャンスをとらえて大いに民衆の要求と要望を訴えた。独裁者は果せるかな感動して、三人が帰る際には、自ら相手を抱擁し、慎み深く、平等と正義の原則に合わせて涙を三粒こぼし、三人が総督府の正門の階段まで歩き、三人が人ごみのなかに姿を消していくまで見送った。

独裁者の三粒の涙は彼が執政を終える二〇五〇年に、国家博物館に完璧に保存され、精密な科学的計器の温度管理のもとで、あの年の熱くて悔いのない丸い珠のまま保たれるのである。この展示ケースの説明板には、涙を流したあとの独裁者の当時の感動的なことばがそのままに記録されている。

「わたしはこの三人よりも誠意を持って告白した人の話を聞いたことがない、あなた方はわたしが会った最も良き友であり、今後は、そのような人はもう出ないであろう」

この歴史記録は、わが国でかつて起こった民主の裏側のある種の悪どい証拠を記念し、警告するものである。

野ゆりの秘密

たくさんの真っ白なアオギリの花が咲き、そして散ったあとに再びこのことを思い出すと、やはりその驚きは言い表せないほどである。

それはある多国籍グループと密接な関係を持つ科学技術会社が廃棄物を捨て、あるいは埋めてつくりだしたものだった。科学技術会社は山水の風景が美しい隘寮渓〔屏東県高樹郷〕のそばにあり、はじめは廃棄物を上流の渓谷に捨てていた。そこはちょうどルカイ族のたったひとりの年老いた史官兼現代文学作家の故郷の所在地に位置していた。そして、こうした数少なくなった族人が、次々と名も知れない病気にかかるようになって、皆はこの会社の廃棄物を疑いはじめた。科学技術会社もすぐさま、まるで気が弱いラクダが頭を土のなかに埋めるように、投棄手続きを埋める作業に切り換えた。そこで奇妙な病気を発症した人の母親たちが皆集まりはじめた。科学技術会社は法律と環境保護の知識を盾に、この母親たちを恫喝しようとした。勇敢な母親たちは、総統に会見するため遠路も厭わず首都まで出ることにした。彼女たちは病人の苦痛を総統に知らせるつもりだった。意外にも、だれもが貞節を象徴する野ゆりを手にして総督府前にやってきたとき、完全武装したふたりの憲兵が、母親たちが進むのを阻止した。と言うのは、総統はちょうど世界九か国の指導者を集めて、世界の安全と環境を促進するサミットを召集していたからだった。母親たちは廃棄物によってつくり出された計り知れない汚染のために、面談に向けて努力を続けた。ただ山に咲く害もない野ゆりを総統にお届けするだけだと約束し、聞いて下されば、総統は問題を解決してくれるだろうと訴えた。しかし、国家安全の命令によって、憲兵たちはまるで大武山のように母親たちの行く手を遮った。

母親たちはこのような弱々しい穏やかなやり方では総統府の門を揺るがすことができないことにあきらめきれず、次々と手にした野ゆり――憲兵たちにはこのじゃじゃ馬のような行動はまるで狂った野蛮な猟人のように思えた――を静まりかえった総督府の敷地内に投げ込んだ。ほとんどその瞬間に、銃が連射される音が聞こえ、事態はたちまち収拾した。不幸にも、八、九人の母親が撃たれ、その場に倒れた。他の母親たちも重傷や軽傷を負った。遺体はその夜、故郷に送りかえされ、そのうえまるで未解決の廃棄物と同じように扱われ、慌しくいい加減に葬儀が済まされた。

私は翌日のニュースでは、これまで見慣れてきた驚くようなことばと、大きな紙面を使ってこの悲惨な事件が報道されるものと思っていた。実際は正反対で、総統の首脳会談に関係した報道以外は、母親たちの行動にはわずかに一行、社会の意外な事件として扱われ、さらに総統のかたちばかりの哀悼が載っていただけだった。一か月後、この虐殺事件について口にする人はもう誰もいなかった。ところが、地球の安全と環境のトップ会談の一周年を記念して当時の記録写真が展示された。私は会議場の片隅に野ゆりが何本か咲き誇っているのに目をとめた。しかし、野ゆりは貞節を象徴する白い花を咲かせているのではなく、尋常ではない血の色のような真っ赤な花が咲いていていた。

おお——これはいつ起こった事件だと、あなたは問うだろう。悲しいことだが、私たち台湾原住民族は、口述で伝える方式でしか歴史を記録することができない。確かな時間は二〇〇……、二〇一……年、申し訳ないね、正確な時間を言うことができないのだ。ただこの事件には、やはり言い表せないほど驚愕したことを覚えている。

女王の蔑視

はじめて彼女に会ったのは一九四二年だった。二〇〇二年に靖国神社の広場で再び彼女に会った。もう六〇年たっていたが、相変わらず彼女は蕃人の矢のごとく、俺の心を正確に射抜いた。一九四二年、俺は警手の身分で、中部のある蕃社に赴任した。樟《くすのき》で建てられた駐在所は蕃社を制する高台にあり、俺の宿舎は駐在所の一番奥の廊下の右側にあって、さらに行くとそこは崖になっていた。正確に言うと、駐在所の西側と北側は崖、東側と南側は三メートルほどの高さの石垣で蕃社と隔てられていた。それはまるで砦だったが、しかし、警察がなにを恐れているのかは、天のみぞ知るだった。

だれも掃除するものがいないのに、駐在所の板張りの廊下は、いつもきれいに保たれていた。便所用に掘られた丸い桶状の内壁も、どうしてこんなことができるのだろうと思うくらい、いつも水で洗われて光っていた。三日目、蕃社に出勤すると、速やかに駐在所に一日の所見を報告するようにとの命令を受けた。外はまだ黒い幕が下りきっていなかったが、うしろの廊下の曲がり角を歩く女の姿がかすかに目に入った。彼女はまるで一瞬のうちに山中に隠れてしまう森に漂う雲のようだった。俺はあとで、この女は朝晩、駐在所を掃除する掃除婦だと知った。

翌日の早朝、俺はわざとコジュケイが鳴きだすまえに起きだして、厠に行くと、あんのじょう掃除婦が目に入った。——透きとおるような色白の若い女だった。掃除道具を持って厠を離れたので、廊下で会った。若い女は素知らぬ顔をしていた。俺のほうは真っ盛りの桜の花も遥かにおよばないほどの顔立ちと、額のうえの青い鯨紋をはっきりと見た。俺にとっては、朝の霧のなかにキラキラ光るダイヤモンドだった。

同僚の話から、若い女は孤児だと知った。父親代わりの親戚が早期の理蕃事業で命を落としたので、所長がひとり残された子どもを憐れんで、駐在所に呼んで掃除の仕事を与えた。数日間、俺は心ここにあらずで、暇を見ては駐在所内をうろうろしていた。何度か若い女に会ったが、彼女はやはり山中を悠然とかける雲豹のようであった。額の鯨紋の刺青は、さながら宮殿を民百姓が通行することを禁ずる禁令のようだった。俺は試しに彼女の名前を呼んだ。だが、若い女は廊下全体を謎に満ちた荒野のように静まりかえらせていた。

ある日の早朝、俺は寝つけずに早起きし、夢のなかを歩いているかのように廊下の端まで来た。そのとき俺の女王がいるのに気がついた。彼女はまっ白いうなじをむき出しにして、ひざまずいて床をふいていた。俺はとうとうたまらなくなって彼女に抱きついた。俺は彼女の民族のことばを話せなかったが、彼女はなんの抵抗もなく、俺に連れられて近くの宿舎まで来た。彼女は、美しい体を包んだよけいな物をさっさと脱ぐと、温もりのある布団に横たわった。まるで手なずけられた雲豹があらがいがたい野性の美を発散しているようだった。俺は日本語で空疎な約束のことばを口にしながら、山の若い女と激しく交わった。夢中になって求めているあいだ、若い女はなにも言わず、俺が突きあげるのに黙って耐えていたが、災難に遭った女王が犯されているという蔑視のまなざしは隠せなかった。これ以降、俺はこのような錯綜した複雑な経験をしたことがなかった。

一か月後、俺は駐在所を離れて南洋に行き、大東亜共栄圏を創造する聖戦に参戦した。六〇年後、すでに老女となった若い女は、俺がいる東京都の靖国神社にやってきた。若い女の名前は、台湾慰安婦の名簿にひっそりと書かれていた。その黒くて細い字体はまるで蕃人の矢のようだった。一九四二年に、決然として放たれて、千里を駆けめぐって、正確に——俺の心臓を射ぬいたのだ。

失われたジグソーパズル

桃園復興郷〔旧名、角板山〕後山の高坡《こうは》部落には、上に延びる山道が一本あるだけだ。山じゅうに高山の水蜜桃が植えられて、そのために山道はほとんど桃の木や五月の桃の花におおわれてしまう。山道の行きどまりの要害の高台に友だちのマサオの家があり、その向かいに僕は一週間ばかり滞在したことがあった。あれはもう一二月に近く、記憶のなかのスクリーンには天地をおおう深い霧が満ちている。陽の光は高坡部落にほとんど射さず、僕のフィールド調査もほとんど終わりに近づいていていた。

暗い夜が太陽の残照に近づきかけたとき、下に見える一軒のトタン葺きの家からひとりの老人が出てきて、上半身裸になると家のそばの空き地で、僕の年齢から言えば古臭い体操をしていた。それは日本統治時代の中学校でしていた皇民建国体操だった。体操をはじめて半時間ほど経つと、裸の体に白い霧のような汗の熱気が立ちはじめた。それから、老人は落ちついたようすで葉がすっかり落ちた桃の木にかけていた服を着ると、トタン葺きの家に入っていった。そのとき、目のまえのだれもいなくなった空間に、流れる水のようなピアノの音が流れだした。僕はびっくりした。こんな山のなかの部落に珍しいピアノの音が聞こえてくるなんて。ピアノはヨーロッパ文化が生んだ音楽を奏でていた。最後の曲はベートーヴェンの交響曲第五番ハ短調『運命』だった。出だしの震撼するようなピアノの音が、山の枯れ葉や枯れ枝をふるわせた。しかし、老人はいつも曲を全部弾きおえることができず、まるで生涯苦悩したベートーヴェンの運命交響曲を、わざと後山の幽谷の大嵙崁渓《だいかかんけい》に突き落としているようだった。

ある日、僕は勇気を出してトタン葺きの家の前まで歩いていった。表の入口はしっかり閉ざされ、錆びた鎖が老人の家とピアノを閉じ込めていた。老人の果樹園は遠いところにあるのだろう、いつも夕方になってやっと家に帰ってくるようだった。それからひとりで体操をし、ひとりでピアノを弾くのだ。私は、老人の行動はある時代の隠士とまったく変わらないと思った。

その週の最後の一日、とうとうフィールド調査の最終段階になった。そこで、私はトタン葺きの家のある通りまでやってくると、じっと目を凝らして奇跡が起こるのを期待して待った。しかし、天から落ちてきたのは奇跡ではなく、だんだん強くなる山の冷たい雨だった。私は急いで山を下りたが、雨は私を谷底に打ち落とさんばかりだった。

高坡客運駅と書かれたバス停の看板の下でバスを待ちながら、少し好奇心を持って、トタン葺きの家の主人のことを、バスを待っているタイヤルの人にたずねた。

「山でピアノの音を聞いたことがあるかい?」

「聞いたことあるよ! 皆あの森から、狂った嵐のように流れてくる音楽を聞いたことがあるよ」

「見たことは？」

「わしらはもちろんワタンがピアノを弾いてるのを見たよ、ワタンはいつも空中で演奏してるけど、わしらにはやっぱり上手に聞こえるね」

「ワタンはどうして空中で演奏してるんだろう？　まさかピアノがないんじゃないだろうね」

「ピアノだけじゃないよ、ワタンは一〇本の指がすっかりなくなっちゃったんだから」

「指が？」

「警備総司令部の連中に切られたんだよ、惜しいなあ、ワタンはわしらの部落の天才音楽家だった」

「ワタンさんに会いに連れっていってくれませんか？」

「なんだって？　三〇数年前に、ワタンは死んだよ。お前さんの頭はまるで腐ったクスノキと一緒だ……」

ワタン、部落の音楽家で、五〇年代の白色テロの犠牲者、長く埋もれて、報道する人もなかった。そのため私のフィールドワークは今日まで、ジグソーパズルの失われたなんピースかのように空白になっている。

死神がいつも影のごとく寄りそう

今年の一二月九日、世界人権記念日の前日、パンドラの箱のなかに隠れていた死神が人権諮問委員会の女性主席のうしろにいるのを見た。そして、その幽かな影が少しずつ主席の化粧に隠された綺麗な顔に近づくのを見た。記者が手にしたカメラから音もなく照明がたかれた。すると、光った瞬間に、死神がパンドラの箱から躍り出た。誰かこれを見た人がいるだろうか。

おおよそ二〇数年前になるが、僕ははじめて主席の名前を聞いた。ああ、僕は先に正確な年代を言うべきだね。一九七九年、もちろん「美麗島事件」〔一九七九年一二月一〇日、国際人権デーの日に高雄市で発生〕を覚えているでしょう！　僕は本当にいまなお記憶に新しいよ。僕が高雄の南港の南区機動工作組調査室の冷たい壁の隅に連れて行かれたとき、僕はコート、それから中にセーターを着て、それでもまだ体じゅうが寒くてふるえ、骨がガチガチ音を立てるのを聞いた。どこに隠れているんだ？　外省なまりの若い調査員が写真がきちんと並んだ頁を開いて、ひとりの女性を指さした。それがのちの主席だった。

僕はなにも答えられなかった。僕は眠っているときに捕らえられたのだ。一二月一〇日に「美麗島」雑誌社が高雄で開いた世界人権日集会にさえ、参加していない！

僕が狭い拘留室にもどったとき、中はもう人でいっぱいだった。僕らはまるでイワシのように立っていた。僕は注意深く左腕にぴったりくっついている老人に尋ねた。

「どうして入ってきたんですか？」

老人はむせび泣きながら答えた。

「わしが窓を開けて集会に手を振ったのを見たと言うんじゃ。わしはなにもしとらん、ただ窓を開けて服を取り込もうとしていただけじゃ！」

三〇分毎に、拘留室から何人かが連れだされて調べを受け、何人かが釈放されたが、大多数はもどってきた。もどってきた人たちはみなますます落ち込んでいた。二〇歳に満たない若者が突然声をあげて泣きだした。――死にたくない、死にたくない――とうとう、調査員に殴られ塀の隅に放っておかれた。その若くて丸く縮こまった体を見て、数歩しか離れていない場所に死神がいると感じた。

翌日、たぶん午後だろう。僕はまた取調室に連れていかれた。

名前は？　取調官が別の中年の男に変わっていた。これはお前の最後のチャンスだ。もしどこに隠しているか言わなければ、反乱罪にもとづいて死刑に処するだけだ。

僕がまだなにを話せるというのか。これは罪をでっちあげる手段だ。「美麗島」集会はただ罪をでっちあげる口実にすぎない。僕は美麗島のために命を犠牲にしたくない。しかし、僕はこの人たちがいったいどこに向かっていくのかまったく推測できなかった。僕はしかたなく、もし自分が脱走したメンバーなら、どこに隠れるだろうかと考えてみた。内山に隠れるなら、捕まるのが早いか遅いかの問題だけだ。僕は無意識に言った。猴山〔現、高雄市寿山〕。

僕は死神が僕とすれ違うのを見た。拘置室に連れもどされ、翌日釈放された。明るく輝く太陽も一二月の寒冷前線を暖めてくれることはなかった。そのうえ冷え切った政治情勢で、町の通りは往時と比べひっそりとしていた。僕は三元で新聞を買って、「美麗島」にどうして巻き込まれたのか見ようと思った。

本紙発：正直なある国を愛する人の指摘によれば、逃亡女性反乱分子の呂某は密かに海外への逃亡を企てたが、昨夜、西子湾〔高雄市の西端、台湾海峡に面する〕の猴山付近で逮捕された……

世界人権デーの前日、僕はまた二〇数年前の主席を見たが、いま彼女はもう昔、牢獄に入っていたような犯罪者ではなく、権力を握る国家のリーダーであった。党主席は雄弁に語った。明年五月一九日、人権諮問小委員会は、加害者の名簿を発表し、人権、正義を取りもどし……。私はまた死神の顔を見た。死神はパンドラの箱からわが寓居の客間に飛びこんできた。僕は死神は僕ということの不注意から間違いを起した密告者を解放してくれたと思ったが、死神はいつも影のように従っている……。

第二部——都市残酷

奥の手

空が白みはじめ、雲か煤煙か見分けがつかない厚いとばりのすき間から、日の光がこの都市に射しはじめた。木陰で、六四歳の阿吉仔《アジザイ》が腫れぼったい両目を見開き、まるで野球のキャッチャーのように精確に遠く別の星から放たれた弱い光を受けとめた。

阿吉仔は満足げに目をしばたかせた。そして、今日もまた一日生かさせていただけることを神様に感謝した。

彼は公園をひとまわりしたが、腹の足しになるようなものはなにもなかった。太極拳をしている人類（彼はこれらの二足動物をこう呼ぶのが好きだった。この動物らはよく彼にひどい呼称を浴びせかけた）は決して彼のほうを見ないし、阿吉仔ももちろん人類がこのような目で彼を無視し、ひどい場合は彼が発する強烈な臭いを嫌悪して避けることにすっかり慣れていた。阿吉仔は下を向き、あたり一面に鼻をクンクンさせていた。公園の掃除人が彼が目覚めない隙をねらって、まだ食べられるたくさんの食べ残しをゴミ清掃車に入れてしまったのではないかと疑っていた。

それでこんな広い範囲のどこを探してもなにもないのだ。彼は後悔した。昔からの教えを守らず、グズグズとして起きなかったことを。「早起きの鳥は虫にありつける」って言うじゃないか。

もちろん阿吉仔が後悔したのはこのことだけではなかった。例えば、昨日の晩は、町で子どもの手から奪った鳥のもも肉は一本もなく、自分はなんてお人よしなんだと思ったり、また意地になって田舎から都会に出てきたことを後悔していた。自分でもおかしかった。どうして「足首まで金につかっている（金が簡単にもぅかる）」なんていうばかげたことばを信じたのだろう。阿吉仔は都会に出てきてもうすぐ二か月になる。都会の人たちは田舎の人のようにお人よしではなかった。彼を化け物のように見ていた。子どものなかには、彼を弄ぶ子もいて、竹竿のようなもので彼の尻を突っついてくる――僕は、いい大人が小さな子どもにからかわれている気分だった。

阿吉仔は、今度ばかりは目がクラクラしてどうにもならなかった。鉄の椅子にうずくまり、目を閉じたまま、胃がキューンと縮こまるのを感じた。のどからは一本の手が伸びて彼に食べ物を要求しているようだった。無意識に日本統治時代の自分を思い出していた。ぴんと張った濃紺の警察の制服に身を包み、「大人《ターレン》、大人」の呼び声が針のように耳に突き刺さった。光復後〔戦後〕は、世の中が変わるなんて思いもよらなかった。彼を「大人」と見る人はもうだれもいなくなり、多くの人に殴ったり蹴ったりされて、逃げざるを得なくなったのだった。いまはこの土が無い都会に出てくるしかなかったのだ。阿吉仔はアアと溜息をついた。香しい油の香りがプンと鼻を突いた。近くに香腸の露店が出たのだ。彼は立ちあがり、腹を決めた。これは最後の切り札だ、成功しなかったら、一巻の終わりだ。

彼は露店に近づいていった。ゆっくりと痩せ細った手を伸ばして、油が滴る香腸にゆっくりと近づいていく……。

阿吉仔は手にアツアツのご飯とおかずを持ち、心は実にポカポカした気分だった。あと何日か住んでもなんの損もなく、もうかるばかりだ。食うものも住むところもあって、そのうえ金も要らない。

阿吉仔はご飯を食べ終えると、冷たい鉄条をなでている。そのとき、阿吉仔がひとりでブツブツ言う声が聞こえてきた。

「食べるのと寝るのは問題なくなった。ただ前のように行動が自由でなくなっただけだ」

いましがた入ってきた若い警備員が食器を片づけ、阿吉仔をチラッと見ると、出て行った。

中秋の前

穿龍隘口《せんりゅうあいこう》〔台中市和平区。昔の隘勇線〕から下方を望むと、夕焼けのなかにタイヤル族の部落が弱々しい生気を放っている。黄昏がちょうど大安渓の河口に帰り部落に別れを告げようとしていた。青いズボンをはいたふたりの子どもが、まるで大切な約束に駆けつけるかのように夕焼けのなかを走りだした。

「そんなに急いで走らないといけないの?」うしろの子どもが怒って足を止めてしまった。腕には月餅の箱を抱えている。

「最後に残った月餅になってしまったなあ」

ふたりは息をゼイゼイさせながら足をゆるめると、一気に、黄昏が谷底にころげ落ちるように、空が真っ黒い幕におおわれてしまった。

この高台にある部落から下を望むと、大安渓の河畔にへばりついた白布帆〔苗栗県卓蘭鎮〕の客家庄から時おりパッと明るく空に向かって花火が打ちあげられ、いく重にもかさなり合ってはすぐに消えていった。

「明日は中秋節だ！」中のひとりの子は大変嬉しそうだった。

「僕ら山地人も月餅を食べて中秋を過ごすの？」月餅を持っているほうの子どもはそう言いながら、山地人と平地人の中秋の過ごし方は違うはずだと思っていた。

「いまはそうだけど、昔は違ったよ」もうひとりの子どもがこたえた。

「昔はどうだったの？」

「月を観る踊りをおどっていたのさ！」

その子は手足を動かしておどりはじめた。そしてひとまわりおどると、おどるのをやめて続けてこう言った。

「それに米酒《ミーチウ》を飲んだんだぜ。父ちゃんがそう言っていた」

子どもの父親は村長で、五〇歳くらいだった。

「いまはもう踊る人はいないよ、僕の兄ちゃんのように都会に行って、帰って来るかどうか？」

子どもは悲しげに言った。

「台北のこと？　台北は何か悪いことがあるの？」

彼はテレビに映ったマクドナルドや高いビルを思い出していた。

「台北は悪い人が多いから、僕の兄ちゃんは台中に働きに行ったんだ」子どもは得意げに言った。

「兄ちゃんが言ってた、僕が中学校を出たら僕を連れて行ってくれるって」

「僕もお姉ちゃんを連れてお金もうけに行くんだ！」

村長の子どもはまるで頭に計画表を浮かべるように、頭を高く上向けた。

「ダメだよ、兄ちゃんが言ってたよ、『汚れ物』になってしまって、とっても危険なんだって！」

子どもは警告するように言った。

「どうして？」

「都会はめちゃ汚いんだろ！　僕も知らないけど！」

子どもは月餅の箱をちょっと持ちあげて、突然言った。

「だれにあげるの？」

「マヤランのヤジスに！」

ふたりの子どもは玄関に立ったとき、目の前の黒いコウモリのような老人にびっくりさせられた。

「ヤジス——」ふたりの声はとても小さかった。

「マヤランってあの碌でなしか？」

老人はケッケッと笑い声をあげた。暗い灯りの下で椅子に座ったままで、怒っているのか喜んでいるのかわからなかった。

「僕は村長の子だよ、月餅を持ってきたよ」

子どもは月餅をサッと奪い取ると、月餅をさしだした。

「いらないよ、わしは持ってる」

ヤジスは思い出すようにひとり言を言った。

「マヤランは帰ってくるよ、月餅を持ってな、あの子はそう言ってた」

「マヤランが部落に帰ってくるの?」もうひとりの子どもが口をはさんだ。「明日なの?」

「マヤランは都会人だから、帰ってくるのも、他の人とは違うよ!」村長の子どもは言った。

「吉棟《ジートン》のように『名流(メーカー光陽工業のバイク)』に乗って帰ってくるよ!」

「明日は、マヤランが帰ってくるぞ!」ヤジスは立ちあがって、外に人がいるかのように見ながら言った。「もう帰りなさい、外は雨が降ってるよ!」

ふたりがふり向いて外を見ると、はたして、空から細かい雨が降りはじめ、淡黄色の灯りのもとで、軽やかに温かく見えた。

ふたりの子どもは雨のなかを走りながら、ひとりは、もう少ししたら月餅が食べられると考えていた。もうひとりは、いつになったら都会にお金を稼ぎに行けるだろうかと考えていた。遠くから見ると、勢いよく走るふたりの子どもは、まるでこの雨のなかに溶けこんでいるようだった。

雨は、いくぶん寂しそうな、憂いを含んだタイヤル部落に降りつづけていた。


僕は……僕はどうしてここにいるのだろう。

マヤランが体を少し動かすと、皮膚の末梢神経から耐えがたい痛みが全身に走った。彼はフッと全身の骨の関節をゆるめ、それからそっと大きく息をついだ。

「マヤラン――」

真っ暗な夜のなかから、声が突き刺さった。

彼はこの声を覚えていた。

時間はもう夕刻に近かった。どんよりした天気のせいで、太陽がいつ都会のビルの林のうしろに隠れてしまったのかわからなかった。彼は喫茶店の玄関に立って客引きをしていた。あの頃、彼は老闆《ラオパン》（店の主人）が明け方まで働かせることに腹を立て、いつもしらけた表情で不満を表わしていた。

「マヤラン、もっと真面目にやれ！」

フロントから声が聞こえてきた。

「くそったれ！」彼は心のなかで罵った。「人を連れこんで、いいとこの娘さんを傷つけさせるのかよ！」

実際、言うとおりだった。すべてがこの不潔な金のためではなかった。中の小姐《シャオジェ》が言ったことだが、だれも皆、つらい人生を背負っている。上は年老いた母親から下は姉妹までいて、どの人も孝女録に載ることができるほどだ。しかし、彼が特に気にしていたのは、どうしても話をしない秋花だった。同じタイヤル族同士なのに、と彼は思っていた。

マヤランは「三五《サンウー》（タバコの銘柄「555香煙」）」を一本吸うと、中指と親指で吸殻を溝に弾き飛ばした。タバコの先が消えると、四〇歳ばかりの中年の男があらわれた。

「中へどうぞ」彼は冷たく言った。

その男は彼をちらっと見ると、一瞬、躊躇したようすだったが店のなかに入った。

「七号、七号、お客さんだよ！」

マヤランは悲しい気持ちになった。用心棒や客引きよりゲスなものはない。いわんやそれがまた……マヤランはそれ以上考えるのに耐えられなかった。最初、都会に来た頃の意気揚々とした気持ちを思い出すと、いまや金銭にまみれる夜の世界に身を落としてしまっている。

「わたし今日はいやよ」中から秋花の声が聞こえてきた。「わたし今夜は、家へ帰るのよ、部落に帰るの……お願いだから」

マヤランはそれを聞くと、髪が総毛立った。

「バカヤロウ！　まだわしにいやだと言うのか」老闆の声だった。「自分がお嬢さんだとでも思っているのか、バカヤロウ！」

それからパチッと平手打ちの音がした。

マヤランはふり向き、老闆を押しのけると、秋花の手をつかんで外に走りでた。老闆はハッと我に返り、すぐに人に追いかけさせた。

うしろから何人追いかけてくるのか、マヤランにもはっきりしなかった。ただ体に鉄拳や棍棒が襲いかかってきたのは覚えている。彼らは必死に逃げた。最後はどのようにしていく重もの包囲を突破したのかわからなかった。

彼はその声が秋花だとわかった。

「痛い？」

声がまた聞こえてきた。

彼は寝返りを打つと、ウーンと悲鳴をあげた。

上を向いてジッと見ると、秋花の驚いた顔が目に映り、空は墨のように固まり、まるで真っ黒な闇夜の森林のようであった。

「君を家に連れていってやるよ」マヤランは思い切って壁にもたれた。「本当だよ！」

「いい人ね」秋花は手で彼の顔の血痕をふいた。「血がいっぱい出てる！」

「大丈夫だよ」マヤランは彼女の手をはらった。「こんなことになるって早くからわかってたよ、早くからわかってたんだ」

「でもあなたはやっぱりいい人よ、わたしを連れだしてくれたわ」秋花は大変感謝して言った。「だれも皆わたしを推し倒したけど、あなただけはわたしを引っぱりあげてくれたわ」

「いい人か！」マヤランは冷たく言った。「おれは正真正銘のバカだ、おれはあんたを部落に帰してあげたいだけだ。老闆はおれを帰らせないし、あんたも帰らせないから、だから、おれはあんたを連れだしたんだ。でもなあ、おれはいい人じゃないよ、おれは悪い奴さ、ばか者さ！」

「わたしもいい女の子じゃないわ、わたしは折られた花よ」秋花は彼を慰めて言った。「わたしたちは地の果てで落ちぶれた者同士で、同類よ」しばらく微笑んでいたが、とうとう声を出して泣きだした。ふたりは暗闇のなかで抱き合って泣いた。

いつ頃からか、雨がこの都会のビルの林のなかに降りだし、彼らの体にも落ちてきた。

「雨が降ってきたわ！」秋花が立ちあがり、手のひらで雨水をうけた。

「本当だ、雨が降ってきた」マヤランは痛さをこらえて立ちあがった。「行こう！」

「行きましょう！　どこに行くの？」

「おれの部落に帰ろう！」

「わたしたち？」

「おれら」

雨が激しくなってきた。

雨の音がだんだんと大きくなり、人の声がだんだんと小さくなった。

「わたしの部落はとっても美しいの……」

「これからはあんたはやっぱりいい女の子で、おれもやっぱりいい子だ……」

「月餅、買いましょうか……」

夜の行動

羅亭《ルオティン》が都会の真ん中に立っていると、目の前で点滅する色とりどりの灯りが目に入ってくる。時間はまるで見知らぬ土地を通りすぎていくようで、茫然としてどうしていいかわからなかった。夜が一瞬のうちにやってきた。林のようにそそり立つビル群から光が放たれ、四方八方から降りてくる黒いとばりを遮っているようだった。

羅亭は、停仔脚《ていしきやく》〔南方建築の特徴。家屋の前の回廊〕を流れるように歩いて行くいろんなタイプの男女を一瞥し、恥ずかしそうに口を小さく開けて「中産階級」とつぶやいた。怒りに満ちた、しかし卑屈な自分の声を聞いて、どうしてそんなことを口にしたのか驚いた。「中産階級」、そのことばはまるで天地創造のときイブを誘惑した毒ヘビのように、彼の頭のなかに浮かんでいつまでも消えなかった。羅亭は「中産階級」という語彙を、一年分割払いの一六インチテレビと毎日見る朝刊で知った。国内の戒厳令解除〔一九八七年七月一五日〕以後、さまざまな自力救済が起こった。弱小団体の連盟や、声援や、「中産階級」が彼に与えたのは、それぞれが自分の家の前の雪をはいているような、民間で問題が起こっていても構わないマイペースな人という印象だった。だから、ビルが林立する都市の中心に行くたびに、まるで愛欲が流れる交差点に入り込むように感じ、さ迷うばかりで誰ひとり助けてくれる人はいなかった。

とあるファーストフード店の前で、羅亭は清潔なガラス扉越しに店のなかをのぞいた。何人かの若者は資本主義帝国で投げ売りしているチキンやナゲットを楽しそうに食べ、ドリンクを飲んでいる。「世界は猛スピードで変わっている」。彼は一六インチのテレビを通して耳に入ってきたこのことばを思いだした。理髪店の前を通りすがると、がっちりした男が彼の肩を引っぱった。

「旦那さん、気持ちよくならない」

「俺、金がないけど、入っていいのか?」

羅亭はその男の手を振り払うと、逃げるようにその不愉快な通りを離れた。

続いて、正面から現われたのは銃を持ったランボーの大きな映画広告だった。彼は楽しそうに広告に向って言った。「好きだよ」羅亭の部屋には筋肉質のランボーのポスターがかかっていた。彼がはじめて「ランボー　最後の戦場」を見たとき、彼の血は興奮のあまり頂点に達した。銃弾が一発一発悪者の体を打ち抜くとき、彼はランボーの目つきをまね、悪を退治するぞと心に決めた。しかし、羅亭は都会の街中に立つと、どの人も悪者に見えてきた。ただ、どの人もどこが悪いのか見分けがつかず、人の群れが笑ったり怒ったりしながら、彼の目の前を通りすぎていくだけだった。証拠がない、本当に誰が悪者か判断する証拠がないんだ。誰が銃弾に見舞われるべきか、証拠を探すんだ、と自分に言った。

「ランボー第三集」の切符売り場は人が長くつながっていた。彼は行列の最後についてゆっくりと前に進んだ。下品な男が近寄ってきて、彼の耳もとに口を近づけて囁いた。

「ダンスですよ、満足していただけますよ」

「なに？」

「女の子のダンスですよ、あとひとりではじまるんですよ――」

下品な男は人の列から彼を連れだした。羅亭はその男をちらっと見て、映画のなかで刑事が神出鬼没に、雑多な人びとがいる暗黒地帯にまぎれこみ、悪人を捕らえるシーンを思い浮かべた。彼は悪鬼をやっつける興奮を押し殺して、男のあとについてサッサと喫茶店〔風俗店〕に入っていった。

「二百元です！」

金をフロントの男の手に渡すと、すぐに、つきあたりの左側に地下室に降りる階段があり、そこから女が出てきて、サッと彼を連れていった。女は片手にホタルの火のような小さな灯りを持って下を照らし、もう一方の手はしっかりと羅亭をつかんでいた。

座ってしばらくすると、地下室の暗がりになれてきた。じっとりとした、もの憂げな東洋音楽が流れている。最前方に舞台があり、舞台の下には何台かのソファーが置かれ、ソファーのあいだはベニヤ板で簡単に仕切られているのが、大体わかった。羅亭は気がふさいでいると、男があらわれた。

「ホステスは五百元です、お好きなようにしてください。気持ちいいことまちがいないですよ。

気持ちよくなかったらお金は取りません」

「ダンスは？」

「すぐにはじまりますよ！」その男はひとりの名前を呼んだ。すると、玫瑰《メイクイ》〔バラ〕と呼ばれた女性がすぐにそばに来た。

女性が彼の体に触れたとき、羅亭は前方の三台のソファーがしきりに動いているのを感じた。羅亭がタバコに火をつけた瞬間、光のなかに女の子の顔が浮かんだ。それは化粧をした、苦労してきたらしい女の子の顔だった。羅亭はふと家の下の妹の、あの純粋で世間知らずな顔を思い出した。

女性は羅亭の手を握り、それからゆっくりと体のもりあがった山頂に近づけた。

「アア！　ダメだ！」羅亭は手を引っこめた。

「きらいなの？」女の子は不思議そうにそう言った。

「違うよ」羅亭はそう言ったとき、その音程はちょうど「中産階級」と言ったときのそれと同じだった。

「ゆっくりなのがお好きなのね」女の子はにっこりした。まるで目の前のこの悪意のない男をからかっているようだった。

「いや、そうじゃないんだ、俺はただ不注意に入り込んでしまって、それからなにもわからないうちに七百元出してしまっただけなんだ」羅亭は焦っていた。

「なにもわからないうちに千元渡してしまったかもしれないんじゃないの？」その女の子は薄っ

すらと笑みを浮かべ、楽しそうな口調で彼をからかった。

「あんたがなにを言っているのか俺にはわからん」羅亭は大きな暗闇に直面して、さっき想像していた刑事ややくざ者はすっかり消えてしまった。

「本当に知らないの？　はじめて来たの？」

「ないよ、俺は悪い奴を探しに来たんだ！」羅亭は得意になって言った。彼はいま本当に拳銃を、やくざ者を打ち倒す銃弾がつまった正義の銃を身に着けていたかった。

——バカやろう、なにをしゃべってやがるんだ、やるんなら早くしろ、そこのチーチーパッパうるせえ！　声がベニヤ板を通して耳に伝わってきて、気持ちが悪い。

「お兄さん、ここには悪い人はいないわ！」女の子はしかたなさそうに手をひろげた。

「俺は羅亭だ、お兄さんじゃない！」

「いいわ、羅亭、ここには悪い人はいないわ！」

「本当にいない、客引きのあの男は、フロントのあの目つきの凶悪な奴は、あれは悪い奴じゃないのか？」

羅亭はベニヤ板から足が飛び出てくるのをおそれ、小声で言った。

「あの人たちは悪い人じゃないわ、あの人たちは生活のために仕事をしてるのよ、あの人たちは私に仕事をさせてくれるために、同じように一生懸命にお金をかせいでいるのよ」

女の子はいささか焦っていたが、羅亭に彼女の話は本当だと信じさせなければならなかった。

「いいよ、悪い人がいないんなら、俺もう帰るよ！」

羅亭が立ちあがると、彼女は彼を引っぱって悲しそうに言った。

「行っちゃだめよ！　あなたが行っちゃうと、老闆は私がちゃんと接待しなかったからだと思うわ」

羅亭は語気が尋常でないのを感じた。

「あの人たちに皮をはがれてしまうわ！」女の子は泣きながら言った。

「何だって！　あいつらはいい人だって言ったじゃないか！」羅亭は腰を下ろすと、指で彼女の涙に触れ、そっとぬぐってやった。

「しかたないのよ！　家はお金が必要なのよ」

「ゴミ、ゴミ、この都会にはゴミがあふれている」羅亭は憎々しげに言った。暗闇のなかで、彼の顔はひん曲がっていた。

「声を小さくして、お願い！」女の子は慌てて言った。

「ちくしょう、俺が救ってやるよ！」

羅亭は自分が言った「救ってやる」という二字のことばを聞いて、すぐにランボーが映画のスクリーンのなかで言った感動的なセリフ——俺はランボーだ、を思い出した。

「救ってくれるのなら、千元ちょうだい、それからすっきりしましょう」

女の子はケラケラと笑いだした。まるでいましがた泣いていたのが、本当に彼の手でそっとふき取られたように。

「俺はあんたを苦海から連れだしてやる、本当だ」羅亭はそう言うと、女の子の手を引いて急いで上に向って駆けだした。すると前から来たのはまるでショベルカーのような大男だった。

「走ろう！」

羅亭は慌てて入口にむかって駆けだした。

「走るって何だ、馬鹿野郎めが！」

重い衝撃が襲い、羅亭は気を失った。

羅亭が目を醒ましたとき、都会全体のビルの林が静まりかえっていた。ただ雨がしとしとと体に落ちていた。彼は街を一瞥した。いま受けたばかりの傷が痛いのか、それとも心が痛いのか、ふた筋の涙がサッとあふれ出て顔じゅうに広がった。

タクシー

僕は自分で運転するので、部落から一三キロの小さな街やさらに遠い街に行くには、通常は決してタクシーに乗ることはない。ある水曜日の午後に、教師の研修活動があった。場所は小さな街だったが、あいにく、僕の三菱ミニバンはレギュラーガソリン〔九二汽油〕を使いきっていた。そこでやむなく同僚の車に乗せてもらって、一緒に研修に参加した。活動が終わると、また一緒にひと息入れるためにアフタヌーンティー——実際のところ時間はもう夕刻に近かったが——を飲んだ。同僚が住んでいるのはその小さな街で、バスの最終便はもう出ていた。僕はやむなく黄いタクシーを呼んだ。タクシーが街角を曲がってきたとき、運転席のそばに女性らしい人が乗っているのが見えた。タクシーが僕の前まで来ると、ドアが開き、中年のおとなしそうな客家人の男が僕に乗るようにうながした。タクシーは僕が唯一の客だった。

小さな街から部落までは起伏の多い曲がりくねった産業道路だ。雪山山脈南端の山に入っていくにつれて、夜空は冷え込んできた。もう四月というのに、地球の異常な気候が島の温度を一二月の冬の温度にとどめていた。僕は車の窓をほんの少しすき間をあけた。運ちゃん〔外来語。台湾に残った日本語〕は、仕事に集中してハンドルを握っていた。僕らはほとんどしゃべらなかったが、ただ、僕はこの人の顔色の変化に気がついた——穏やかな表情からしだいに悲しげな表情に——短い一三キロの道を二〇分もかからずに部落に着いた。僕は下車し、紙幣を渡し、おつりをもらうと、車は街にもどろうとした。僕はとうとう我慢できずに車に乗る前に生じた目の錯覚について話した。すると、運ちゃんは——あの悲しげな表情はかすかに興奮して紅潮していた——こう応えた。

「ああ、多くの人がご覧になりますが、私の妻です。私は妻が私と一緒にいることを喜んでいます」タクシーは街の方向に切り換えすと、静かな声で言った。

「九二一大地震〔一九九九年発生、台湾中部大地震〕のとき、私たちはこの産業道路を走っていました。ただ私だけが生きて帰ったのです」

小さなバス停の冬

八〇年代の初期、商工業の急速な発展にうるおった台湾全島は、社会全体が一気に色とりどりのきらびやかなネオンに包まれたかのように、複雑な賑わいと朦朧とした表情をみせていた。しかし、中部の山地の辺縁の地にある、あるタイヤル族の部落はと言えば、まるで子どもが、誰からもその存在に注意を向けられたことがなく、泥のなかで遊ぶにまかせられているように放置されていた。

部落じゅうがまだ暗闇の衣に包まれているとき、小さな町に通じるバス停の看板の下で、ひとりの大人とひとりの子どもがもうすでにバスを待っていた。

山の気温は、そのときやっと摂氏一〇度だった。部落の東側の八雅鞍部山脈《パーヤーアンブ》にそそり立つ巨大な山のほかは、ほとんどの人がまだ布団にくるまって寝言を言っていた。

バス停の看板の下にいる子どもは、ぶかぶかの服に身を包んで、少しも動かず、うずくまっている大人のそばに縮こまっていた。その人は憐れむように子どもの首筋をひとしきりなでると、手を引っこめてもうなにも言わなかった。ふたりのそばには古い紺色のかばんがひっそりと置かれていた。

六時になった。彼らは首を長くして待っていたが、町へ行くバスはまだ来なかった。

——ヤパ、バスはもうすぐ来るの？

子どもは不意に黒い頭をつきだすと、ひんやりした空気が突き刺さってきた。

——うん、そうだと思う。

子どもにヤパと呼ばれた父親は、急に気持ちが落ちこんだ。今日は妻のイワと合う約束の日だった。彼らは朝、八時半に町の氷屋で会う約束だった。

——もう長く座って待ってるけど、バスはまだ来ないね。

子どもはふてくされてふくれっ面をすると、それからまたぶかぶかの服のなかにもぐりこんだ。しばらくすると、山のほうからゴーゴーとエンジンの音が伝わってきた。子どもはまるでなにか珍しいものを発見したように、頭をつきだして立ちあがった。その子はくりくりっとした大きな目をしていて、身をかがめて音を聞いているときには、ふたつの目はびっくりしたように大きく見張られ、まるではめこまれたふたつのガラス玉のようだった。

音がますます近づいてきた。子どもの体はいっそう傾き、その傾いた重さに耐えられなくなって転げそうだった。車が大通りの向こうから姿をあらわしたが、それは巨木を積んだトラックだった。

がっかりして、子どもの体はすぐに元にもどった。

トラックがバス停の看板の下を通ると、タイヤが塵と黒い煙をまきあげ、ふたりは顔をそむけた。

――ウワッ、うんざり、どうしてバスじゃないの。

地面に垂れた子どもの服のすそが風に吹かれて彼の顔を打った。

――なにをいらだっているんだ。バスは必ず来るよ。

もしバスが六時きっかりに来たら、町には七時頃には着く。残った一時間は、子供を連れて、豆乳を飲み、油条《ヨウティアオ》や包子《パオズ》といった、子どもがめったに食べたことがない朝ごはんを食べるつもりだ。ふだんは、おかゆにサツマイモを添えて食べるだけで、前の晩の残り物を食べることもある。彼はいつも子どもには本当にすまないと思っていたし、子どもはまだあんなに小さい。栄養が足りないんだ。

――バスが来なかったら、ヤヤに会えなくなるし、ヤヤに会えなかったら、つらくて死んじゃうよ。

子どもは大げさに独り言を言った。表情が突然暗くなった。

――ン……

彼は下を向いてそばの子どもを見た。考えれば、大部分の子どもは母親が恋しいものだ、ましてや、いまふたりは一か月に一度しか会えないのだ。思い返せば、こうした状況はもう一年余り続いていた。彼が八雅鞍部の山で足を折ってからのことだ。運命だ、彼はそう思った。

空を見あげると、いく筋もの朝日が雲間からのびて、長い光の足のように部落に射していた。

部落じゅうの家はいますっかりその全貌をあらわしていた。朝日に照らされた彼の顔は五〇歳の顔に見えた。

今朝、彼はまだ笑顔を見せていない。その表情は冬の季節のように冷たく、寒々としていた。トラックがまきあげた煙が消えていく端から、人の影が歩いてきた。

よく見ると、下の部落の巴尚《パーシャン》でしゃれた服を着ていた。彼はわざと下を向いて、その人を見なかった振りをしていた。

妻が町に出ていってから、彼は部落でいっそう孤独になっていた。めったに彼と話す人がなく、会ってもわざと他愛のないことを話題にするだけで、なにか話しても中身が知れていた。はじめは妻を町に行かせるつもりはまったくなかったのだ。いつも苦しい思いが心に湧きあがってきた。そのことを考えるたびに、いっそあのとき山の谷に落ちて死ねばよかったと思った。まわりの人は、「大難死なずば、必ず後に福あり（災いのあとには、きっといいことがある）」、と言ってくれたが、彼にはまったくそのようなことはなかった。

巴尚はバス停の看板のところまで来ると、足の悪い羅幸《ルオシン》親子だと気がついて、おそるおそる近づいた。

——バスに乗るの、こんなに早くから。

本当に間抜けた質問で、人がバス停のそばに立って他になにを待つと言うのか。

羅幸はそれを聞くと、夢から覚めたふうを装い、ウンウンと二度うなずいた。

子どもはいつ覚めたのか、気持ちを変えて地面のうえに絵を描いていた。描いているのはなにかわからなかった。流れる水のようなものが一本、彼の父親の足元まで引かれていて、まるで左足にからみつくようだった。

——なにを描いてるんだい、この線。

巴尚はその流れる水をちょっと指さした。

——ヤヤの髪の毛、長くて真っ黒な髪の毛だよ。

子どもは嬉しそうに笑いながら言った。

——そんなに長いのかい！

——そうだよ！　前に……もうだいぶ前だよ。ヤパがヤヤに会いに連れていってくれて、ヤヤの髪は肩の下まで伸びていたよ。ずっとヤヤに会っていないから、いまはもうこんなに長くなっているはずだよ。

子どもは嬉しそうに手を広げ、ちょっと比べてみて、まだ十分ではないと感じ、また体を左に移して長さを加えた。

巴尚は子供がなにも知らないようすなのを見て、笑いがこみあげてきたが、そばで顔を真っ赤にしている羅幸を見ると、その笑顔はまるで気泡のように空中で「ポン！」とはじけて、消えた。

——おい、お前、いい加減なことを言うな！

羅幸は軽く一喝したが、しかしまた、子どもになにが理解できるだろうか考えると、一気にまた気が弱くなった。

先月、イワの髪が長くなっているのを見て、彼は本当に驚いたのだ。手でちょっと触ってみると、大変柔らかく、まるでこれまで見たことがなかったような感じだった。イワは彼の手をそっとたたいて言った。

「お客さんは長い髪が好きなのよ」

彼の手は一瞬固まってしまった。触り続けるべきか、それとも手を引っこめたほうがいいのかわからず、ただ心は鋭利な刃物で刺されたように、深い傷を負ってひどく冷たく感じた。

部落にもどると、何日か続けて夜に悪夢を見た。あの長い髪はだんだん伸びて幽霊のような手となって彼をつかまえにきた。彼は左に右によけたが爪にとらわれる恐怖から逃れられなかった。

子どもは父親の言うことがわからず、巴尚の手を指して続けて言った。

——嘘じゃないよ！　ヤヤの髪の毛はキラキラ光って、僕は毎日あのなかで寝たいんだ。

巴尚は、羅幸の前で彼の妻のことを話すのが苦しくなってきた。

あの日、徳旺《ドーワン》が町から帰ってくると、何人かが徳旺を囲んで彼が町で味わってきた新鮮な遊びに耳を傾けた。町の薄暗い明かりの喫茶店に何度も行ったことや、マッサージのある理髪店のことが含まれていた。それから裏町に並ぶ軒の低い家に行ったときのことに話しおよんだときに、徳旺はなにかを探るような目をして、声をひそめて続けて言った。可愛い鳥が鳴くように客を引く女性たちにまじって、徳旺はひと目でイワ——濃い化粧をした羅幸の妻がわかった。ふたりはお互いに気まずくて呆然となった……。徳旺が気まずそうに口をもごもごさせていると、誰かが言った。

「どうして入らなかったんだ？」

すぐに大きな笑い声が起こった。皆はその話を笑い話にしてゲラゲラと笑いだした。そのとき、ふいに羅幸がよろよろと入ってきた。巴尚はゾッとするような冷たい青い光を見た。ちょうどいまと同じだった。

巴尚は、あの耐えがたい場面の再演を避けるために、もうこれ以上子どもと話そうとは思わなかった。そこでひと言言った。

「どうしてバスはまだ来ないんだろう、ちょっと見てこよう」誰に言うともなくそう言って離れて行った。

羅幸はほっとした。もし巴尚が続けて子どもに話しかけたら、本当に耳をふさいだだろう。少なくとも、子どもの口をふさごうとしただろう。

子どもはやっと五歳になったばかりで、なんでも思ったことをみな口にする。厄介なことにならないとも限らない。

子どもの母親が町に行ったとき、子どもはひどく泣いた。彼は子どもを騙して言った。

「ヤヤは仕事にとても疲れてね、だからずっと町で休んでいるんだよ」

「ヤパ、お父さんはどうして仕事に行かないの？」

子どもがそう聞いてくるたびに、返事に苦しんだ。

足はまだ完全に良くならず、畳に横たわっていた。

「ヤパはいま病気なんだよ」

子どもはそんなとき、大変同情的になってうなずきながら、よくわかったというように優しくこう答えた。

「ヤパ、早くよくなってね！」

ベッドから起きて杖をついて少し動けるようになると、子どもはまた不機嫌になった。そして言った。

「ヤパ、仕事に行ってよ、換わりにヤヤが帰ってくるように、いい？」

実際のところ、足が悪いと、部落ではどんな仕事も見つからなかった。そのうえ自分には果樹園がなかった。両親が酒のために果樹園を次々と質に入れてしまったことに大変腹を立てていた。しかし、死んでしまった人にはもう怒ってもしかたがなかった。だから、ふだんはやむなく臨時工で身銭を稼いでいた。その頃はまだ大変体格が良かった。けがをしてからは、体の筋肉も一緒に谷にころげ落ちてしまったようで、どうしても見つからなかった。

彼は子どもに言った。

「昔はヤパが仕事をしてた、今はヤヤが仕事をして、ヤパがお前の世話をしているんだよ」

そう言ってから、でたらめだと感じた。泣きたくなるような気持ちで鼻がツンとした。なんと町で上映される喜劇映画に似ているんだろう。演じられているのは悲劇そのものなのに、いつも情け容赦なく笑い飛ばされる。しかし、映画館を出てよく考えると、笑うべきか泣くべきかわからない
そのとき、何人かの大きな帽子をかぶった高校生たちがドッとやってきた。彼らは町の学校に行くのに朝六時のバスに乗るのだ。

高校生の笑い声は雪だるまのようにどんどん大きくなった。羅幸は屈託のない彼らが羨ましかった。

彼は身動きして足を持ち上げたが、けがをした足は骨を抜かれたみたいに、狭い空間で人形のようにブラブラしていた。

彼は痛ましそうに子どもを見ていたが、本当に憐れに思ったのは、自分自身だったかもしれない。

イワは氷屋で低い声で言った。

「私、あの人に了解の返事したわ」

羅幸は格別、驚かなかった。彼にはいつかこの日が来ることはわかっていた。心のなかで「それもいい」と思い、のど元まで出かかったが口にしなかった。彼はかつて自分の妻だった女性をじっと見た。顔のそばかすは多くなったが、そのほかは、昔とまったく変わらなかった。彼はそばかすをちょっと指さした。

——また増えたね！

イワは手で顔をなでながら、そばかすを触るように指で何か所か押したが、どこも間違っていた。

彼は自分の手でイワの手を取り、小さいのや褐色のを押さえて彼女を喜ばせた。しばらくすると、ふたりの手はじっとりと濡れた。

——許してほしい。

イワは顔を彼の胸に埋めた。あの夢に出てきた黒髪に指が生え、彼の胸を深くかきむしった。

彼はイワを慰めたが、それはまるで両親がいなくなった子どもを慰めているようだった。

イワは男は退役した士官長で、早く子どもをほしがっていると話した。婚約は来月に決まったので、「もう一度子どもに会いたい」というイワのために、彼らは今朝、町で会う約束をしたのだった。もちろん、あの退役した士官長はなにがしかのお金を出して彼と別れさせたのだ。

子どももいまはバス停の看板から離れ、あの何の悩みもない高校生たちにべったりくっついていた。

——天助《ティエンチュ》、もどっておいで！

——いやだ！

子どもはきっぱりと答えた。

高校生たちがこそこそと、天助となにを話しているのかわからなかったが、なにやら秘密めかして笑いはじめた。

羅幸は立ちあがると、足を引きずりながら近づいていった。高校生たちは知らん顔をして本を取り出して読むふりをした。

——お前たち、なんて言ったんだ。

高校生たちはお互いに顔を見て、知らないふりをした。

羅幸は腹を立てた。この高校生たちにばかにされたと思い、天助を無理に引っぱってバス停の看板のところにもどった。

彼らはそれぞれもとの姿勢にもどって、お互いになにも話さなかった。バスはまだ来なかった。

――あの子たちはなんて言ったんだい。

彼はいぶかるような口調で訊ねた。子どもはぐずぐずと口をすぼめてなにも言わなかった。

――言ってごらん、言わないとおまえをヤヤに会いに連れていかないぞ！

――ヤヤが好きか、それともヤパが好きかって言ったんだよ。

――それで、おまえはどう言ったんだい。

彼はいくぶん緊張しており、まるで子どもの口からなにかを取り返すような口ぶりだった。

――どちらも好きだって。

子どもは仕方なくそう言ったが、少し後悔していた。羅幸はほっとひと息ついた。

――本当だよ、でもヤヤのほうが好きだよ。

「本当かい！」

子どもの目がちょっと光った。

――バスは来た？

巴尚が曲がり角のところからもどってきて、大きな声で言った。

「バスが見えたぞ」

子どもも興奮して立ちあがると、本当にゴーッとバスの音が聞こえてきた。

子どもは本当にママが好きなんだ！　羅幸はそう思うと、がっかりした気持ちになった。

――ヤパはおまえに良くないかい？　どうしてヤヤのほうが好きなんだい。

「ヤパは怒らない」天助は考えていた。ヤヤはいないけれど、毎日、ヤパは彼と一緒に遊んでくれて、めったに怒らない。

——ヤパは仕事をしていないよ！　ヤヤは仕事をして、とっても疲れている。だからヤヤのほうをよけいに好いてやらないといけないんだ。

天助はそう言うと、嬉しくなった。バスの音がますます大きくなり、もうすぐヤヤの長い黒髪に触れることができるからだ。

羅幸は心の奥が深く針で刺されたように痛み、ゴムまりから空気がぬけるように一気にぺちゃんこになった。

どうしてそんなふうに言えるのだろうか。俺は彼の父親だろ！　羅幸は感情的になって子どもの手をつかんだ。バスがこちらに向かってくるのを見たとき、子どもの目に希望の光が映っているのを羅幸はまったく見ていなかった。

——ヤパはおまえによくしてやってるよね？

——ヤヤのほうがいいよ、いつもお菓子を買ってくれるよ。

バスはゆっくりとバス停に停まった。巴尚がバスに乗り、高校生がバスに乗り、次々と人がバスに乗っていく……。

——僕たちも乗ろうよ、ヤパ。

——ヤパもお菓子を買ってあげてるよ。

——やっぱりヤヤがいい、ヤヤに会いたい。

――でもヤヤはもうすぐお別れなんだよ。

――ヤヤは僕らがバスに乗るのを待ってるよ。

――ヤパはお前によくするよ、ヤヤはもう行ってしまうよ。

――ヤヤはそんなことしないよ、ヤヤの髪は長いんだ。

――ヤパたち行かないよ、ヤパはおまえと一緒にいるよ。

――僕はヤヤがいい、ヤヤには仕事があるけど、ヤパにはない、僕はバスに乗るんだ。

――言うこと聞きなさい、お前はヤパの子どもだろ。

――僕はバスに乗るんだ、僕はバスに乗るんだ。

ピー――女車掌の笛の音がして、バスはゆっくりと動き出した。

小さなバス停の冬、部落じゅうはまだ目を覚ましていないようだった。

町に向かうバスの第一便は、ゴーッと冷たい空気を破った。子どもはバスのあとを追いかける。そのあとを杖をつきながら走る羅幸、ふたりの姿はだんだんと小さくなり、音もだんだんと微かになり、そして完全に消えていった。

八〇年代初年の達邦《タッパン》部落、羅幸父子は、まるで映画のフィルムの一部のように演じ、そして幕が下りた。

この、もの悲しい雨

彼は人の往来が絶えない通りを隔てて、正面の校門をじっと見ていた。一五分ほどまえに、彼の目の前に小雨の幕が下りはじめた。その幕のなかの校門で、女学生たちがキャーキャーと騒ぎながら走っている。女学生たちが細い腕をあげて雨を避けながら、そばを通りすぎたとき、彼はこの世で最も退屈な生き物は一三、四歳の少女たちだなと、ばかにしたように笑った。それから停仔脚《ていしきやく》を出てあたりを見渡すと、街じゅうがすっかり雨に包まれており、ちっぽけな彼も自然にそのなかに埋没していた。

いま彼は知らない街に埋没していた。

雨が降り、街の表情は一新していた。

いつも放課後になると、校内のふたつのテニスコートでは、若くてエネルギッシュな先生たちが行ったり来たりしている。三千人近い生徒と百人余りの先生を擁するこの街の学校で、彼はそれほど彼らを知っているわけではなかったが、テニスコートでボールを追う活き活きした姿は、感動的で美しく、女の先生に対する男の先生たちのあけっぴろげな明るい笑い声は、発情して求め合う昆虫世界を連想させた。さらに、夕暮れの残照（もしその日よく晴れて、排気ガスが上空にたまっていなかったらだが）が、たまに教学棟にあかあかと照りつけることがある。彼は四階の右から三番目の教室で授業を受けていた。いつも視線を遥か遠くのぼんやりとした緑の山脈に移していたが、聞きなれた口調の声が彼の耳にサッと飛び込んできた。

――陳保羅《チェンバオルオ》、陳保羅

――授業に集中しなさい、陳保羅

――なにをボーッとしてるんだ

――また絵を描いて、また……

――陳保羅、まじめにやりなさい

――陳保羅……

声が聞こえてきた。

いつものように、彼はハッと我に返ったが、顔には不安な表情が浮かんでいた。

背後から、髪を雨に濡らした女性が微笑みながらあらわれた。

「まだ帰らないの？　この雨、ますますひどくなるわよ」

雨のなかの楊《ヤン》先生は、ふだんとどこかちがってみえ、眼鏡のなかのあの鋭い目つきは消えていた。彼女は優しい笑みを浮かべていたが、眉毛の端には小さな雨粒がついていた。顔は、雨を避けて走ってきたせいか赤く染まっていた。陳保羅は一瞬、ボーッとなった。

「どうしたの？」

楊先生はボーッとなっている陳保羅を見て、心配そうにたずねた。

「なにも、お姉ちゃんを待ってるんです」

(姉は来るはずがなかった。忙しくて仕事、仕事、仕事だ……)

「先生は帰るわね」

「さよなら——」

楊先生は向こうを向き、また彼をひとりにしたが、恨みがましいことばをひと言つぶやいた。

——運が悪いわ、こんな雨に遭うなんて。

この街はまた冷え冷えとした単調さに包まれた。

「帰ろう！」彼は頭のなかに響くのを聞いた。

家に帰る、牢獄のようなアパートに帰るということだ。そして、家に帰ればいつもの淋しさに向き合わねばならない。いつも、窓から外を眺めると、この街はたちまち長方形の世界に切り取られて、ひとつのまったくつながりのない世界となる。彼はいつか下の通りでの激しい喧嘩を目の当たりにしたことがあった。少年は地面に殴り倒されたが、追いかけてきた男はそれでもなお木刀を振りつづけた。互いになにかどなり合い、自分でもよく聞き取れず、街じゅうの喧騒が彼らを呑み込んだ。

彼は驚いて振りかえって姉に言った。

「誰かが喧嘩してるよ、誰かが下で喧嘩してる……」

彼の声は、姉の返事で小さくなって引っ込んでしまった。

「いつまでもなにをしてるの、勉強しなさい」

最後にピーッと鋭い笛の音がして、警察が関係者を追いはらったが、警察はあのひどい目に遭った被害者だけを連れていった。こうしてすべてが何事もなく終わったが、まるで映画が終わったあとのように、一体何事が起こったのか関心を持つ人はいなかった。

——私はもちろんお前のことを心配してるわよ。

彼は記憶のなかの姉の声を探した。そうしてつかの間の安心を得、それから姉に抱擁され、姉のあの細い髪の毛が彼の首に触れるのを感じた。しかし、いま姉はこの都市のある街で働いている。姉は家を出るときにこう言った。よく勉強するのよ、学校から帰ったら、自分で食べ物を用意するのよ。

彼は手を伸ばしてズボンのポケットのなかの皺くちゃになった紙幣を取りだした。すぐに頭にあの太ってひん曲がった魯斎一《ルチィー》の顔が浮かび嫌悪を覚えた。

おい、お前どこから来た?

(お前、僕になにを言わせたいんだ? 僕はもう百遍も言ったぞ……)

僕は山から来た。

(お前は俺の肛門から出て来たんだ……)

彼は、トイレ以外の場所はうるさくて無秩序だが、それでもまだ十分に息ができる空間があることに気がついた。排気口のところから、激しく化学反応を起こしはじめた人の糞便の匂いをかいだ。その匂いは彼の鼻の穴に流れこみ、さらに脳、胸、全身に広がった。彼はすぐに我慢ができなくなった。

言ってみろ、僕は番仔《ファナ》だって。

（ばかやろう、もう一遍言えって言うのか！）

僕は番仔。

ハハハ———お前らは人の首を切るんだってな。

（どうして教科書はあんなふうに書いてるんだ、呉鳳は身を捨てて義を取り、ツォウ族に弓矢で打たれた。もし俺が首狩りに出たんだったら、最初にお前、魯斎一のクソッタレの首を取ってやる……）

僕はやらないよ、僕はやらない……

魯斎一たちは寄ってたかって陳保羅をトイレの排気口のところに三分間抑えこんだ。が、すぐに授業がはじまる鐘がなり、それで彼らはこの悪戯をやめた。陳保羅はコンクリートの地面に腹ばいになったまま、横眼で魯斎一がのそのそとその場を離れていくのを見ていた。

「まだ続きがあるからな」奴らはこんなことばを投げつけて行った。

どうして僕にこんなことをするんだ？

彼はすぐに授業で四階に行かねばならず、それ以上深く考えなかった。

歴史の授業のとき、彼は清代の歴史には関心がなかった。どうせ割譲じゃなければ賠償だったからだ［一八九五年四月一七日の日清講和条約］。先生は大げさに体を振って、大声で叫んでいる――中国の歴史は独立独歩で、われわれは恥じることはない……。そんな話は、壁や電信柱でよくみかけるスローガンと一緒で、固定観念や無意味な概念を生むだけじゃないか。正々堂々たる中国人になれ。距離を保って安全をはかれ。ここにゴミを捨てるな、違反者は……。彼はもうそれ以上スローガンを聞こうとはせず、力いっぱい紙のうえにいろいろな番刀を描いた。本の表紙や裏表紙に念入りに描き、鉛筆やボールペンで軽妙にそして深く、最後には怒れる番刀を描いた。

「陳保羅、立ちなさい」

白いチョークが彼の耳もとを掠めたが、距離が遠すぎたので、的が外れて左後方のクラスメートに命中した。

「第二次英仏連合軍*は、清朝政府にどこの港を開港させたか?」

先生は彼に歴史への道に入るように迫ってきた。明末、清朝の軍隊は明の領土に侵入した。呉三桂〔明末清初の将軍〕、陳円円〔呉三桂の妾〕、山海関〔万里の長城の東端の要塞〕、これらは人名と地名であったが、彼はそれ以上、前に進めなかった。清朝の歴史はどこも何か所も答えられず、その度にせせら笑われた。

「フン! わからないんだろう。授業をまじめに受けないでどうしてわかるんだね。わが国の歴史をよく知らないといけない。歴史意識がないのは悪い生徒だぞ、社会の負け組になるぞ――」

そのすぐあと、彼の番刀は歴史の授業の窓から塀の外の街の中心へ飛んでいき、彼の気持ちもそれにつれて沈んでいった。

「僕は違う、僕は違うよ」陳保羅は自分に言った。ジトジトした停仔脚を歩きながら、力いっぱい右足でゲータレードスポーツドリンクを蹴飛ばした。空のボトルは水たまりに落ちたが、予期したような音はしなかった。

雨足はいよいよ激しくなり、道路を行き交う車は人が嫌がる泥水を跳ね上げていた。彼はやむなく内側を歩いた。かばんと尻がリズム良くこすれ、いままでと違った、沈んだため息のような音を発していた。

彼は別の通りに曲がった。通りにかかった看板が、街のもともと狭い空間をおおいつくしていた。彼はあるアクリル製の看板に気を取られた。看板には、金箔で縁取られ紺色の宋体で「天才絵画教室」と書かれ、左端の二行には小さな字が書かれている。一流画家による指導、小クラス制で低学費、実力向上必至。雨水のために、看板内の照明がすぐに光りだし、これらの文字をもとの文字より大きく映し出している。とくに「天才」の二文字を見て、彼は興奮して幻想にひたった。

彼は教務主任から一枚の賞状を手渡された。

「陳保羅、君には絵の才能があるんだね、頑張るんだよ……」

主任はぶ厚い手を彼の肩にやって、重い責任がかかっているぞと言わんばかりに、わざとらしく彼の肩を揺らした。

彼は楽しく思い出した。あれは「夏」と題した水彩画で、田舎の部落を背景にしたものだった。あのとき、校内の一隅でしばらく考えていたが、六、七分の後、すぐに画用紙にサッとデッサンを画いた。ずっと昔、父はいつも彼を連れて、八雅鞍部山脈まで猟に出ていた。父はたくましい猟人の顔をしていた。帰り道、穿龍隘口に立って下を見下ろすと、大安渓の右側の隆起した狭い台地に彼らの静かな部落が広がっていた。父は山の下を指差しながら言った。

「きれいだねえ、わしらの部落は」

去年の夏、父が渓谷で足を折ってから、彼ら親子はもう一緒に穿龍隘口から部落を遠望する機会がなくなってしまい、彼は街で働いている姉のところに送られることになった。

彼は好奇心を抑えられず、鍵がかかっていないアルミサッシのドアのところに行き、冷気が吹きつけてくる狭い隙間から中を覗いた。すると、その冷え切った空間に、美しい、少女のような顔がみえた。少女はうつむき、黒髪を片側に結っていて、どのような瞳をしているのかわからなかった。彼がもう一度近づこうとすると、ドアのところで「あら――」と声がして、その顔が上を向き彼の視線のなかに入ってきた。

「授業を受けるの、それとも申し込み？」

（本当に呉敏敏《ウーミンミン》の眼によく似ている。話し上手で、同情的な眼だ）

彼は一瞬戸惑っていると、二階に通じる階段からダダダダッと崩れるような足音がして、本を抱えた生徒たちが一列になって降りてきた。

「先生、さよなら、先生、さよなら、さよなら……」

彼は人の群れに巻き込まれて廊下まで押し出された。さよなら、彼はぼんやりと呉敏敏の声を聞いた。

「さよなら——」

学校ではおそらく呉敏敏だけが彼の喜怒哀楽を理解していた。

呉敏敏が「私はわかるわ！」と言ったとき、彼は心から満足した。

しかし、魯斎一のあの大馬鹿野郎が憎々しげに彼の顔をにらみつけていた。お前が呉敏敏に近づくなんて許さないぞ。

「どうして？」

「どうしてだって？」

（彼はまた奴らの毒々しい罵りのことばを聞いた）

「おまえは山地人だ、番人だ、わかったか。呉鳳はお前たちに矢で射られて死んだんだ」

「僕は違うよ、僕は違う」

（呉鳳は誰が殺したか、お前も見てないだろ）

彼は魯斎一との記憶を手で消し去り、呉敏敏と一緒にいた楽しい時間だけを思い出した。一緒にいたと言ったって、たった数分に過ぎなかった。彼は実際、誰が誰だか気にかけなかったが、呉敏敏は彼が描いた絵に引き付けられていた。

「なにを描いたの？」

そのとき画用紙の部落の風景に魅入られていた彼は、突然の質問に不意をつかれた。

「風景さ」

「風景なのはわかるわ、どこの風景なの？」

陳保羅はそのとき突然そんな質問をした彼女をじっと観察した。彼女は痩せぎすな骨格をしていた。姉もそうだ、彼は得意になって思い出していた。整った黒髪、優しく澄んだ眼！　オー！　まだ少年の彼は、恥ずかしさのあまり彼女の目をじっとみつめることはできなかった。

「僕の田舎の風景だよ」

「わあ！　きれいだわ！　どこなの？」

目の前の女学生は感嘆した。彼は強く勇気づけられ、彼女と楽しくことばを交わした。小学校時代の遊びから山での狩猟のようすまで、彼はこの学校に入学して以来、最もよくしゃべった一日だと思った。

「僕は山地人だよ」

「君は山地人が嫌いじゃないのかい？」

「ワア！　私は君のような面白い人に会ったことがないわ」

彼は疑うような目で彼女を見た。

「どうしてなの、山地人も人間でしょ、君も人間じゃないの？」

女の子はゲラゲラ笑った。

競争して絵を描く時間が終わるまで、彼らも楽しい会話を打ち切った。

「二年八組、呉敏敏よ、さよなら」

彼は彼女が残していったことばを思い出し、体じゅうが突然すっとして気持ちよくなった。それ以来、ふたりはたまに校内で会うと、身振りで意思を交わした。ほとんどが目だったが、時には手振りで伝えた。魯斎一が怒って彼を脅しにきてからは、仕方なく四階に立って、右側の三階にいる呉敏敏の影をなんとかつかまえようとしたが、だめなときが多かった。

停仔脚にいる人びとの往来はごった返していたので、彼は、「さよなら――」ということばが、自分の過剰な想像力による錯覚にすぎないとわかった。

はじめて街にやってきたとき、目新しいものを見ていつも興奮していた。街の鮮やかな看板、夜のネオンは人を誘惑し、五感をぼんやりさせる経験を味わわせ、ハンバーガー店の明るくて清潔な店内の配置、きれいなショーウインドーに飾られたモダンな服、それらはまるで回転木馬のように止まることなく、彼の未熟で期待に満ちた目を引きつけて止まなかった。数か月後、彼はもう活発な想像力を失っていた。正確に言うと、体じゅうの末梢神経がまるで麻痺したように、脳に起こる考えを否定していた。

彼は何度か同級生からからかわれ、ある日、すっかり嫌気がさしてこう言った。もう部落に帰る。

姉はやっと髪を洗いおえたところで、仕事の疲れからくたくたになってベッドのふとんにぐったりと横たわっていたが、びっくりして、すぐに大声で彼を怒鳴りつけた。

「お前はなにを考えているの、お前はなにを考えているのよ」

陳保羅は、一瞬、なにが原因で姉を怒らせたのかわからず、びっくりしてまるで子犬のように椅子のうしろに隠れた。

「お前は部落の人たちに笑われたいの？　言ってごらん、お姉ちゃんはお前に十分よくしていないかい？　食べるもの、着るもの、必要なもの、誰が用意してるって言うのよ、お父ちゃんがお前をここに勉強に来させたのは、お前に将来、いい学校を受けてほしいからだよ。将来、いい職業をみつけ、お姉ちゃんのようにならないように……」

姉はいいわけを許さず、口を大きく開けて喋りたて、しまいには声をからしてしまった。陳保羅はそれを見て、急に悲しい気持ちになった。その晩、姉弟は抱き合って泣いた。後日、陳保羅は、そのときのことを思い出し、あのときあまり涙を流さなかったのは、たぶんあまりにびっくりしたからだ。姉が大声で泣いたのはどうしてだかわからないが、長く抑えてきた感情が抑えきれず、一気に噴きだしたのだろう。

彼は十字路まで歩いてきて、赤信号で足を止めた。雨は依然として街じゅうに降りしきり、時たま行き来する車は、まるで蹴散らされたようにいなくなった。車が通ると、水しぶきがあがり、ふた筋の車のあとはまたたくまに雨にかき消された。彼は正面の道路標識にぼんやりと「民生路三段」と書かれているのを見て、知らない間に街をぶらついて、いつの間にか姉のところに近づいているのに気がついた。

青の信号になると、浮き浮きとカバンを持ち上げて早足で雨の幕を突きぬけた。

お姉ちゃん、お姉ちゃん……。彼は心のなかで叫びながら、姉がまるで目の前にあらわれるような気がした。カバンをおっぽりだし、雨の洗礼を少しも気にせず、ただこの通りに沿って姉が働いている所にすぐに着きたかった。彼の気持ちはみなぎって、まるで漂流する一本の木のように岸に流れつこうとしていた。その岸に姉がいるのだ。

お姉ちゃんの仕事はきっととてもしんどいんだ。毎晩、夜中まで勉強していると、お姉ちゃんが疲労困憊のようすでアパートに帰ってくるのを見た。陳保羅はそう考えると、思わず憂鬱になってきた。そしてこの頃いつもお姉ちゃんにぷりぷり怒っていることを大変後悔した。もし魯斎一らのようなバカな奴らがいなければ、気分もあんなに落ち込まないのに。

本当だ、お姉ちゃん、もうかんしゃくは起こさないよ。

彼はそう口に出すと、自分でもわけもわからず泣きたくなった。お姉ちゃんは喫茶店で一所懸命に働いているが、みな家族のためだ。先生が言っていた。体を使ってお金を稼ぐ人は、尊敬しなければならないって。

しかしながら、陳保羅の足はまたぐずぐずしはじめた。彼は何度も、お姉ちゃんが働いてる場所に行きたいと言ったが、いつも断られていた。

「そこに行ってなにするの？　それに私は忙しいしね」

「お姉ちゃん、行ってお姉ちゃんを見るだけだよ、お姉ちゃんの仕事の邪魔をしないよ」

「老闆《ラオバン》〔店の主人〕が怒るよ、仕事ちゅうに来られるのが一番嫌いなの。私の給料に響くのよ！私は皆勤賞をねらってるのよ」

わかったよ、行かないったら行かないよ。

お姉ちゃんにそう答えたことがある。陳保羅はそのことを思い出して気が滅入った。

振り返ると、おばあさんが停仔脚の一角で、腕に竹かごを持って、道行く人たちに竹かごのなかの花を売っていた。

「玉蘭花《ユランファ》、玉蘭花」

おばあさんのそばを通ったとき、ほのかな香りが漂ってきた。

「ひとついくら？」

「一〇元だよ、安いよ！」

彼は玉蘭花を受け取ると、銅貨を一枚渡した。

おばあさんは恩をほどこされたようにあわてて言った。

「お兄ちゃん、ありがとう、心がけがいいといいことがあるよ」

彼は手に玉蘭花を持って人ごみのなかを歩いていった。

花をお姉ちゃんに届けたら帰ろう。あんなに頑張ってるんだから、玉蘭花を胸につければ、お姉ちゃんの仕事の疲れを少しでも癒すことができる。

陳保羅はそう考えると、急いでお姉ちゃんが働いている喫茶店を探した。

「珍珠城咖啡屋《チエンチユーチヨンカーフエイウー》」

陳保羅は町の通りの突き当たりでようやくみつけた。

喫茶店の前で、陳保羅は慎重に立ち止まった。暗い鉛色のガラスで中のようすは見えなかったが、通りの雨のようすが映っていた。彼は少し緊張を覚えたが、あわてて自分に冷静になるように言った。まず言うことを決め、短くて気の効いたことばでお姉ちゃんへの尊敬の気持ちを伝え、それから安心して嬉しい気持ちで帰る。それなら一分もかからない。それならお姉ちゃんの給料が引かれることもないだろう。

彼は雨が降っている通りに向ってブツブツと小声でつぶやいた。

「お姉ちゃん、好きだよ」

振り向くと、自動ドアに向って進んでいった。

不意にカバンが強力な何かにつかまれた。

「死に損ない、何してる」

ひどい台湾語なまりの北京語が聞こえてきた。

「中に入って……」

屈強な男が前に立っていた。

「中に入りたいって！　何か間違ってないか？」

「間違ってないよ！」

男は地面に赤い唾を吐くと、奇妙な口調でたずねた。

「オメエーいくつなんだ、兵隊にいったか！」

他にもうひとりが立ち上がって、横目で彼を見た。

「僕はまだ国民中学校」

陳保羅はしかたなく本当のことを言った。手にした玉蘭花が震えはじめた。

「死に損ない、こんなに小さいのに中に入りたいってのか」

ふたりの男は突然、笑みを浮かべた。

「違うよ！　お姉ちゃんに花をあげたいんだ」

そのとき、彼は本当に泣きそうになった。急いで手にした玉蘭花を彼らの目の前に挙げた。どうしてこんなことになったのかわけがわからなかった。

「オメエーのお姉ちゃんの名前は？」

「陳美英《チェンメイイン》」

「聞いたことねえな、自分で行ってフロントに聞いてみろ」

自動ドアが開くと、中からアルコールやタバコ、化粧品が混ざったような空気が漂ってきた。通路の右側に、衝立で隔てられたボックスが並んでいる。薄暗い明かりの下で女性の乳房が真っ白にむき出しになり、女性の体がしきりに揺れている。そばに人がいるようだ。

フロントの人がたずねた。

「坊主、誰を探してるんだ？」

先ほどの女性がちょうど頭をあげ、引きつったような顔をした。陳保羅はひと目見て、頭に「ガーン！」と衝撃が走った。お姉ちゃん、くっきりした姿がすっぽりとおおいかぶさってきた。

なんでだ、なんでなんだ……

陳保羅は足早に当てもなく走った。通りを横切り、そしてまた、雨のなかを知らない通りに入っていった。いまは、学校もなく、バカ魯も呉敏敏もおらず、お姉ちゃんもいない場所、安全で知らない世界に隠れ、全世界の雨水に彼の涙を洗い流してほしかった。

しばらくして、大雨のなかで自分の名前が聞こえた。

「保羅、保羅、保羅」

彼が頭をあげると、お姉ちゃんがびっしょり雨にぬれて、息を切らしながらうしろに立っていた。

「来るな、来たら、壁に突っ込むぞ」

　彼は壁に激突するようにかまえ、手にした玉蘭花を怒りでへし折った。バラバラと玉蘭花は寂しげに落ちていった。

　ふたりは向かい合った。

「保羅、私の話を聞いて——」

「いやだ、嘘つき、嘘つき、僕をだましたんだ」

「だましてないわ、来ちゃいけないって言ったでしょ……」

　姉は力なく言った。

「こんなことしてるなんて、言わなかったじゃないか！」

「前はこんなこと、してなかったのよ、後から……」

「前は前だ、でもいまは前とどこが違うんだ！」

「僕の気持ちなんかわかっていない」保羅は怒って言った。

「同級生は、僕のことを番仔と言って罵るし、先生は僕に歴史意識がないって言ってる。こんなこと、お姉ちゃんには全然わからないんだ。僕がトイレに閉じ込められても、お姉ちゃんには僕の気持ちなんかわからないんだ。僕はお姉ちゃんを偉い人だと思って、今日は玉蘭花を見たから、それを買ってお姉ちゃんに渡そうと思った、仕事がしんどいって言ってるから、これから毎日、玉蘭花を買っていこうと考えたんだ……」

　保羅はとぎれとぎれに話し、とうとう辛くなって話が続けられなくなった。

「私のことがわかってるの？」

「お前はまだ小さいから、これからわかるようになるよ」

「そうだよ、これからわかるよ、部落の人たちも皆、わかるようになるよ、お姉ちゃんが……」

「わかったわ、私は娼婦よ、世界じゅうの人が私が体を売ってるって知ってるわ。でも私がいなければ、家の人たちは皆、餓え死してしまったのよ。豚肉みたいに一斤〔六百グラム〕五〇元で、喜んで売ってると思ってるの？　私にも血も涙もあるのよ。去年、パパは転んで足を切断したけど、工場で働いてもらったお金ではパパの消毒ができるだけで、肉が少しずつ腐って、それ以上腐ると死んでしまうのよ。どうしようって誰が考えたのよ？　お金を誰が借りたの？　一年八〇万元、私は体をパパの命に換えたのよ。お前はいま私が娼婦だって知って、傷つき、辛い思いをしている。お前の自尊心は打ち砕かれたわ、そうでしょう？　私のこと考えたことあるの、私の自尊心はもうとっくにボロボロになってるわ」

「お姉ちゃん、もう言わないでよ、僕、辛いよ、本当に辛いよ」

「辛ければ、泣けばいいよ、私はもう自分が辛いなんてわからないし、もうなにも感じなくなったわ。ただお前には期待してるのよ、しっかり勉強して、将来、お姉ちゃんのように……お姉ちゃんのように他の人からバカにされたりしないようにね」

　街に降る雨は、悲しいメロディを奏でるように、依然として降り続いている。街の片隅を姉弟がとぼとぼと歩いていたが、どちらかが言った。

「行こう！　風邪を引いてしまうよ」

＊アヘン戦争（一八三九年～一八四二年）の講和条約である南京条約で、広東、厦門、福州、寧波を開港させ（後、香港も）、その後、第二次アヘン戦争（アロー戦争、一八五六年～一八六〇年）の北京条約で天津を開港させた。
＊＊中華民国の国民政府が、一九四九年一二月七日に遷台後、同年一二月二八日に台湾全域で徴兵制が施行された。その後、二〇一八年一二月二六日に徴兵制から志願制に移行された。

希洛《シールオ》の一日

一

乙丑《いっちゅう》〔一九八五〕年を迎える前夜、よその土地の人たちが俗に牛年と言っているこの祝日に、真面目に働いていた希洛に、しばし骨休めができるチャンスがようやく訪れた。

彼は部落から一三キロ離れた小さな町でのんびりした。実は数日前に高価な二葉松が売れたからだ。「一五万元――」彼は息を詰めてこの値段を聞いたとき、なんの躊躇もなくひと言で売ると返事した。考えてもごらん、一五万元だよ。こんな大きな数字、一年間、八雅鞍部《パーヤーアンブ》の山林で働いて手にするのに匹敵する。彼は長寿〔タバコの銘柄〕を吸っているところだった。最近開店したばかりの小さなレストランで、ひとりでコーヒーを飲んでいた。タバコの煙が立ちのぼり、まるで青空に流れる白雲のようだった。彼はこのかすかに揺れる景色のなかにもう長く浸っていた。

彼は決して、急いで部落に帰って、このビッグニュースを青白い顔をした妻に話すつもりはなかった。彼はひとまず、ひとりでこの町に二、三日いるつもりだった。自分にはそうする権利があると思った。畢竟、これは山をいくつも越えて汗水流して稼いだもので、決して強盗のような悪事を働いて得たものではないからだ。

　彼はレストランを出たら、喜劇映画を見に行くことにした。見終ったら、もう夕方だ。彼は冷房の効いた旅館に泊まっていた。そこでは一日二四時間、熱い湯があり、たっぷりと三時間つかって湯船から出てくる、あの体がふやけたようになる感覚は忘れがたい。このようなことを考えていると、突然、どしゃぶりの雨となり、タバコの先を湿らせただけでなく、煙が彼の髭だらけの顔にも流れてきた。目を開けると、山にはちょうどにわか雨が降っていた。雨粒は山小屋の窓から竹製のベッドで寝ている彼の体を打っていた。彼はグズグズと身を起して、手を伸ばして窓を閉めた。頭をちょっと撫で、自分がどうしてあんな何の縁もない夢を見たんだろうと思った。

二

　希洛が目を開けると、もうお昼時分だった。

　雨はもうやみ、軒から落ちる水滴の音だけが、ポタポタと秒を刻むように聞こえて来た。彼はこれが時計の針で、二四個の水滴が落ちたら、一日がまたたくまに過ぎるんだったらいいのにと思った。ところが、この音は自然界の水滴が落ちる音にすぎず、彼はがっかりして、隠れようにも隠れられない現実の世界にもどるしかなかった。彼はいましがた見た夢が恋しく、もう一度夢の世界にもどりたかった。何度目を閉じても、あの煙が立ちこめるレストランにどうしてももどれない。あのレストランは、三年あまり前にできていて、小さな町のバス停の真正面にあった。いつも町に行って果物や魚を買うときに、小さな灯りに囲まれたあの木のドアをドキドキしながら見ていた。キラキラと光る小さな灯りは、人の気持ちを誘惑するように光っている。実際、自分はもうあのような場所に出入りする年齢を過ぎていた。部落の青年が酒に酔っぱらってあのドアから出てきたり、あるときは、尻を蹴られて転げるように出てくるのを見たことがあった。彼はこれらの部落の青年たちが、いくらも金を持たずに無理をしていると思い、実際に彼らの両親の気持ちを思った。こんな子を生んでしまって、と嘆いているのだろう。小さなカップのコーヒーが一杯五、六〇元、ビールが一瓶七〇元で（これはあの青年たちが得意げに彼に語ったものだ）、これは彼を本当に驚かせた。それで夢のなかでひとりレストランの隅に座ってコーヒーをすする情景が思い出され、思わず心に小さな罪悪感が生まれた。まだ慰めが効いたのは、これは夢で、自責の念もそれほど深くなかったことだった。

竹製のベッドをはいだして外に出ると、雨後の空気にブルッと身を振るわせた。腰を曲げて固まった骨をゆっくり伸ばしたとき、腕の下から家のそばに倒れた二葉松が眼に入り、心がまるで針を刺されたように痛んだ。

あのとき彼は、巴基尚《パージーシャン》と一緒に八雅鞍部山脈を二日間歩きまわっていた。二頭のハクビシンを捕まえていたが、体じゅうがべとついて臭く、いかにも哀れな犬が二匹ハアハアとあえぎながらついて来ていた。

探すのをあきらめようとしたそのとき、彼らは崖っぷちに一株の二葉松を見つけたのだ。「金がもうかるぞ——」彼が最初に見つけたのだ。それは岩の割れ目からもがくように顔を出していた。彼はそれをどのようにして見つけたのか、自分でもわからなかった。たぶん天に手を合わせてチャンスを与えてくれるように神様にお願いしたときだろう。

巴基尚は気を落ち着かせると、肩にかついだハクビシンを川辺にドサッと投げおろした。

彼らは渓谷に立っていた。渓流が足もとでザアザアと音を立てていた。

二葉松の発見で、二日間の疲れがすっかり流されていくようだった。蒸し暑い渓谷は、その二葉松の造形の美しさを讃美しているようであった。ふたりはまるで芸術品を見ているようにすっかり心を奪われていた。

「根っこを見たいかい?」彼は巴基尚の意見を聞きたかった。彼はちょっと見ただけで、その値段の見当がついた。彼は部落で最高の植物鑑賞家だった。

「少しね、でも木の幹が大きく曲がって湾曲度がとっても大きくて、街の人が喜ぶ形だな」その口ぶりは希洛を大いに励ました。

ふたりは岩壁の割れ目にそって登りはじめたが、遠くから見ると一対のヤモリのようだった。希洛が注意深く足を巴基尚の肩において、さらに上に登ろうとしたとき、巴基尚の体がゆれ、それに連動して希洛の左手と左足が宙に浮き、一瞬バランスがくずれた。希洛は本能的に左手でサッと勢いよく二葉松をつかんだ。途端に、下にひっぱる力が二葉松をグイッと引き抜いた。ふたりは同時に驚きの声をあげて「二葉松——」と叫んだ。一瞬のうちに渓流に落ち、希洛に引き抜かれた二葉松は無残な姿となり、何の価値もなくなってしまった。

「少なくとも三〇万元はしたなあ」巴基尚はきっぱりと、そして悲しげにそう言うと、二葉松をじっと見ていた。

「三〇万元だって！」希洛も目を見張った。いま彼はもうそれ以上何も考えられなかった。それ以上考えると、自分の大切な左手を本当に打ち砕いてしまっただろう。

彼らは悲しげに向かいあった。顔を見合わせ、汗びっしょりになってただ向かいあって座っていた。希洛は巴基尚を見て、「濡れ鼠」ということばを思い出した。

しかし、いまは三〇万元が水の泡となっただけではない。数日前に足を滑らせたときにできた傷あとをそっとなでていた。この太ももの傷はまるで冗談か何かのように、一日一日と爛れ、触ることもできなくなった。

希洛は太ももの傷をじっと見ていたが、見れば見るほど、腐ったパパイヤを連想してしまい、思わずにっこりした途端、指でうっかり傷口に触れてしまい、あまりの痛さにまたギャッと声をあげた。

三

オ――イ
山裾から叫び声が聞こえてきた。

窓を少し開けて見ると、山裾に確かに人影が見えた。

誰だろう？　そう思った。

自分の哀れな妻のほかは、彼が山に来ていることを知っている人はいない。

彼は突然不吉な予兆を感じた。この感覚は巴基尚の肩の上で重心を失ったあのときとそっくりだった。心が沈み、底なしの深淵に沈んでいった。

彼はもう一度よく見た。人影がまっしぐらに山小屋に向って登ってきた。道が急勾配になっているために、黒い頭だけが動いているように見えた。山道に沿って、その黒点は左に行ったかと思うと右に行ったりしながら進んだ。まるで映画のスクリーンで急に大きくクローズアップされるシーンのようだったが、彼は結局のところ映画がどうしてそんなシーンが撮れるのかわからなかった。

松林を過ぎると、人影は魑魅《ちみ》魍魎《もうりょう》のように消えた。しかし、完全に消えたわけではなかった。その人が真っ暗い葉陰に隠れたに過ぎないと、希洛にはわかっていた。松林を通りすぎるのを待っていると、また彼の視野にあらわれた。

この日は、農暦の一九八五年の最後の日だった。彼は本当に誰にも会いたくなかった。むしろ森に潜む一頭の野獣になりたかった。と言うのは、妻はどんなよくないニュースでも彼に伝えてくるからだ。彼はこの日がさっさと過ぎ去って、新しい一年を迎えることを望んでいた。そうして、このもうすぐやってくる新しい年には、実現することを待っているたくさんの計画や理想がある。一九八五年は、彼にもはや何のチャンスももたらさなかった。彼はじっと考えていた。あと一二時間ほどで、一九八五年は彼から遠く去っていき、この一年のあらゆる悪運も一緒に去っていく。

人影がまた麓にあらわれた。距離はかなり近く、藍色の服に身を包み、下半身は土のような色だった。長く山道を歩いてきたために、スピードは落ち、先ほどまでの気力がみなぎったようすはもうなかった。距離がいっそう縮まって、また無形の大きな圧力が一歩一歩迫ってくるようだった。

「パパ――」

希洛はほっとした。長男だった。

「どうして麓で呼んでくれなかったんだ？」我慢ならなくなって彼は息子をちょっととがめた。

父親がこんなに緊張しているのが、中学三年生の呉朝安《ウーチャオアン》には理解できた。去年の大晦日に、父親は借金取りから隠れるために――情況は今日と一緒だ――山に隠れた。大晦日の夜に、父親が山を下りてくるかどうか知らないが、去年のように夜の一〇時頃に食事をする。

「なんの用だ！　山にまで来て」

希洛はまた竹のベッドに座った。ベッドはギシギシと鳴った。

「ママが見ておいでと言ったんだよ、ついでに傷薬を持って行けって」呉朝安は不満そうに言った。部落の人たちは皆、新しい一年を迎える準備に忙しく、爆竹が何日も鳴りつづけ、部落全体が鍋の餃子のように熱くなっていて、見ていても気分がよくない。

傷口のことを言うと、希洛はまるで闘いに敗れたオンドリのようだった。

巴基尚と山に入るまえに、希洛は子どもに、年越しには喜ばせてやるよと大言壮語した。喜ばせるというのは、大抵は子どもに新しい服を買ってやり、お年玉をたくさんやり、そして目もくらむような花火をあげるなど、賑やかにすることだった。いまはただ山小屋に隠れて傷を治すことしかできない。このように言うと、まるで子どもが彼の傷口をさらけだしているようだった。優勢な立場に立つには、希洛は父親の威厳のある口調をあえてするよりほかなかった。

「どうだ、学校の勉強はどうだった？」

「前学期の成績表で、僕は三番だって。先生が、これなら、省立一中でも受かると言ってた」呉朝安はそう言った。

「もちろんいいはずだよ、誰の子どもだい、そうだろう」希洛は得意になった。

「でも僕は高校を受験しないよ」呉朝安はちょっとしゃべるのをやめた。

「どうして？」希洛は驚いて尋ねた。

「僕は師範専科学校を受けるよ、師範専科学校なら学費がいらない、家はお金をあまり使わなくてもいいから！」

そう言うと、呉朝安はあわてて傷薬を出し、希洛に塗ろうとした。

希洛は子どもの言っている意味がわかり、一瞬、傷口がジクジクと痛んだ。

「この薬は天主教の馬《マー》神父のところから持ってきたんだ」呉朝安は傷口に塗りながら、続けて言った。「あの盆栽を買うおじさん、午前中来てたけど、晩にまた来るって」

おお、傷口がまた痛くなった。くそったれ、と心に思った。金の取り立てに大晦日の夜にまで来るのか。

ふだんは、楊《ヤン》さんは彼の客だった。鞍部山脈で見つけた多くの盆栽用の木は彼に売り、それから楊さんが都会に転売した。時にはまるまる一か月、八雅鞍部の山々を探し回っても、高価な木は見つからず、やむなく楊さんからなにがしかの生活費を借りる始末だった。一年も経つと、借財は四万元余りにもなった。ただ、彼を怒らせたのは、最後になって、楊さんがそれまでずっと、他の人の半分の値段で彼から仕入れていたことに気がついたことだった。希洛自身、木についてよく研究していなかったためだが、こんな損失を食わされてから、彼は巴基尚を見つけ、互いに協力するようになった。年末になる前に、ひともうけするつもりだったが、運がそのように向かなかった。

今年を乗りきりさえすれば、希洛は心のなかで秘かに誓った、きっとお前たちにいい思いをさせてやるよ。

呉朝安はしばらくぐずぐずしていたが、今夜は家に帰らないという父親の言い分に頷き、さっさと山を下りていった。

四

腹を立ててもなんの解決にもならない。希洛は楊さんのことは忘れて、気が向くままに山全体の景色を眺めた。

ここは五百メートル四方の山の斜面地になっている。政府は台湾の原住民の生活に配慮しながら、山林を保護し、育てるために、早くから山地保留地を開放していた。しかし、実際の情況は希洛にどれほどの富ももたらさなかった。希洛は果樹の栽培にはうとく、毎年の収入は大部分を農薬代に充てるのがせいぜいで、このような状況は彼をがっかりさせた。しかし、しばらくあれこれ模索して、この一、二年は思い切って百株の桃の木と百五十株の蜜柑の木の苗木を植えた。計算では、本当に収獲できるまでには、来年の春までようすをみなければならない。一方、保林・育林の目標から言えば、山地保留地のうちその五〇パーセントを造林、つまり杉の木を植えなければならないという規定がある。だから、希洛は他の人たちと同様、あと半分の山の斜面に果樹を植えることしかできず、収益はもちろん決して楽観できない。

この山の斜面は、ほとんどの時間、妻が管理していた。農薬をまいたり肥料をやったりしなければならない時期にだけ、希洛が行って上着を脱いで一生懸命に仕事をした。そのほかの時間は、部落の人たちと同じように山に日雇いに行ったり、森のなかで珍しい木を探したりして金を稼いだ。ところが——彼は憎たらしく思い出した。彼らの努力を金に換えて大儲けをする奴がいるのだ。楊さんがその例だ。誰にも市場の需要と商売を教えてやらない。勉強がやっぱり一番！　彼は大きくため息をつき、子ども時代に、日本人がいた頃の理蕃政策を思い出した。彼らの世代の人たちはほとんど勉強していない。だから、いまはふたりの子ども、朝安と念安《ニエンアン》に望みを託していた。

じっと山の斜面を見ていると、なんと動きだしたように感じた。彼は父親のことばを覚えていた。「土地は人を騙さない！」いま、彼は桃と蜜柑の苗がもう大きく育っているのを目にした。二月で冬の季節だが、どの木も厳寒の気候に必死にあらがっていた。弱い冬の太陽に照らされた木の影は次第に長く伸び、とうとう夕方になった。渓谷じゅうが温かい夕暮れの雰囲気にひたっていた。

希洛が山頂からうきうきした気分で山小屋まで下りてくると、ロウソクの光が山小屋から漏れていた。不思議な人の心を動かす光だった。

戸を開けると、そこには妻と子どもの三人が来ていた。

「どうして山に登ってきた？」

念安がしょんぼりして言った。

「ママだよ、絶対に山に行くって言ったんだ」

念安はまだ小学校五年生で、少しも母の気持ちを理解していなかった。

希洛は小さなテーブルのうえにロウソクが二本置かれているのを見た。炎はゆらゆらと動いていたが、その側で妻が除夜を過ごすための夕食をつくっていた。

「年越しよ、皆でご飯を食べないとね」

妻は朝安に水を汲みに行くように言いつけ、山の下での不愉快な借金の取り立てを忘れようとしていた。

そのことがわかっている希洛と妻と朝安は、それ以上ひと言も話さなかったが、念安はふてくされていた。

「家に帰って食べよう——」希洛は命令するように言い、小屋のなかにいる三人を驚かせた。

「年越しじゃないか！　どうして山で食べるんだ！」

妻は不安げに尋ねた。

「もし……楊さんがまた来たら」

「だいじょうぶだ、俺が彼に話すよ」

「パパ、万歳！」念安は嬉しくなって飛びあがった。

希洛は、もう盆栽には手を出さない、ここの果樹が俺を待っているんだからと思った。

彼らはくねくねとした山道を下りて行った。遠くの小さな村でさまざまな花火があがるのが見え、たちまち夜空全体が輝いた。

銅像が引きおこした災い

この小さな町は朝が早い。太陽は山の布団のなかでぐずぐずとまだ起きてこようとしないが、僕らのこの小さな町はもう手足を伸ばしはじめていた。ただ市場の呼び声だけが、頭上にぶ厚いトタン屋根がなければ、町を大騒ぎに巻き込むほどの賑わいぶりだった。

町は人口一〇万人に満たず、三方が山に囲まれた狭苦しい台地にあったが、南面は新しく開通した六車線の道路が大都市に通じていた。地方の発展に悩み、「子どもは二人がちょうどいい」という衛生局の政策の宣伝につとめる町長は、専門家の話を錦の御旗にして町で唯一の国民中学校の週会でこう言った。

「専門家の先生の研究報告によりますと、わが国の二〇〇〇年までの人口発展は、高齢化が進みます。この点はわが国にとって（ハハハ……）、特にこの町の発展にはきわめて大きな影響があります。だからネ、町長は皆が大いに増産報国に努めてくれることを望んでおり、エー、……町長の考えは、みなさんが大きくなったら、たくさん産んでください。いまは、もちろんいい加減な男女関係はいけません、みなさん、そうでしょう」

壇の下では、先頭を切った訓導室の拍手に続いて、割れるような拍手が全校に響いた。講演台のうしろで居眠りをしていた用務員の老劉《ラオリウ》は、ハッと目を覚ました。そして、町長の講演に対する歓声を聞きながら、あわててもう二、三〇年前から痩せ細っていた手で拍手した。舞台のうしろの誰もいない小さな部屋には、乾いた薪がはじけるような音がまだ鳴り響いている。なんとはっきりと、なんとよく響くことだろう！　老劉は自分がつくり出した「偉大なる息吹」を深く味わっていた。

壇の下で、かしこまって座っている女生徒らは、もうとっくにがまんできなくなっていた。町長の演説のあいだ「肉感的な」女の子をじろじろ見たり、前に座っている生徒の後頭部に向って精神を集中させてみたり、また拍手が起こったとたん口のなかで「ヤレッ、ヤレッ、ヤレッ……」と卑猥なことばを連発する生徒もいる。どのみち檀上にいる人には聞こえないので、拍手が起こるたびに、講堂に「集められた」皆のうっぷん晴らしになり、双方にとって好都合だった。

講演会が終わると、壇上のお歴々は早々と下におりて退散した。しかし、若い生徒たちはさらに校歌を大声で歌い、スローガンを唱え、終生の忠誠心を学校に捧げてようやく終わった。講堂を出ると、老劉がもう銅像の前で待っていて、生徒たちの挨拶を受けた。これは校則で、銅像の前を通るときには、必ず三指の敬礼〔親指と小指以外の三本指を立ててする敬礼〕で敬意を表わさねばならなかった。違反する者はみな国家元首の名誉を汚すものだとされた。喝！　この命令が出るや、銅像の周りはまるで立入禁止区域のように、大いに「鬼神を敬してこれを遠ざく」状況となった。授業が終わるたびに、むしろ講堂を避けて、数十メートル走ることもいとわなかった。面倒なのは、月曜日の週会で講堂に行き来するときに、銅像の前を必ず通らねばならないことだった。用務員の老劉は、経験豊富で、生徒たちの消極的な態度はよくわかっていた。そこでいっそのこと次のような「要職」が得られるように自分から訓導主任に申し出た。――毎週月曜日の週会ごとに、銅像の前に立って、「愛国者でない者」を厳しくチェックする。こうして、和平鎮の住民なら、毎週月曜日の午前八時一〇分から九時まで、ひとりの人がまるで彫像と銅像が趣あるコントラストを成しているかのように、静かに立っているのを見かけるようになった。

用務員の老劉の奥さん（和平鎮第一市場の第八番屋台で、朝は豆漿《トウジャン》（豆乳）、夜は切仔麺《チエザイミエン》を売っている広東人のおばさん）は、老劉は絶対間違いなく確実にこの大切な仕事を愛している、正確に言うと、「銅像」というこの宝物をと語った。

「この仕事はあの人が苦労をして、これから起ころうとすることを見抜いて、苦心して計画し、深謀遠慮の末、やっと探しあてた地位なのよね。ちょっと考えてみて、これからはこの学校の卒業生は、少なくとも二百四十回以上あの人に礼をするのよ。そのとき、皆がひれ伏すあの味わいはなんともいえないものがあるってことよ！」

広東人のおばさんは、老劉のことを引き合いに出すとき、まるで自分が銅像と一体となるように感じていた。そして、顔にはぶ厚い面の皮とは違った生き生きとした輝きが浮かんでいた。

もし心理学研究の特別な事例として老劉の精神状態を見るなら、彼の子ども時代のことをじっくり調べる必要があるだろう。あるいは、催眠術で討伐・抗日のなかで一家離散した生涯を彼に語らせ、学術的に分析することが必要だ。ただ、老劉はそんなに簡単に近づける人ではない。場合によっては、彼に深く根付ている革命思想について、すぐに無意味な論争を引き起こすことになりかねない。そう、まるで立法院でいつまでも埒《らち》があかず、むだな論争がくりかえされるのと同じように。

だから、われわれはこのなんの意味もない意見を取り入れず、最も原始的な日常生活の行為を参考にすることになる。

いま、老劉はまさに「万民の敬礼」を受け入れている。最も神聖で最も尊厳ある表情を保つために、老劉は「謹厳な」表情を保っている。演劇界の最新の解釈によれば、いわゆる「謹厳な」とは、「向こうから歩いてくる犬にも笑顔を見せない」ことであり、老劉はそのような姿勢を保っていた。

老劉が銅像のまえに立って「謹厳な」姿勢を保つことについてはもうひとつの解釈があった。それは何人かの校内の勘の鋭い腕白な生徒が気づいたもので、用務員の老劉は広東爺であって、要するにどんな犬でも全身に犬の臭いを漂わせている広東老人を見ると、喜ぶ犬は一匹もいない。これが校内での「謹厳な」の言い方だった。

もちろんだよ！　学校の言う「公式の解釈」によれば、老劉は確かに一匹の——いや、一人の職務に忠実で、党に忠誠を尽す愛国党員である。このことばは校長先生が校務会議で模範的な愛国者を引き合いに出すときに力を込めて口にするものだった。用務員の老劉はそのとき疲れている先生たちにお茶を入れていたが、それを聞いて三、四〇年前に勇気を奮って敵の殲滅に尽した老劉の熱血を一瞬のうちにひっくり返してしまうほどのものだった。ふと見ると、あの知遇の恩や感動、血管が浮き出た右手はお茶を入れるとき思わず震えだした。そのあと、四六人の先生たちに茶を入れたが、茶碗の下には黄色い茶がこぼれていた。

実際、銅像の前で第一三回目の敬礼を受けたとき、老劉は少し胡散臭いものを感じた。胡散臭さのひとつは、生徒たちは優等生ぶりを演じており、学校のために栄誉を勝ち取り、党のために忠義を尽し、国のために孝を尽し、民のために害を除くという重大にして神聖なる使命、すなわち、「愛国者でない者」を検挙するという使命はまだ果たせなかった。だから、老劉は、学校側が彼が怠けて少しも成果をあげていないと考えることを心配していた。おそらく、情況が悪くなったら、きっとこの任務を「辞めさせられる」悲惨な運命が待っている。そこで彼はそれから何週間か、生徒たちが皆敬礼をしているかどうか、さらに敬礼の姿勢が、一ミリたりとも間違いなく、党のために忠義を尽し、国のために孝を尽し、民のために害を除くことができているか念入りにチェックした。老劉は自分の顔に一〇個、百個、千個の目ができて、任務を十分に果たせることを切実に願った。残念なのは、生徒たちが大変きちんとしていることだった。言い換えれば、学校の「敬礼教育」は百パーセント成功していたのだ。前学期が終わるまで、老劉には「戦功」はなにもなく、今日まで来てしまった。つまり、老劉は銅像の前に約一〇分立ち、その間の三分から五分は微かに目を閉じて気持ちを落ち着かせ、頭のなかでたくさんの心地よい場面を思い出していた。これは大方なにも問題がなく、老劉は十分満足だった。これは前学期のことだが、彼はこっそりと灌木のうしろから銅像の前のようすを見張っていた。偶々、何人かの活発な生徒が不注意にも「立入禁止区域」に入りこみ、やはりしきたり通り銅像の前に行って敬礼をした。しかし、学校の先生や主任、校長は銅像の前を通るときには、まるでなにも見えないかのように通りすぎ、先生たちが敬礼するのを見たことがなかった。最初、このことに気づいたときには、老劉の内心にいままで起こったことがない矛盾が生まれた。烈火のような怒りに耐えきれなくなり、それは一九四九年に大陸の山河を撤退したときの心境とまったく同じだった。執政党の宣伝曲「心に国旗」を聞いたとき、はじめて内心の矛盾があとかたもなく消え、そのうえ先生や主任、校長の深い愛国心に敬服せざるを得なかった。心に国旗を掲げている、これこそ形式に依らない最も大切な感情だ。道理で、彼らが銅像の前を通るとき、さっぱりした、天地に恥じない表情をしているのだ。

「わしはまだあの人たちに劣っているな」老劉はひとり言を言った。

「わしはまだあの人たちに劣っているな」、このことばがまだらになった歯のあいだから飛び出てきてから、老劉はゆっくりと両目を開け、さらに頭のなかの「多くの甘い話」を無理に現実の世界に引きもどした。目を開けなければまだいい、一旦腫れた瞼を開ければ、わあ！　大変だ！

孟子がこう言ったことを覚えている。

「天の将《まさ》に大任を斯《こ》の人に降ろさんとするや、必ずその心志を苦しめ、その筋骨を労し（天が地上の人に大任を下そうとすると、必ずその人の心を苦しめ、肉体を酷使させ）……」

老劉は自分で考えてこう言った。吾はすなわち大任に堪える人なりと。老劉は一学期を終えた今日、ついにふたりの「愛国者でない」学生を見つけたのだ。夢を見ているのだろうか。老劉は自分を試そうと、共産党を撃つ引金を引いた人指し指を思い切って歯でかんだ。痛っ！　この歯は歳に似合わず硬かった。

「止まれ！」

まるで号令を発せられたように、ふたりの生徒は驚いて止まった。生徒は一瞬ボーッとしてなにが起こったんだろうという驚きの表情をみせた。

老劉はふたりを引っ立てて二階の訓導室まで連れてきた。そのなかのひとりは怖れて早や血の気がなかった。これは犯罪者によく見られる表情で、同情を引いているんだろうと、老劉は思った。主任の部屋のドアは鍵がかかっていなかった。老劉は嬉々として興奮した気持ちを抑えながらも、本能的にドアをひと蹴りして主任の事務室に飛びこんでいった。

「捕まえました！　主任」

だれもいない空っぽの事務室に向って話しかけたが、頭の神経がショートしたのかと疑われるありさまだった。ひとりの生徒が顔をおおってクスッと笑った。

「笑いやがった！　笑いやがった！　あとでひどい目に合わせるぞ、最低ひとり大過*をもらうからな、バカヤロウ――元首を侮辱しおって」

老劉は一気にしゃべると、廊下にもどっていった。生徒は「ひとり大過をもらう」のことばを聞いて、はじめて本当に事態の深刻さに気がついた。

「イブ、どうする？」

ふたりは町の北側の山からきたタイヤルの子どもで、この学校に来て一年生になったばかり、このような場面に出くわしたことなどなかった。

「僕にどうしてわかるんだ」

いまこっそり笑った生徒は、自分が一体どんな大罪を犯したのか全くわからず、茫然としていた。「元首を侮辱した」、本当に変な罪名だな。

「イブ、用務員さんは、どうして俺らを事務室に連れてきたのかな？『元首を侮辱した』ってなんなの？ヤパが俺らを森に連れていって、俺らの知らない植物を探すようなものかな？」

もうひとりの生徒はハユンと言ったが、部落の子どもたちはこの子にぴったりのあだ名で「イノシシを見たことがない小ネズミ」と呼んだ。意味はハユンは気が小さいということだった。

「バカか！　お前のヤパは、お前を学校に来させるなんて、むだ金を使ったな。お前、ハクビシンの通り道はどのように探すか、先に勉強するべきだったんだ。辞書がカバンのなかに入っているのに調べないのか。『元首を侮辱した』の意味はね、俺らがいま犯したことだよ、用務員さんに敬礼をしなかったことさ」

イブは老人が子どもをしかるような口調で、自分はひとつランクが上だと言わんばかりにハユンに言った。

「でも――俺、用務員さんに敬礼しなかったことが『元首を侮辱した』ことだって知らなかったんだ。イブ、俺は病気のヤヤのことが心配でうつむいてたんだから、教えてくれたらよかったんだ。こんなやり方、友だちのすることじゃないよ！」

ハユンは自分がここに立たされているのは、完全にイブの罠にかかったせいだと言わんばかりに怒って言った。

「いい友だちは苦労を共にする、俺はいまここに立っているよ、お前は俺のような親友がいることに感謝すべきだぞ、怒るなよ――」

イブが返したことばは、すぐに廊下の物音で消されてしまい、ただ用務員の老劉が涎を垂らすように叫ぶ声だけが聞えてきた。

「主任、主任、国を愛さないふたりの生徒を捕まえました！」老劉の口から唾が一メートルも飛んだ。

「老劉、よくやった、よくやったぞ、きっと大きなご褒美がもらえるよ、ご褒美がね」

「ありがとうございます、主任のご指導のお蔭です」

いま、この風通しの良い事務室には、ソファーに座っている主任とイブとハユンだけがいた。

「なんという名前だ？」

主任は獲物に対するような目を光らせた。このような情景は、イブとハユンのヤパが森に入るときの表情そのものだった。

「ハユン」、「イブ」、ふたりはためらわずに答えた。心のなかで不注意が相手の怒りを買うことをひどく恐れていた。

「学校はお前たちにどう教えてるんだ、国語〔中国語〕を喋れるのかね」

ハユンとイブはやはり一歩を間違えたようだ。ふたりはちょうどうまく隠された鉄バサミの罠に落ちてしまったように感じ、もがけばもがくほど恐怖を覚えた。

「楊広伝《ヤングアンチユアン》」

「陳済民《チエンチミン》」

彼らはそう答えたが、まるで悲しく吠える獣のようであった。

「山地人だろう！」主任は大変困ったようなようすだった。

イブ、つまり陳済民は、勇気を奮って答えながら、そのとき可哀想なハユンに少し自信を持たせようと思った。

「どんな間違いをしでかしたか、わかってるな」

主任はそう言いながら、体を移動させた。唯一の窓はしっかりと閉じられていた。まるでここで秘密の大事件が起り、風の耳も入室を禁じられているようだった。

「イブが、違う、陳済民が言いました。僕らは用務員さんに敬礼せず、『元首を侮辱』してしまいました。ちょうど僕らの『ガガ』と一緒で、間違いを犯したら、処罰を受けねばなりません」

気の小さいハユンがとうとう猟人の勇気を奮い起こした。ただ、うしろ半分のことばは、イブに認めてもらいたいとでもいうように、ハユンの首は自然とイブの方を向いた。

イブも大きくうなずいた。

「僕ら、間違いに気づきました」

「何だって、お前たちの間違いは、老劉に敬礼をしなかったことだって？」

ふたりは、猟人が獲物を捕らえたのに、どうしてまだあんなに怒っているのか、まるきり理解できなかった。それにふたりはごくあっさりと間違いを認めているのだ！

「その通りです！　だから用務員さんは怒って僕らを捕まえたんです」

イブは山の子どもの気概を見せ、そのうえ、自信たっぷりに質問に答えた。彼は思った。ハユンはしょせん「イノシシを見たことがない小ネズミ」で、自分とはまったく比べものにならない。

「言ってみなさい」主任は顔面蒼白になったハユンを指さして言った。「老劉のうしろはなんだ？」

ハユンはちょっと考えて、注意深く答えた。

「銅像」

「そうだ、銅像だね、君たちは銅像に敬礼しなければなりませんね、あれは前総統の蒋公様の銅像だね、先生は君たちに教えてくれなかったかね」

主任は「前総統の蒋公様」と口にした瞬間、さっと立ちあがった。その突然の動きはイブとハユンをびっくりさせた。主任は、そのあと空気が抜けたボールのように、また椅子に座った。

イブとハユンにはどうしても理解できなかった。銅像に敬礼しなかったから、とんでもない災いに見舞われたのだ。ふたりは部落の小学校にいたときには、銅像に敬礼する儀式はなかったし、せいぜい国歌が聞えたときにはきちんと起立したくらいだった。校長や先生に会ったときには、敬礼しなければならなかったが、銅像という「物体」への敬礼なんて聞いたことがなかった。もし間違っていなければ、銅像になるとはその人が死んだということだ。教科書の言い方では「物故」だ。どうして生きている人が死んだ人に敬礼することが、愛国をあらわすことになるのか。

イブは主任と理屈で争おうと思っていたが、主任が獰猛なイノシシのようだったので、暴れるイノシシには、もし武器がなければ、最もいい方法は、身を隠すことで、もっと言えば逃げることだった。だから、イブはやむなくじっと耐えて疑問を腹にしまいこんだ。

ハユンのほうは、なんの意味もなく怒られてしまい、いっそう気が小さくなってしまった。先生や主任や校長に会うと、敬礼の動作がいつも他の人より一秒早くなった。彼は信じ切っていた。そのようにする敬礼だけが、彼の気の弱い心臓を守ることができると。しかし、彼の小さな頭には、ひとつの疑問が深く植えつけられていた。病気のヤヤの心配をするより、死者の銅像に敬礼することのほうが大切なのだろうか。もちろん、この疑問は主任に聞いてみる勇気がなかった。

職務に忠実なわれわれ和平鎮の銅像の守り神、老劉は今回の英雄的な義挙によって、威信と長年失っていた尊厳をすべて取り戻した。彼は直立不動にかけては総統府前の憲兵に劣らず、しかも朝晩巡視を強め、暇なときには梯子をかけて銅像の首に乗って、長年のあいだに積もった銅像の頭や耳、鼻翼のほこりを拭った。時には、ブツブツ言いながら、忠誠の涙をこぼしている。そのようすは本当に感動的なものだった。

もう一度、市場での広東のおばさんの話に戻ると、用務員の老劉がどうしてこうも愛情深く、銅像を溺愛するのかがわかる。

「いまではわしは学校の人気者になった。その功績は、わしが党に忠誠を尽し、国を愛し、民のために害を除くほかに、最も重要なことはもちろん銅像にある。偉大な銅像にお仕えできるのは、わしの最大の光栄だ。だから、お前もわしが、朝晩そして真夜中に、巡視に出ることを怨みに思うことはない。銅像がなくなればわしはいなくなり、わしがいなくなれば、お前は寡婦になるだけだ！」

　ふたりのタイヤル族の生徒があの騒ぎで学校側の記録に載せられて二週間後、驚いたことに銅像の前でへたりこんでひどく泣いている老劉を見かけた。だれにいたずらされたのか、偉人の銅像には緑色のペンキがかけられて、頭からべっとりとまるで傷のようなあとになっている。大変なことになった。この和平鎮はマスコミによって大騒ぎとなり、人々もびくびくしていた。新聞によれば、野党の過激分子の可能性が大きかった。と言うのも、以前、銅像が倒された前例があるからだ。思いもよらないことに、イブが夜中に洗剤で、鼻を突くペンキを一生懸命に洗い落としていた。夜中に冷水で洗うのはまた、とても辛いことだった。

（この文章はフィクションですが、名前などが一致した場合は、偶然ではなくて天意です。）

＊学校の罰則。厳しい順に大過、小過、そして警告がある。三つ大過をもらうと退学になる。

私の小説「先生の休日」

一、私は小説書きではない

友人のみなさん、僕はまず次のことを白状しなければなりません。僕は小説書きではないということです。友人たちは（僕は彼らと「原住民文化運動」というものに従事しています）僕に小説を書くように勧めてきますが、彼らは散文や詩を、たぶん小説と同じように、みな文学創作だと考えていると思います。僕は確かに何十首かの詩と何十編かの散文を書いているので、その印象から、彼らは僕を書ける人、つまり小説を書ける人に分類しているのです。

ただ、親愛なる読者のみなさん、僕は「小説を書く」という欲求をもう長年、胸中に秘めてきました。それが僕が軽率に、しかもあっさりと、彼らの要求に応えようとした最大の理由です。心理学者からは、僕の精神状態はまさしく正真正銘の「自己膨張の妄想狂」だと言われました。しかし、もうそんなことはどうでもいいのです。だれか知りませんが、雑誌に真顔でこんなことを言うのが載っていました。「小説は台湾作家の身分証である」と。このことばに打たれて、僕は本当に小説を書くことを誓いました。テーマは「先生の休日」です。

二、小説を書くことは決して面白いことではない

あの日の夜、友だちに、台中の屋台の店から豊原の僕が借りてる部屋に送ってもらうと、僕はひどく興奮して、ぐっすり寝ていた妻をゆり起こし、小説を書くことにした、と言おうとしました。

「何時なのよ、あなたたち南投の埔里に行くんじゃなかったの?」妻は目をこすりながら、僕が帰ってきたことに大変驚いたようすでした。

「いま夜中の二時三六分だよ」僕は時間通り言いました。もともと僕たちは夜の一〇時三〇分に意気揚々と出かけ、南投の埔里に行って原住民運動の意識を持った何人かの知識青年を訪ねる予定でした。

「でも帰って来たんだ、お前に驚天動地のニュースを報告しようと思ってね」と、僕は「驚天動地」ということばを言ったとたん、胸に情熱的な音符でいっぱいになりました。しかも、そのとき、わたしの一歳半のいたずらっ子を起してしまいました。

よしよし……妻が子どもをあやしながら振りかえって、僕にこう言いました。

「とっくにわかってたわ、あなたたちは南投に行かないだろうなあって。出かける前に、『南投

に行くかどうか』二時間近く話していたから」

「弁証法で議論してるんだよ」僕は少し自信なさげに言いました。「それにあることについて話し合ってるんだ」

「なにが弁証法で議論よ、はっきり言えば、うじうじしているだけでしょう」妻の非難にあい、ビンタをひとつ見舞われたような気分になりました。

「言ってごらんなさい、言いたいことって何？」

「いい題材がみつかったんだ、保守的で、反動的な原住民知識青年を批判できるような題材だ」僕は非難を打ち消すように、勢いよく格好をつけてそう言いいました。

「それは面白いわね」妻は体を動かして、壁にもたれました。そのようすを見て、僕がでたらめを言っているのではないことをわかってもらえたのだと思いました。

「でも、あなたたちは、ほかの人を批判するのが好きね」

「その代り、ほかの人を批判することで、自分たちの盲点がどこにあるか見抜くことができると思うよ。話をもどして、小説の材料について話すよ」

「いいわよ！」妻は余裕たっぷりに僕の話を待ちました。

「詩、散文は何年か書いてきて、小説でも試してもみたよ」

このことばは、まるで「詩と散文は何年か書いてきても、まだ名前が出ないけど、小説に換えたら出るかもしれない！」と言っているようでしたが、そんな考えはみせたくありませんでした。

「大体こんな話なんだ。原住民の先生たちが週末に大都会に行って女遊びをする話、しかも、これは先生たちの『恒例の行事』になっていて、このような題材について、僕は……」

「ちょっと待って、ちょっと待って」妻は驚いたように僕の話をさえぎりました。

「そんなことってありなの？　原住民の先生のなかには酔いつぶれて、授業ができなかったり、少数だけど品の悪い人がいるのは認めるわ、でも、あなたの言うようなショッキングな『伝奇』小説は信じられないわ」

「これは『伝奇』じゃない、確かだよ、しかも、いまの世の中で実際に起こってる事なんだ」僕は真顔になって言いました。「まさにいま起っていることだから、『作家の良心』を発揮しなければいけない」

「あなた衝動的すぎるわ」妻は驚いた表情のまま、じっと僕をみつめました。

「僕は衝動的じゃないよ、冷静だよ」

「私たちが言い争うことはないわ、先に私の言うこと聞いて」妻は僕の「気持ちを静める」いつものやり方で来ました。

「まず、第一に、これは小説には合わないわ、だって題材が絶対に特殊だからよ。原住民社会の考え方のモデルに普遍的に応用できないもの。第二に、この題材自体が危険性を帯びていて、原住民の先生たちの強い反発を買う可能性が高いわ。第三に、あなたこれを小説に書く自信あるのかしら？」

　僕はこのときはじめて、小説を書くのは決して面白いことではないのだと気がつきました。少なくとも、小説を書くことはただ才能の問題だけではなく、社会の現実や道徳に関わらなければならないのです。ただ、僕は誓って断言します。僕はこの事件を聞いたとき、ひとりの人を小説で「壊そう」なんて考えてもみませんでした。しかも、小説にもそんな力なんてないし、僕の出発点は、原住民社会のなかでしだいに損なわれていく「民度」を批判するにすぎませんでした。

「これは、君の言うような特殊性の問題だけではないと思う。いわんや、特殊性はまさに小説のいくつかの基点のひとつとなっているけど、実際は、それは原住民のあの、日に日に失われていく「民度」に影響しているんだ。いまこれに代わるのは、資本主義化で最も汚れた『生活の残滓』で、僕の目的はこれを批判することなんだ」

僕は、僕たちはもう弁証法のパターンに陥っていると思った。そして、僕の理念の盲点の在りかを見抜いてほしかった。

「その一方で、文学の形式を借りれば、原住民の『反省』という意味を生みだすことができるかもしれないんだ。ただ反省を通じてのみ、原住民文化運動は再生の可能性があるんだ」

「いいわ，あなたの意見に賛成するわ。じゃどう書くつもり?」

妻の質問を聞いたあと、僕はすぐに書斎にもどって創作をはじめました。実際の創作だけがあらゆる疑念を晴らすことができるからです。

部落の教員宿舎にいるシリスからこの物語をはじめよう! シリスは鏡のまえで色鮮やかな孔雀のように装いながら、若い新米の教師ルオサンに命令しました。

「僕らの尻についてくれれば、甘い汁を吸わしてあげるよ。僕らの先祖は、本来、猟人が本業なんだから、どのようにして立派な猟人になるか教えてあげるよ。ご先祖が子孫に罠の仕掛けを教えたようにね」

僕はこの書き出しをとても気に入っていました。なぜかと言うと、昔の先祖の「猟人」の称号と、いまの小説の主人公が大都会に「猟に行く」ことのあいだには、色濃い風刺の意味があるからです。ただ残念ながら割愛せざるを得なかったのは、話は何人かの堕落した原住民教師の醜悪な女遊びのほうにしか発展しないからです。そして、彼らのこの種の事件の背後にある文化的な意義については、ただ醜さしかないからです。「シリスがホテルで女を呼んだら、出てきたのが何年か前に教えた女学生だった」というような刺激的なストーリーを展開しようとしましたが、それで最初の構想を挽回するには不十分でした。僕はとうとう仕方なく明け方の五時四三分に寝室に行って寝ました。七時四〇分までに起きて、毎朝の決まった会議に出る予定でした。もちろん、僕はこの小説を放棄するつもりはなく、僕に必要なのは自己批判の過程でした。

三、僕と僕の友人たち

親愛なる読者のみなさん、はなはだ申し訳ないのですが、僕は僕の友人たちについて触れなければなりません。理由は、みなさんが文字によって小説を解決するのは不十分であり、さらに作者の心の変遷を理解し、僕が「焦って」書いた「先生の休日」という小説に心を動かすには、僕と僕の友人たちとの関係をみなさんに真面目にそして誠実にお伝えする必要があると考えたのです。もちろん、目的はみなさんに「先生の休日」というこの小説の世界にすっぽり入って頂けることを願うからにほかなりません。

林君と僕は同じく小学校の教師で、ふだん僕は彼を、パイワン族の名前でカピと呼ぶのが好きでした。僕はカピがどのようにして僕を探しだしたのか知りませんが、あるいは新聞社で僕の住所をみつけたのかもしれません。ここ数年、僕は中部にいて原住民に関わる文学作品を書いていました。気持ちのうえでは、原住民運動の組織に積極的に加わりたいと思っていましたが、仕事上の時間の制限があって、ふだんはただ文章を書いて応援するだけでした。ひょっとしたらこんなことがカピの心に触れて、僕に手紙をくれたのかもしれません。カピは南部に原住民読書会を設立しており、その月の話題は「原住民母語運動」でした。招待状を受け取った僕は、すぐにカピに連絡を取りました。僕はカピは情熱的な原住民知識青年だと認めざるを得ません。高雄に着いて、初めて彼に会い、彼の「喜悦一・五〔セアト一五〇〇CC〕」に乗ると、いきなりこう言いました。

「原住民知識青年は文化運動推進の希望ですよ、でも保守、反動の知識青年は、原住民運動最大の障碍なんです」

カピが僕に与えたのは、理性的で情熱的という印象でした。反対に、漢人の友人の崔さんは、見かけは大人しく内気な人で、いま原住民音楽のフィールドワークに従事しています。原住民文化への関心度は僕らの仲間に劣らないし、彼の問題を観察する視角は、いつも僕らに啓発的な喜びをもたらします。

屏東の読書会の会場に着くと、僕はのちに僕の仲間のひとりになるルカイ族の青年サシャラにはじめて会いました。この三年、原住民運動に従事してきた政治的な経験からか、見たところ頭の切れるやり手という感じでした。しかも、社会主義で原住民を改造しようという理念を持っているため、彼がすることには「革命的」な雰囲気がはっきりと漂っていました。経験を積み、落ち着いた風情のウマスは、原住民社会ではあまり見かけないコンピューター技師でした。このような集まりは「縁で結ばれた」というにふさわしいものです。

確かにこんなふうだから、人生は豊かで素晴らしい一編の小説そのものだというようになるのでしょうね。

その晩、僕らは茶芸館に集まり、読書会のこれからの問題について話したほかは、毎月出している『原報*』に集中砲火を浴びせました。『原報』は、名前の通り原住民の新聞です。僕らの争点は、『原報』をどのような新聞にするかという点に焦点を絞っていました。もちろん『原報』の理念はどこにあるかということです。狭い茶芸館のブースで、僕は討論の圧力が、一歩一歩僕らの心に迫ってくるのを感じていました。

「『原報』は知識啓蒙の場所であるべきだ」と、僕らが呼んでいる「革命分子」が、力をこめて『原報』の方向を主張しました。

「僕らは認めるべきだよ。大部分の原住民知識青年は、快楽的な資本主義社会の渦のなかに溺れている」

「お前が言うのは、『原報』の任務は、こうした人たちの自我覚醒を喚起することだ、ということかい」ウマスは歩調を合わせました。

「そうだ」

「僕は君らの見方に同意するよ」崔さんは、ブースにいる仲間のなかでは、最も落ち着いていました。「問題は、君がどんな理論で奴らを説得するかにかかってるよ」

「問題はそこにあるんだ」僕は発言のチャンスをつかみました。「今日、原住民は時空の定位置を確立していないんだ。だから自分自身に茫然としてるんだね。相対的にエスニックグループ全体が方向を失い、政権の言いなりになっているんだ」

「君の言う定位置ってどこなの？」革命分子のサシャラは軽く僕に尋ねました。

「歴史ってことになると、原住民に歴史ってあるのかな？　あるとしたら、教科書では中国の歴史を押しつけてるけどね」

このテーマの大きさに、僕は息苦しくなりました。ちょっと間を置いて、僕は続けました。

「文化ってことになると、原住民文化はしだいに死んだ文化、観光化した文化になったなあ。原住民は自分の文化を蔑視するか、自分に文化があることを知らないかだ」

カピは突然、嬉しそうに僕の話に口を挟んできました。

「わかってるよ、原住民の運命の悲哀は、歴史の解釈はすべて他の連中に持っていかれていて、自分の声なんかないってことだよ。だから、歴史の解釈権さえあれば、原住民の知識青年はありがたいと思って、統合できる可能性があるんだ」

僕らは夜中の一時まで話し合っていましたが、茶芸館が慌ただしく店を閉めはじめましたので、やむなく話し合いを打ち切りました。ただ、僕には『原報』の理念がみつかりました。——台湾の歴史の真相を探すこと、原住民の尊厳を再建すること、台湾多元文化を打ち立てることです。僕は読者のみなさんに申し上げねばなりません。まさにこの理念のために「先生の休日」というこの反省的な題材を必ず書かねばならないと強く思いました。

土曜日の早朝、僕は五時一五分に起きました。目覚まし時計は、七時に鳴るようになっており、いつもは目覚まし時計の音に起こされると、すぐに窓を開け、まぶしい光に弱々しい疲れた神経を刺激されると、ようやく目覚めて元気になり、さらに数年前の理想のために奮闘しはじめるのです（こうした学校で抱いた理想的な気持ちはほとんど錆びついてしまいましたが）。しかし、僕が早くから起きだしたのは、本当は困った土曜日のことが気がかりで、しかも昨日の晩、シリスからの休日の誘いに乗ってしまっていたので、いささか後悔の気持ちがあって、朝の七時まで安穏と寝ておれませんでした。そのあと、太陽の光が僕の神経を刺激しはじめました。

そこで、僕はこの小説の書き出しをまた書きはじめました。

四、創作の源に帰る

書斎にこもって仕方なく書きはじめたとき、このテーマにはもともと若干の盲点があることに気がつきました。やむなく僕は筆を止めて、椅子にもたれ、考えを創作の出発点――台中の屋台にもどしました。

あの晩、僕らは南投の埔里に行こうとしていました。しかし、同乗していたカピと劉さん（彼もパイワン族で野性的な性格）は、頑として高雄に帰ると言い張りました。翌日は月曜日なので、急に休むのは言い出しにくいというものでした。サシャラは、一緒に行動しないとだめだと、怒りだしました。僕と崔さんは彼の意見に賛成でしたが、事をあらだてたくなかったので、そこで崔さんが、どこかで何かお腹に入れて、座ってゆっくり話そうと提案しました（とんでもないことに、僕らは行くか行かないかを二時間も話していました）。

中華路の夜市はいつものようにきらびやかなネオンが輝き、お腹をすかせた人びとが集まってきていました。僕らは粥とおかずの店に入りましたが、しばらく皆、無言でした。

「実際のところ、僕らの原住民文化運動は本当に淋しいね」カピは粥を食べ終わると、溜息まじりにつぶやきました。

「淋しいのは淋しいよ、でもこの仕事は生きていて、命があるんだ」サシャラはもう二四歳になり、兵役にはまだ行っていませんでしたが、ことばには力が溢れていました。僕らはそれを受け止めましたが、崔さんは軽く流している感じでした。

「僕らは覚醒の重要性を意識しているよ、しかしどのように彼らの覚醒を触発するか、すこしテクニックが必要だね」劉さんはずばずばと言いました。彼はいつも僕らとは一緒におらず、僕は彼のことをもう少し知りたいと思っていました。

「特にいま山地にいる知識人は、時にはある人たちは、保守的な心情で感化しようがないよ」

「僕はこれまでは、論争形式でやることが必要だとずっと思ってきた。問題はどういう方法で彼らと対話するかだな」崔さんは憂鬱そうでした。

「実際のところ、いまの原住民社会には基礎的な民主文化が育っていなくて、これが最も憂慮すべき点なんだ」サシャラはやはり民主的な政治を忘れませんでした。

「僕はこれは『民度』の関係だと思う」とカピは言った。「今年の三つの公職選挙を見ればいいさ。平地社会〔平地に住む漢人社会〕の反権威、反圧迫の民度は選挙からわかる。相対的に、原住民の選挙は政治に囲い込まれて逃げることができない。反対者は国民党の動員に負けるだけでなく、豚肉や米酒にも負けてしまう」

「これはまさに社会力の『気』の腐敗の現われだね」僕はつけ加えて言いました。

「だから原住民の知識分子への批判は大変重要なんだ」

崔さんもしり込みせずに、身構えました。

「今年の立法委員の選挙をみると、どれだけの知識分子が国民党の組織に吸収されたか。彼らはそこから利益にあずかることができると思っている。だから接近する態度があんなに一致してるんだ」

「そうだ、これが原住民社会の最も堅固な『共犯構造』なんだ。『族繁《しげ》り備載に及ばず〔族譜への記載が間に合わないほど家族が多いこと〕』というのはこの人たちのことだ」サシャラは義憤で胸いっぱいになりながら言いました。「彼らと話し合おうと思っても、あの連中、まったく相手にしてこないよ。ひどいのは、ぐるになって一緒にやろうとしてくることだ」

「それを聞いて、あることを思い出したよ」

カピも元気になって、埔里へ行くことを忘れてしまったようだった。

「あれは三年前に、僕が原住民部落の学校に派遣されたときに起こったことだ」

カピは一気に記憶がもどったようで、僕らは彼の話を待ちました。

「僕も一体どういうことかわからなかったんだけど、週末になるたびに、学校の何人かの原住民の先生たちが連れだって山を下りて行っていた。なにをしに行っているのか知らなかった」カピはゆっくり話した。「学期が終わろうとしていた頃だったと思うけど、先生たちが僕にも一緒に山を下りようと誘ってきたんだ。面白いところに連れて行ってあげるから、ついてこないかって。何をしに行くか、わかるかい？　なんと女遊びをしに行くんだよ」

「バカ野郎！　そんなこと聞いたことあるけど、でも信じたりはしなかったね」劉さんは怒りはじめました。僕はだれでも聞いたら怒るよなって思いました。

「その先生たちは考えないのだろうか。万が一、呼んで出てきたのが自分が教えたことのある学生だったらどうするんだろう？」崔さんはそう言いながら、幼い妓女救援組織と一緒に仕事をしていたことを思い出していました。原住民の幼い妓女の存在はずっと我慢できないことだったのです。

カピは崔さんの話に答えずに続けて言いました。

「ひどいことに、彼らは村の女性たちまでも相手にしていて、しかも得意になって、話すときに、こんな冗談まで飛ばすんだ。僕は『偉人』だって」

「君は聞いたことがあるかい、彼らが休みになるたびに大きな町に女遊びに行くのはどんな気持ちなのかって」サシャラは、心理分析をしているようでした。

「あるけど、あの人たちの価値観はもう狂ってると思ったなあ。ある種、報復するような精神状態なんだ。僕は人間は性欲を持っているということには反対しないけど、賛成できないのは、知識人の身でありながら、他の人の奥さんとも通じようとすることだ」カピは我慢できなくなってもう一度言いました。

「ワリス、あんた、文学やってんでしょ、小説で彼らを批判すべきだよ」崔さんがそう言うと、皆も彼の意見に賛同しました。僕はすぐにこう答えました。

「彼らとの対話はずっと平行線をたどっていて、何の実りもないと感じている。でも、このテーマはちょうど彼らの痛いところを突いていて、彼らの反発を招いている、それが対話のはじまりになると思うんだけどねえ」僕は頭のなかで小説を書いていました。

「僕が本当に話したいのは、これだけではなくて、その背後の堕落した民度なんだ」カピはがまんしきれないようにさらに話しはじめました。

「部落の女性連中も彼らと一緒にいるのが楽しいんだよ。そこから何か利益が得られたり、『先生』のようなインテリと懇意になれたりするしね。それに部落での名声の上でも、それなりに高い地位が得られるから。こんな悪い環境のなかで、どこに行ったら『尊厳』がみつかるのか、皆同じように悪く、善悪の区別なんかなくて、価値観はもうあてはまらないよ!」

「僕はこのような『民度』の汚染度を実感することができる」僕は深くため息をつかざるを得ませんでした。

「僕が言いたいのは、このような『偽権威』に近寄る社会のありようこそ、憂慮すべきだということなんだ」カピは補足するようにこう言いました。

「僕は原住民部落全体の特殊な問題だと思っているんだ。他の部落に波及させる必要なんかない。ただ、このような『堕落した民度』は必ずしも少数ではないと思っている」

「わかるよ、対話はインテリの仮面をはがすことから生まれるってことなのは。ただ自分の権益が傷つけられるときにだけ、彼らははじめて立ちあがって人を攻撃するんだ」サシャラは興奮して話しながら、粥を二杯平らげました。

「原住民の反対運動の盲点は、運動家自身が運動の原点、最も草の根の部落自身を体験していないことなんだ。しかも、原住民問題を知る汎政治化は政治的手段で処理しなければならず、原住民の民間社会全体の呼びかけを軽視することなんだ」

「ワリス、この問題を書かなくちゃね。ベーコンがこう言ってるよ。『知識は力なり』ってね。それに対して、『文学も力なり』だね。文学はさらに剣でもあって、膿のたまっている場所を突き破り、体全体を健全にする可能性がある」

崔さんは責任を僕の方に投げかけてきました。僕の血にも「大義、親を滅す（正義のためには親兄弟の情をも顧みないこと）」の勇気が流れているようで、脈がドクドクと打ちはじめました。

その夜、友人たちは僕を豊原に送り、結局は埔里に行かず、台南に帰りました。僕は、この過激なテーマに激しく興味をひかれ、すぐにぐっすり眠っている妻を起して、この偉大な考えをぼんやりして覚めきっていない彼女の脳に伝えました。

五、本当の生活はまるで小説のようだ

親愛なる読者のみなさん、僕は正直にみなさんにお話しします。僕はもう「先生の休日」という小説を書き終わりました。あなたが信じようと信じまいと、少なくともこの小説の企画は、はっきりとあなたの目の前に展開されました。もしあなたが飛びあがって、白い紙に黒く印刷された文字を指さして（もちろんあなたは僕の鼻を指すことができません）、嘘つきと言うならば、それなら僕は喜んであなたと対話をいますぐにはじめることができます。僕は丁寧に良心的な作家の内面を観察していただきます。実際、週末にこの小説を書いたとき、僕はどんなにこの話がまだ起っていないことを願ったでしょうか。そうでなければ、「社会↓作者↓読者」というこのようなお互いの文学活動が起りえないからです。

幸い、僕はなんとか自分の妻に話すことができました。少なくとも、妻は僕が小説が書ける奴だと認めざるを得ません。小説のテーマは「私の小説創作：先生の休日」です。さらに否定できないことは、真実の生活はまるで小説のようだということです。

＊『原報』は一九八九年一一月一八日に、タイパン・サシャラ（台邦・撒沙勒）によって屏東県で創刊された。英文名は「Aboriginal post」。一九九四年に停刊になるまで全二六期発刊。

ムハイス

一

尻をゆするようにバスが急にスピードをあげた。車体のゆれにあわせて、乗客もまるでダンスパーティに参加しているように体をゆらした。特に直角の曲がり角にさしかかると、運転手はわざと軽快な音楽のリズムを刻むかのようにハンドルを切った。すると、キャーキャー騒ぐ乗客の声が聞こえてきて、運転手は右足でアクセルを思い切り踏んだ。

僕はもう慣れっこになっていた。中学生の頃、三年間このバスに乗り、運転手たちのこともよく知っていた。新人はこの苛烈な産業道路で三、四か月訓練を積むと、手足が機敏になり、運転をしながら、乗客に挨拶できるようになる。それでようやく一人前となり、別の路線に換わって運転をはじめるのだ。いずれにせよ、部落に通じるこの小さな町の道路は、あの運転手たちの「試金石」だった。

「降りるんだろう、酔っ払い！」運転手はうしろに向かって叫ぶと、バスは慣れたようすですぐに緊急停車した。酔っ払いと呼ばれた男は座席からはいあがってきて、ブツブツと叫んだ。

「筋がつった！　明日の朝またお前のバスに乗らんといかん！」

「お前が飲む酒代でかみさん三人養えるぞ！　少しは控えろ！」乗客たちがハハハと笑いだした。

バスは土ぼこりをあげ、あとには皆に笑われた酔っ払いの姿が残った。

バスはすぐに穿龍隘口《せんりゅうあいこう》を越えた。土ぼこりにおおわれた車窓から外をみると、故郷の部落は静かに大安渓畔に突き出た小さな台地に横たわっていた。

ほとんど毎月一度、僕は部落に帰っていたが、バスが穿龍を過ぎると、ほっと安堵の気持ちに満たされた。きっと故郷が一番心を慰めてくれるんだと思う。

「ワリス、お帰り！」

振りかえると、髭もじゃの顔が急に近寄ってきた。

僕は嬉しくなって大声で叫んだ。

「ユタス、いままで気がつかなかった、すみません」

「俺はさっきからお前を見ていたよ、人が減ったから、声をかけたんだ」ユタスはそばに寄ってきて、僕の隣の空席に座った。

「町に買い物かい？」僕はユタスが手にものを持っているのを見た。バスが動き出すと、チンチンと音が鳴った。

「小さな鍋とフライ返しだよ」ユタスがビニール袋を開けると、本当だった。

「三匹のムササビと交換さ」

「おお！　山にはまだムササビがたくさんいるんだね！」

「多くないよ！　奴ら、賢くてね」ユタスは僕を指して言った。

「お前のようにな、いまのムササビはよく勉強しているからな、騙すのが難しいよ！」

　ユタスの比喩は、僕をからかっていた。僕は続けて言った。

「ユタスが捕まえたその三匹のムササビは、勉強が嫌いなのかもしれないな、小学校も出ていないかもしれないね！」

「そうそう、きっとそうだ」ユタスは興奮して言った。

「捕まえたときに、木の幹にまたがって、そいつの鼻を指さしながら言ってやった、お前の先生は誰だ、お前のようなバカな生徒に教えて。この次は、よく見るんだぞ、銀色の鉄線の輪はくぐっちゃいけないんだ」

「この次はないよ、ユタス」

　楽しく話しているうちに、バスが部落のバス停に着いた。別れるときに、ユタスがまた大きな声で叫んだ。

「夜、俺ん家に来るのを忘れんなよ、半年間、塩漬けにしておいたイノシシの肉を用意しとくよ」

　僕はあわてて遠くに離れていく人影に向かって言った。

「わかった」

そして軽快に足を踏み出した。

思い切って深呼吸をすると、空気には米酒が混ざった山野の清々しい香りが漂い、僕の胸を一気に開放し、毛穴も運動の本能を回復した。東側は、八雅鞍部山脈がまるで荘厳な山の神のように、小さな部落を守っている。西側の干からびた大安渓には、はずむようにソナタが流れている。

「ワリス、乗れよ」

うしろで、運搬車のエンジンが突然止まった。叔父だった。家まで遠くはなかったけれど、僕は喜んで乗った。

「学校は面白いかい？」

「面白いよ！」うしろを振りかえると、運搬車には生姜がいっぱい積まれていた。

「叔父貴の生姜は、とっても丸々しているね」

「丸々してても何の役にも立たないね。一斤〔六〇〇グラム〕二、三元で、手間賃にもならないね」

そう言うと、運搬車はゴーッと音を立てて動き出し、すぐに家に着いた。

僕が運搬車から飛び降りると、ヤヤが庭で生姜を箱に詰めていた。

「手伝っておくれ」ヤヤはそう言うと、家のなかに向かって叫んだ。「ワリスが帰って来たよ――」

ほどなくして、ヤパが玄関先に立った。

「大学生、お帰り！」

「ヤパ、師専生〔師範専科学校の学生。現、国立教育大学〕だよ」僕はすぐに訂正した。

「また飲んでるね、胃がまた悪くなるよ」

「安心しな！　ムササビの腸の塩漬けは、破れた穴をふさいでくれるんだよ」ヤパはまるで鳥のように嬉々としていた。

「いつかまたイノシシを捕まえて、お前に栄養をつけてやるよ」

僕は笑って言った。

「酔っ払いの猟人は獣を捕まえられないさ」

「ちょっと勉強すると、もう真似をして、人に教訓を垂れる」ヤパは機嫌を悪くして家のなかにもどっていった。

生姜の箱詰めが終わり、部屋のなかにはすがすがしい野菜の香りが広がっていた。手を洗って台所に入っていった。

「生姜の値段はそんなにダメなの？」僕はご飯をひと口、口にほおばって言った。

「叔父貴が二、二元だって言ってた」

「そうだよ！　丸々して大きな生姜でも一〇斤でやっと長寿のタバコひと箱さ」ヤパは一気に酒をあおった。

漏れた液体が口の端から滴り落ちた。

「それに値段は、わしらが決めるんじゃないんだ」

「皆で対策を練って相談しようよ！」

「相談、相談なんてくそ食らえだ！　林さんは、本当に賢いよ」

林さんは僕らの部落の最初の平地人〔漢人〕の商人で、雑貨店を開き、季節の果物はみな、林さんのところで買い上げられて、それをまとめてよそで売っていた。

「ひどいな！」

「怒ったってしょうがないよ」ヤパは僕を見た。

「お前が卒業してもどってきて先生をはじめたら、それでもまだ奴が騙そうとするか、見てやろうじゃないか、そうだろう、大学生さん」

二

僕はなぜか、大専〔大学、専科学校〕の制服を着て林さんの店の入口に立っていた。しかも、そのうしろにはガヤガヤと騒ぎ立てる人たちが集まっていた。

林さんは三角顔で、機嫌を取るように口を突きだしていた。

「大学生、何の用かな？」林さんは見るからに怖がっていた。

「今日は、僕は部落の人たちのために話をしたいんだ」僕は大きな声で言った。声ははっきりと部落の空に響きわたった。

僕のうしろの人びとも太い腕を振りあげて、空に突き上げた。

「公平にやれ」

「公平にやれ」

林さんは目の前の迫力ある声に圧倒されて一歩退いた。

「私はまっとうな経営者です。どんな違反もしていないですよ」

「まだ言い張るのか？」僕はどこから勇気が湧いてきたのか、この五〇歳ほどの、狡猾な商売人に向かって大声で言った。

「この男は買値を低く抑えて、一〇斤でタバコひと箱しか買えないんだ」これはヤパの声だと、聴いてわかった。

「この男に千元か二千元借りてるんだ、それで生姜を売るようにわしに脅しをかけてくるんだ」

「奴は欲ばり野郎で、土地を渡したが、まだ足らんて言ってくる」

不満は爆竹のように爆発しはじめ、まるで火花の出ない花火のようだった。

僕は一歩前に出て、林さんにつめ寄った。

「このような訴えに、あんたはどう応えるんだ」

「私は、私は……」林さんは、焦って顔じゅう汗びっしょりになった。服の袖でどんなに拭こうと、汗は噴水のように湧き出てきた。

「あんたが買った値段は、青果社〔台湾省青果運鎮合作社〕より三分の一も五分の一も安いんだよ」僕は帳簿と電卓を持って計算した。

「コストを考えれば、少なくとも一斤五元八毛にあげてはじめて釣り合いが取れる」

僕はズバズバと林さんに宣告した。これからは、借金は帳消しにする。あんたはもう十分、僕らから不正に金を吸い取ったからだ。第二に、生姜の価格は、今年は五元八毛にする。第三に、これからは青果物はほかと比べて売り値を決める……。

皆が大きな声で「いいぞ！」「ワリス、いいぞ！」「ワリス」……と言うのが聞え、そして「ワリス」と本当に人の声が聞こえてきた。

「起きろ、ワリス」

夢だったのだ。

山の果樹園に行く途中、僕はさっきの夢を楽しんでいた。そして、自分にこう言った。「いい夢は本当になる」。

夢はいつ本当になるんだろうか。僕自身にも自信がなかった。

斜面の下で止まると、青々とした生姜の葉が緑色の波となって風になびいていた。そして、清々しい風のなかで生姜の香りが鼻先をサッとかすめていき、気持ち良くなった。

僕らは横に一列に並んで、下から上に向かって生姜を抜いていった。そのとき、太陽の光が照りつけはじめ、何度も泥まみれの甲で豆粒大の汗をぬぐった。ほかの女性たちは、きっちりと服を着て、それでも楽しそうに談笑しながら、坂を上に進んでいった。僕らは生姜をそばに置きながら、一歩一歩前に進んだ。ヤパとふたりの同年配の男が、積まれた生姜を坂の下に集める係りだった。適当に枝葉を切り、それから全部運搬車の荷台に積み込み、いっぱいになると、ヤパが部落まで運んで積みあげた。僕は生姜を抜きながら、退屈しのぎに女性たちと世間話をしていた。

そのとき、西側の端っこで、人影が緑葉のなかに幽かに見え隠れしているのに気づいた。神秘的な感じがしてよく見たいという気持ちにかられた。

「お兄ちゃん、真面目に仕事しないと、奥さん、もらえないよ」そばの女性が僕の仕事の速度が落ちたのを見て、からかって言った。

「ハンナ、この子は師専に行ってるユカンの子で——ワリスだよ」僕の左にいたのは、大叔母で、体は小さかったが、手先は器用で大地に文字をタイプしているようだった。「勉強家の手は、筆を持つことに使うもんだよ」

「ワリスだったの」女性は僕に言った。

僕は自分が遅れていることに、申し訳ない気持ちになった。

「僕は遅すぎるね、真面目にやります」

「読書人さん、何を考えてるんだい？」不意にうしろにいた親戚の叔父が僕に聞いた。「女の子のことを考えてるのか？」

「毛はもう生えそろったよな。いつ頃からだ？」ヤパも冷やかしてきた。あっちこっちから声が上がり、恥ずかしくて両耳が熱くなり、真っ赤になったような気がした。

あの神秘的で品のいい横顔は、軽く銀の鈴のような音を響かせるように揺れる生姜の葉を伝わってきた。本当に坂を一気に転げ落ちたい気持ちだった。

僕は一生懸命に生姜を抜いた。体を動かして働き、ほかの人たちが話しかけてくるのに耳を貸さないようにした。しだいに楽しくなり、手足はまるで忙しく動きまわる働き蜂のように動き、一気に先頭に立った。

「ワリスは抜くの、早いね、お嫁さんをもらえるよ」ハンナがまたからかいはじめた。両側から起こった笑い声が斜面に響きわたるのが聞えた。

「もういいよ、もうからからのはいい」

ヤパが口を出した。

「ワリス、水を汲んで来いよ、イワがご飯を炊きに行くから」

僕はほっとして、すぐに斜面を下りて、小屋に着いた。僕がプラスチックのバケツを手にして振り向いた途端、花柄のものにぶつかった。

「あらっ！」人を心配させるような声だった。

「すみません、すみません」僕はあわてて言った。「痛くないですか？」

僕がうつむいて彼女を助けようとすると、品のいい顔がはっきりと目の前にあらわれ、僕はぼっとなって動けなくなった。

「大丈夫よ、ワリス兄さん」彼女は自分で立ちあがった。

「私、知ってるわ。私たちの部落の師専生でしょ」

「君は……」僕は彼女と撮った写真を記憶のなかから思い出そうとしていた。

「私は猟人チヌオの娘よ！」

知ってる。「漢名は陳秋月《チエンチユウユエ》、僕より一学年下の！」と、僕は嬉しくなって言った。まるでほかの人の名前を思い出したようで、関係がいっそう深まったような気がした。

イワは頭にかぶったスカーフを取った。長い髪がまるで黒い滝のように流れ落ち、大変きれいだった。

「君は高校で勉強してるんじゃないの、どうして帰ってきたの？」

僕は話題を探して彼女と色々と話そうと思った。そうすれば長く彼女と話せる。

「私、家の手伝いをするために、休学して帰ってきたの」彼女は髪をちょっと束ねた。女子の汗の匂いが僕の鼻にそっと入ってきた。

「おしゃべりばっかりしないで、早く川に水を汲みに行って、ご飯を炊きましょうよ！」

イワは僕の企みを察したようだった。僕はすぐに川に水を汲みにいき、飛ぶように小屋にもどった。息を切らして立っていると、イワがご飯を炊く鍋の前にうずくまっていて、振り向いた。襟首からかすかに胸が覗いていた。僕は斜面を上るときに鼻息を止めたが、ドキドキして止められない心臓の動悸で顔は真っ赤になった。

「まだそこに立ってるの、水持ってきて」イワは僕の窮状を察したに違いない。プッと吹きだした。

イワは忙しく立ち働いて、太陽が一歩動く間に、もうぷんぷんといい匂いのする料理をつくりあげた。

僕は肉を一切れつまんで口に入れ、モグモグと噛みながら言った。

「本当にうまいなあ！」

「嫌な人、勉強家は口がうまいわ」僕はイワがまんざらでもないようすを見て、はっきりと大胆に言った。「これからは君がつくった料理を食べることにするよ」

こぶしで肩を叩かれたが、痛くなかった。甘ったるく感じ、料理より美味しく感じた。

「本当に嫌な人！　早く大人の人たちにご飯だよって言ってよ」

僕は両手をラッパのような形にして、斜面に向かって叫んだ。

「ご飯だよ！」

お昼ご飯を食べると、ヤヤが僕に、ヤパについて運搬車に乗って部落に帰るように促した。

「夜には学校に帰るんでしょ！」

僕は厭でしょうがなかったが、今夜は七時半までに学校にもどって出席に間に合わせなければならなかった。運搬車は坂道を揺れながら進み、僕の心はずっと山の斜面のあの波打つ生姜の葉の波に残っていた。

三

部落を出て学校に行くとき、いつも元気が出ず、両足を紐で縛られているような気分だった。バスに乗って小さな町に行き、それから乗り換えて市街に向かう。両足で大都会の平坦な硬いアスファルトの路面を踏んではじめて、徹頭徹尾、現実にひれ伏すことになる。

今回は、帰路、これまで以上に複雑な気持ちだった。バスの窓から見る風景は次々と変わり、僕の眼に映るのはあの上品な顔ときれいな黒い滝のような毛髪だけだった。僕は時々心のなかで「イワ、イワ」と呼びかけると、いっそう物憂い思いが湧いてきた。

「俺、どうしたんだろう？」僕は自問した。

返ってくるのはゴーッというバスの音だった。

「俺、恋をしたのかな？」

窓の外の深まっていく夕暮れに向かってつぶやいたが、はっと自分でも恥ずかしくなった。ただ、自分が本当に恋をしたと感じ、内心小さな喜びの羽根が生えたようだった。そして、僕のからだを突きぬけ、未熟な恋のことばが部落に飛んでいった。そのことばが楽しそうに山の緑の斜面を舞い降り、黒い髪の少女を探している。そして、イワの周りに降りると、彼女を囲んで優雅に舞っている……。

「お兄ちゃん、バスを降りて」

女の車掌が鋭い声で僕を夢想から覚まさせ、情け容赦なく、このきらびやかで俗な大都会に引きもどした。ネオンの看板がキラキラと欲望の光を輝かせ、人びとは磁石に引っぱられるように、吸い込まれていく。もうそれ以上夢想にひたってはいられなかった。

僕は中正路に沿ってゆっくりと歩き、夜市のある中華路を曲がったが、食欲はまったくなかった。イワが鍋の前にうずくまっているようすを思い出し、足早に歩いていく、眼の前にそびえる行政ビルが高くそびえていた。

四

師専生は一律宿舎に入り、僕らも例外ではなかった。僕らの部屋は、完全に「少数民族」の坩塌になっていた。この学校に入った最初から、部屋の配置は異常に変だった。僕と同室となったのは、ふたりが南投から来た原住民で、タイヤルとブヌン、もうひとりはマレーシアの華僑で、国語〔北京語〕はでたらめだった。さらにもうひとりは台西郷の客家人〔原文「台西客」。雲林県台西郷の客家人〕だった。このような組み合わせは、確かに「少数民族」の名に背かなかった。

部屋に入ると、ウーユエハンというブヌン族の男があわてふためいて言った。

「ドーミンが人に殴られた、くそったれが！」

ドーミンは仁愛郷のタイヤル族だ。モーナルーダオは、僕らタイヤル族の典型的な人物で、抗日を指導した英雄〔一九三〇年一〇月二七日発生の霧社事件の指導者〕だった。しかし、誰が見ても、ドーミンは「モーナルーダオと同じ民族」という連想が絶対に浮かばないような、細くて色白、両手はまるでネギの花のようで、人にばかにされる風采だった。

寝室に入ると、ドーミンはベッドの下段に仰臥して、ウンウンうなっていた。客家人の阿堂《アータン》が言うには、ドーミンは尻を何度か踏みつけられ、帰ってきたときには、ズボンにまだはっきりと足跡が残っていた。

華僑のマヤが蹴られた尻を指して、不思議そうに言った。

「臀部《ディエンブ》〔発音を間違う〕をどうして尻って言うのかな？」

「臀部《トゥンブ》だよ！」ウーユエハンは笑いをこらえながら言った。「臀部は本字で、尻は俗語だ。人を罵るときは、きれいなことばでは壊蛋《ホワイタン》（腐った卵）って言うけど、下品なことばなら他媽的《ターマーダ》（お前の母ちゃんをやっちゃうぞ）って言うんだ、わかったか」

「わかったわかった」マヤはドーミンの耳元に近づいて言った。「お前、どうしてあんな『他媽的』連中と喧嘩したんだ？」

ドーミンはこらえきれずに笑いだした。笑うと、尻が痛くなり、またワアワア大声をあげた。

僕は皆、騒ぐなと叫ぶと、ドーミンに事の次第を詳しく話させた。

「夕方、僕がちょうど通り抜けの部屋から来ると、前の芝生のところで奴らに会い、三乙班の平地人だとわかった。奴らは僕を見ると、リスを見つけたように喜び、大声で叫んだんだ。『山地人、山地人』って。僕は奴らにかまわないでおこうと思ったけど、そのあと、奴らはこう言ったんだ。『お前ら山地人は人の首を切るのが好きなんだってな』そして手で首を横に切ったんだ。それで僕は奴らに言い返した。『僕らはいまは人を愛して、首なんて斬らない』って。すると、わっと、奴らは笑いだし、その笑い方って顔を引きつるよりひどかった。『お前、どんなにして愛するの？　愛を俺らにみせてくれ！』僕はこう言ったよ。『お前らのようなのは、僕は愛せないよ！』奴らは僕を捕まえて、僕を囲んだんだ。そして中のひとりがこう言った。『俺ら皆に尻を一発ずつ蹴らせてくれよ。それで俺らを愛してることになるだろ！』他の連中が、いいぞ、いいぞって叫んだ。それで僕は奴らに五回蹴られたんだ」

阿堂は変に思って聞いた。

「お前どうして逃げなかったんだ？」

「はじめは奴らとよく話し合おうと思ってたんだ！」ドーミンは、悔しそうに言った。「まさか……」

「話し合うだって、屁でも食らえだ！」ウーユエハンは怒りをまた爆発させた。

「奴らは鼻からお前なんか相手にしてないさ、まだ話し合うって」

「話し合いにもケツがあるのか？」マヤがまた口を挟んだ。

「お前、少し黙ってろよ！　マヤ」

マヤは人は悪くないが、肝心なときに口を挟んで、悲劇も喜劇にしてしまうのだ。

「奴らをつかまえてガツンとやってやる！」ウーユエハンはブヌン族の黒い皮膚をしていて、怒ると、凶暴な黒豹のようだった。

「お前、なんでやるんだ、番刀かそれとも弓矢か？」僕は怒って言った。

「俺らブヌン族は、弱いってバカにされるわけにはいかないね」ウーユエハンはまだ怒りがおさまらなかった。

「俺らの部落だったら、とっくに足の一本もへし折られてるところだ」

「平地人は俺らを野蛮と見てやがる。お前なんか、理性を失ったイノシシだ」僕は口調を和らげた。「奴らは俺らを野蛮とみているが、俺らは文明的な方法で奴らを負かす。いつも腕力に頼ったらだめだよ。学校は続けるんだろう？」

他の人たちは僕の意見に賛成だった。僕は皆に言った。何でもないようなふりをしようぜ。先生にあの饅頭《マントウ》のように腫れたドーミンの尻を見せたらだめだ。消灯前に、あいつらと話をつけてくる。僕がもどるまで、マヤの口にはサロンパスを張っておくことだ。僕は奴の減らず口が本当に心配だった。

「話し合い」は消灯までに終わった。僕は夕方のことは教師に言わないと約束し、火曜日にバスケットボールの試合をしようと言った。僕はこの点でちょっと小細工をしたんだ。つまり、僕はまず奴らにハンドボールはどうだと言った。奴らはハンドボールは俺らの得意な種目だと聞いて知っているから、きっぱりと断ってきた。そこで僕は大げさにこう言ったんだ。「じゃあ、バスケットボールで行こう、やらなけりゃ臆病者だ!」奴らまんまとひかかったよ。バスケットボールこそ僕らの十八番なんだ。

五

双方は左記の通り決めた。

1. 試合は概ね国際ルールを基準とする。
2. それぞれ五年生のクラスの先輩を推薦して審判とする。
3. 負けた方は、今後、相手を「兄貴」と呼ぶ。

この二日間、僕らはやる気満々で練習した。ドーミンの尻は雪辱をはたそうという闘争心から奇跡的に治癒した。ウーユエハンは一八〇センチの体で、球を取るときはまるで鷹が小さな鶏をつかまえたように、しきりにブツブツと「捕まえたぞ! 捕まえたぞ!」と言った。

客家人の阿堂とマヤも名誉挽回を誓った。僕は彼らに言った。

「今日のドーミンの恥は、二〇八号室全体の恥だ」

この事件は、思いがけず武林派や緑林派といった男子学生を巻き込み、皆次々と二〇八号室にやって来ては対策を授けた。もちろん、憤りのあまりこう言う奴もいた。

「死にぞこないのＢＫ（バカ野郎）をやっつけろ！」あるいはうっぷんを晴らすように叫んだ。

「奴らをやっちまえ！」特に学校にいる原住民の後輩の学生は、とうとう雪辱を晴らせる方法を見つけたようだった。僕は「民族大対決」の試合のように感じはじめていた。

水曜日の午後の授業が終わった。僕らは晩飯を食べずに直接、バスケットボールのコートに行き、大対決を繰り広げた。想像以上に人が多く、双方ははっきり分かれていた。怒鳴るもの、叫ぶもの、こちらでは「原住民万歳」と叫び、あちらでは「閩南《びんなん》大団結」と叫んでいて、その応援の声はウィリアム・ジョーンズカップ〔一九七七年より毎年七月頃に台北で開催されるバスケットボール大会〕にも劣らなかった。

僕とウーユエハンは籃下を守り、客家人はセンター、ドーミンとマヤは体が小さくてすばしっこいからスティールと速攻を担当と、守備配置を終えると、「ガンバロウ」と叫んで試合がはじまった。

客家人の阿堂がジャンプボールをすると、相手が言った。

「譲ってやれよ！　お前は蕃人じゃないだろう！」

僕は阿堂《アータン》がきっとひどく腹を立ててあんなに高くジャンプしたんだろうと思った。ボールをタップすると、ドーミンの手にわたり、ドーミンはさっと一歩踏みこんでボールを籠に入れた。そして、やすやすと二点、立ちあがりに得点した。応援団が興奮して手を叩いて喝采した。相手のフリースローシューターは、ドーミンのそばを通るときにブツブツとこう言った。

「尻は痛くないのかい！」

各ピリオドは一〇分ずつと決めていた。前半戦は、僕とウーユエハンと阿堂で三本柱のようだった。閩南客〔閩南系客家人。福佬客〕は先にペナルティエリアに突っこんでこようとしたが、ウーユエハンと阿堂が見事な「ブロックショット」を決めると、奴らはペナルティエリアを攻める考えを捨て、ライン沿いを走るしかなかった。ドーミンとマヤはまるで蚊のようにスキを狙って攻撃して、奴らを防御不能にさせ、何度か遠投を「見せ」た。ウーユエハンは、バックボードで「鷹が小さな鶏をつかむ」ようにボールを奪い、投げると速攻で攻撃する。僕は閩南客たちが浮足立ち、行ったり来たり走りまわっているのを見て、まるで「熱い鍋のうえのアリ」のようだと思った。奴らの士気はすぐに総崩れになった。前半が終わると、二一対六で、会場からワッと歓声があがった。相手は負けたオンドリさながらで、もう先ほどまでの覇気はなかった。

ハーフタイムに、ウーユエハンがしきりに「好爽《ハオシュアン》（気持ちいい）！」と叫んだ。

マヤはハーハー言いながら言った。「爽《シュアン》って何、何で爽？」皆はまたドッと笑った。

そのようなようすを見ていて、僕はなぜか知らないが失望を覚えた。閩南客たちの泣くに泣けない表情を見ていて、僕は内心、僕らは「情け容赦なく奴らをいじめている」という気持ちが起っていた。この感覚は、部落の林さんが強大な経済的手腕に頼って僕らを騙したのと同じだと思った。人はなぜ必ず「大は小を食い、強は弱を圧迫する」のか。僕は非常に矛盾を覚えた。

「どうした？　浮かぬ顔して」

阿堂が先に僕のようすがおかしいのを察した。

「何でもないよ」閩南客の奴らのほうを見ると、何かもめているようだった。

「もし今日の状況が正反対だったら、いまの俺らの気持ちはどうだったかな？」

「考えたくないよ」阿堂はすぐに反応した。

「そうだ。俺の感じじゃ、俺らは奴らの気勢を打ち負かしただけで、何の収穫もないよ」

そのとき、ウーユエハンも、ドーミンも、マヤも集まってきた。僕は自分の考えを彼らに話し、しかも後半はわざと負けようと言った。ウーユエハンは、最初に反対した。

「お前、俺らに負けろって言うのか！」

「違う！」僕はこっそり言った。

「ただ、勝たないようにする」

「ばかな、ばかげてる！」ウーユエハンは殴りかかってきそうだった。「お前のことわからなくなったよ、ワリス」

「お前にはわかるはずさ」と僕は言った。「俺らが求めているのは、尊敬と理解だけで、つぶし合いじゃないよ」

ハーフタイムが終わった。後半戦が審判の笛の音とともにはじまった。

試合がはじまったが、僕らの攻め方は前半とほとんど変わらなかった。ただカットはいつもはずれ、シュートは「意外にも」どれも入らなかった。ドーミンは速攻のときにわざと三歩踏みこんで反則を取られた。閩南客は、この絶好の機会をとらえて、続けざまに得点し、双方の得点は見る間に接近した。ウーユエハンは我慢できなくなって、僕のそばに駆け寄ってきて、怒って言った。

「もしお前がこれが正しいと言うのなら、試合後、お前に一発お見舞いするからな！」

僕は覚悟を決めていたので、少しも動じなかった。

試合終了二分前に、閩南客も僕らがわざと負けようとしているのがわかり、顔を見合わせて閩南語で言った。

「どうしたんだ？」

両チームの攻守がゆるやかになった。コートには一触即発の空気がすっかりなくなり、逆に旧友が出会って挨拶を交わすようなムードになった。試合は終わり、僕らは勝たず、彼らは負けなかった。二八対二八だった。

双方の選手が礼をしたとき、閩南客が大声で叫んだ。

「ありがとう、皆、俺らの負けだ」

ウーユエハンだけでなく、僕らはだれも、一瞬、なんて答えていいかわからなかった。審判が大声で「握手」と叫ぶのが聞こえただけだった。僕ら両チームは申し合わせたように疲れた手を伸ばした。そしてがっちりと相手のよく知らない手を握った。

六

週末、みっちり四限も授業があり、教壇ではずっと授業が続いた。僕の気持ちはとっくに窓の外に飛びだし、白雲の翼に乗ってもどっていった。やっと第四限になると、ウーユエハンがうしろからメモを押しつけてきた。三乙班の兄弟の招きで、ナンパの名所渓頭で夜遊び」と書かれていた。三乙班の閩南客とバスケットボールで引き分けてから、僕らの距離は近くなっていた。特にもともと最も正義感に燃えていたウーユエハンは、ややもすれば閩南客に「素晴らしい」と言いそうだった。

メモには「三乙班の兄弟の招きで、ナンパの名所渓頭で夜遊び」

授業から解放される鐘の音が鳴ると、僕は頭を低くしてそっと人群れのなかを抜けて寮まで走った。ウーユエハンもかろうじて追いかけてきて、僕が大急ぎで師専の制服を着替えるのを見ると、大喜びでこう言った。

「何を焦ってるんだ、出かけるのは二時だぜ」

「部落に帰るんだ」

「がっかりさせるなよ！」ウーユエハンがあれこれ硬軟を使い分けて話しかけてきた。

「その時になったら、女の子たちがお前に抱かせて満足させてくれるかもしれないよ！」

「要らないよ」僕もウーユエハンに冗談で言いかえした。

「部落には、『二硫碘化鉀〔ヨウ化硫黄カリウム。KIS2　キスの発音〕』の実験をしようと、僕を待ってる人がいるんだ！」

すぐにあれこれ考えるウーユエハンを残して寮を出た。

車が山あいの小さな町に着くと、部落往きのバス停まで行ってバスの時間を見た。前のバスは一〇分前に出たばかりで、次のバスまでにはまだ四〇分待たねばならなかった。僕は早く部落にもどりたかったが、仕方なくあたりをブラブラするしかなかった。

この山あいの小さな町は、果物の生産地として有名だった。ただ、近頃は果物の価格が下がったために、昔のような賑わいはなかった。何年か前、僕が町の高校の三年生のときには、ミカン、ポンカン、新世紀ナシ、二十世紀ナシ、桃など、部落で生産した果物があった。一年を通して、果物がトラック一杯、次々と町に運ばれてきた。あの頃は、毎月、春節のようなにぎやかさで、人びとの顔には皆いつも笑みがこぼれていた。部落もしだいに変わりはじめ、それまでの粗末なレンガ造りやおんぼろの木の小屋は一気に壊され、流行を追って町の建築をまね、鉄筋コンクリート、さらに風を通さないサッシの窓が取り付けられた。まるで隣り近所がだれも天下に名の知れた大泥棒で、どちらを見ても僕はどれにも違和感を覚えていた。ところが、果物の価格が下がると、農会や銀行のローンが日常生活の大きな負担となり、まだ建て終っていないコンクリート造りの家は、赤いレンガがむき出しになったままになり、白粉のようなセメントが間に合わないまま、やむなく住みはじめるようになった。半分しか出来てなくても平気だ、ふん！　いつか金がもうかったらちゃんと建てて、家門を輝かしてやるってわけだ。

僕は水路のある古い街並までゆっくりと歩き、しばらく騒がしい街から離れて、この思い出深い路地を楽しもうと思った。ほかでもなく、ここは部落の日常用品の集散地であり、山奥で育てたシイタケをここに持って来て売るのだ。イノシシの首を突き通せる番刀がほしいと思ったら、ここには鋭い鉄器があった。なまった鋤の刃なら、タバコ三服吸う時間で、竹林のびっしり張った根でも刈りこんでしまうほどにすると職人は請合った。だから、僕はその古い街並が好きで、そこでは歴史の跡もあれこれ探すこともできた。前方に眼を向けると、獲ってきた獲物の値段を掛け合っている族人のうしろ姿を見つけた。僕は好奇心から近づいていくと、なんとまたユタスに出会ったのだ。

ユタスは干乾びた五本の指を伸ばして平地人の鼻先に突きつけていた。もし握ってこぶしにすれば、赤く酒焼けした低い鼻は三センチ凹んだだろう。赤鼻の眼はまばたきもせず、まるで眼の前には何もない砂漠が広がっているようだった。

「ワリス、来てこの赤鼻に言ってやってくれ！」ユタスは嬉しそうに僕を見て、こう言った。「俺は苦労して天のように高い木からこのサルを捕まえてきたんだ。奴さん、緑の紙幣〔台湾元百元紙幣〕二枚と交換しようっていうんだ」

そばのもうひとりの老人もこう言った。

「奴の口は石のように硬い。亀のような辛抱強さももう限界だ」

赤鼻は僕に言った。

「二百元だね」

赤鼻は二本の指を僕の眼の前に突きだして力をこめて揺らした。僕には太い腸詰のように見えた。

「こいつの脚は怪我しているしな」

値段が決まったら売られるとも知らずに、オス猿が籠のなかで飛び跳ねている。夜には、大食漢の腸に収まっているかもしれない。猿の足が、鉄鋏のしかけで傷ついているのがはっきりとわかる。もし人間だったら、痛くてたまらんだろう。

僕は頭を傾けてユタスに怒ったふりをして国語で言った。

「僕が南勢に連れていくよ。あそこの値段なら、十分、山で使う鉄鋏のしかけが買えるよ」

僕は声を落としたが、あの赤鼻には耳をそば立てなくてもきっと聞こえている。

「あっさりと、緑の紙幣四枚で、あんた次第だ」赤鼻は焦った。

僕は奴を相手にせず、籠を持ってその場を離れようとした。

「きついな！」赤鼻は紙幣を五枚、ユタスのポケットにさっと押しこむと、ぷんぷん怒りながら足にけがを負った猿に包丁を入れた。

待合室で、ユタスはしきりに僕を話がわかる奴だと褒めちぎると、無理に僕を店に引っぱって行って米酒を飲もうとした。しかし、僕は部落にもどったらおごってもらうと断り、ようやくユタスの気持ちをそらした。

「あの猿も本当に可愛そうだったな」僕は話題を変えた。

「俺も可愛そうだと思うよ。もう飼って一か月にもなるよ」ユタスは冬のどんよりした雲に顔をしかめた。「山ではもう誰も俺を必要としないよ」

それもそのはずだ。山地には若者はもう何人も残っていない。都会の金はもうとっくに人々を吸い寄せてしまった。残っているのは中年や老人や女、子どもで、山地での仕事は人手不足のために、やむなく「集団労働」の方法を採っている。例えば、先週、家で生姜を採ったが、そのときは友人たちに応援を頼み、また別の日に「その労働をお返しする」。ユタスのように息子の嫁もそばにいない家では、先祖伝来の営み――猟人――でやっていくしかなかった。

「猟人は人に尊敬される仕事だよ」僕はユタスを励ました。

ヤパの話では、タイヤルの男は首にたくさんのイノシシの牙の首飾りをしているのを見ただけで、族人の尊敬を受ける。それは武勇の精神を表わすとともに、成人の儀式の通過を表わしている。僕は子どもの頃、偉大な猟人になりたいと心から願っていたのだ。

「それは昔のことさ!」ユタスは嘆いて言った。

「いま猟人はイノシシを捕らえても、部落の入口で歓声をあげる人はいないよ。せいぜい、遠くから心のなかでひと切れ分けてほしいと思っているだけだね」

その通りで、教科書の説明では、これは「文化変遷」がもたらした後遺症だった。ただ理解し難いのは、この短い数十年のあいだに誰がタイヤルの秩序をひっくり返してしまったのかということだ。

「俺は山地では猟人だけど、町では負傷をした猿だと思うよ」ユタスは僕が何も言わないのを見て、続けて言った。

「ほら、俺って猟人は、やっぱり負傷をした猿を金にして生きてるだろ! 猟人のチヌオもそうだ。渓谷に落ちて片足、切断してしまったけど、さっきの籠のなかの猿みたいに。イワは学校を辞めて部落に帰って手伝っている。そうだろう！　猟人をやっていくらになるって言うんだ！」「イワ」の名前を聞いて、心臓が突然、ドキドキと激しく動悸を打った。猟人チヌオが足を折ったなんて、イワは僕に言わなかった。道理でイワは部落に帰ったはずだ、僕はまた……。そうなのか、僕はなんて単純なんだ！

七

バスに乗ると、焦ったスズメが勢いよく飛ぶように、運転手がアクセルを強く踏んでくれないかと、僕はジリジリしていた。

家に帰ると、またイワの家に寄ってみた。が、大人はだれもいない。皆、山に仕事に行き、たぶん太陽が大安渓に落ちる頃に帰ってくるのだろうと思った。案の定、ここ数日ハンナの果樹園に手伝いに行っているようだった。イワの弟がひとりでビー玉で遊んでいた。小さな尻が地面でこすれてすり切れ、肉が見えそうだった。僕は尋ねた。

「イワは？」

男の子は立ちあがった。いくつかのビー玉をきつく握っていた。

「なんでお姉ちゃんのことを聞くの？」

僕は気に入られるように言った。

「僕はお姉ちゃんの友だちだよ。お姉ちゃんに本を貸してあげるんだ」

「『ドラえもん』はある?」男の子が媚びるように言った
「あるよ! でも学校に置いてる」僕は残念そうに言った。

「こうしよう、次の時に持って来てあげよう。いいかい?」

「お兄ちゃん、ありがとう」男の子はこのときやっと警戒心を解き、僕を家のなかに通した。

軒には、風で乾かしたムササビの尻尾がかけられ、そのそばにはムササビの牙やハクビシンの牙、イノシシの牙の首飾りがあった。こうしたものは、昔はタイヤル族の部落では貴いものの象徴だったが、いまはもうだれも尊ばなくなっていた。多くの埃をかぶったように、その輝きは時間の流れと共にずっと以前に失われていた。

「君のヤパは?」家のなかをザッと見渡したが、僕ら以外、まったく人声がしなかった。男の子はすぐにお茶を出してくれた。

「ヤパは杖を持って出ていったよ」

「君のヤパは腕のいい猟人なんだ」

「そうだよ! 皆、そう言ってるよ」男の子は辛そうにこう言った。「でもヤパは足を切断したんだ。もう森に行って野性の動物を捕まえる気力がないんだって」

「それじゃ、君がいい猟人になれるよ!」

「ダメだよ!」僕は、小さな男の子がはっきりと僕の意見に反駁したのでとても驚いた。

「猟人になるのいやなの?」

僕は、タイヤルが猟人という身分を嫌うなんて信じられなかった。

「好きだよ！　僕らの先生が作文の題を出したとき、『将来なりたい夢』に、僕は将来お父さんのような勇敢な猟人になりたいって書いたよ。先生は僕に『甲』をくれた。僕はあんないい成績もらったことないんだ」

男の子の眼が憧れの表情に輝いているのを見て、きっとチヌオと猟に行ったことがあるのだと思った。

「それならどうしてダメなんだい？」

「ヤパがさ！　猟人はとっても苦労するって言うんだよ。お金はもうからないし、転んで足をけがしたら人に笑われるって」男の子は大変真面目に言った。

「僕は商売人になるんだ。それから、いっぱい、いっぱいお金をもうけて、ヤパに義足を買ってやるんだ。そうしたら、ヤパはまた猟に行けるようになって、いつも酒を飲んで怒ったりしなくなるんだ」

僕は嬉しくなって言った。

「素晴らしいねえ！」

男の子は作文帳を部屋に駆けこんで取ってきて僕に見せた。『将来なりたい夢』を読み終って、僕は尋ねた。

「名前はなんて言うの？」

「陳忠民《チエンジユンミン》！」

「僕が言うのはタイヤルの名前だよ！」

「ルオシン！」彼はとても恥ずかしそうに言った。まるで長いあいだこの名前を使ったことがないようだった。

「僕はワリスだよ、また会おうね！」

ルオシンも一緒に手を振り、それからまた急いでこう言った。

「『ドラえもん』を忘れないでね。ヤパはきっとお店にいるよ！」

僕は店の前までやってきたが、チヌオの姿は見かけなかった。小さなテーブルには、落花生の殻やスイカの種、それに紅標米酒《ホンピアオミーチウ》〔台湾の米酒の銘柄〕の空ビンが五、六本、散らかっていた。林さんが三角顔を突き出して、地面に散らかった食べ物をあさっている野犬を蹴ると、面の皮を厚くして言った。

「師専生、帰ってきたか」

八

シャワーを浴びると、庭に出た。山の夜空のせいで皮膚の毛穴がきゅっと閉じた。僕はコートをひっかけてひんやりする空気を防いだ。ヤパとヤヤは客間にこもって、一六インチのカラーテレビで放映される連続ドラマを見ている。僕はイワが来るのを幻想しながらぼんやりしていた。月が八雅鞍部山脈の樹林から泳ぐように出てくると、柔らかい月光がおおいかぶさってきた。遠くでは、山なみが銀色に染まってなんとも美しく、都会のネオンが発する蠱惑的な光とはまったく違っていた。

「ワリスなの？」

道から声が聞こえてきた。月光の足跡に沿って前方を見ると、やっぱりイワだった。彼女はまるで水のうえを歩くようにそっと歩いてきた。否、月光の光りの波のうえをだ。僕はぼーっと、夢境にいるような気持ちで見ていた。

「ワリス」人影はもう眼の前にあり、石鹸の混じった娘の香りがした。確かに夢ではなかった。

「おお！　イワ！」

「弟が、ワリスが私に本を持って来て、私に見せてくれるって言ったのよ」イワはちょっとまばたきをした。黒目と白目がはっきりしていて、その目がなにかを語りかけてくるようだった。

「どうして、私が本を読むのが好きだとわかったの？」

「そう……勘だよ！」僕はでたらめを言った。

「うそばっかり、どうしてそんなに当たるの！」彼女は笑いだし、その非難の声は優しかった。

「うそじゃないよ、ちょっと待って、本を取ってくるから」

僕は本箱からあわてて薄い本を一冊取りだして、すぐに駆けもどってイワに手渡した。

「『若きヴェルテルの悩み』」、イワは月光のしたで書名を一字一字はっきりと読んだ。

「小説なの？　なにが書いてあるの？」

書名を聞いて僕は、どうして慌ててしまったんだろうと思ったが、仕方なく応えた。

「若者の成長の過程を描いたものだよ、世界的に有名な小説家が書いたんだ、帰ってから読みなよ！」

「ありがとう」

イワはそっと僕の手を握り、そして自然に離した。しかし、僕は一瞬、少年ヴェルテルのようになり、心臓がドキドキ動悸を打ち、頭が熱くなって、まるで病気になったみたいだった。

僕はイワと一緒に小道を歩いた。沿道ではカエルがにぎやかに鳴いている。僕らふたりはなにも話さず、ただ静かにふたりだけの世界にひたっていた。

「イワ、来年、もう一度同じ学年で勉強するの？」

「わからないわ、もう勉強するチャンスはないかもしれないわ」

「そんなことないよ！」

僕はそう慰めるしかできなかった。部落の小学校に着くと、僕らは国旗掲揚台のところに座った。何人かの子どもたちが、バスケットボール場で追いかけっこをしてはしゃぎまわり、時には僕らの前まで走って来てあかんべえをして、また大はしゃぎで離れて行った。

「子どもっていいわね、無邪気で」

僕はイワには心配事があるように聞こえた。きっとヤパの足の切断と関係があるのだ。

「君のヤパの足の切断と関係があるのかい？」

「全部がそのせいじゃないけど、ヤパは私たちを育てるために」イワの眼がキラキラと光っていた。「ヤヤが病気で死んでから、ヤパが私と弟を連れているから」

「君のヤパは有名な猟人だったものなあ、ヤパが捕まえたイノシシは誰よりも多かったし」

「足を切断して、もう猟人じゃなくなったわ」

僕は泣いている一七、八歳の女の子をどう慰めていいのかわからず、口をもごもごさせるばかりで、服の袖で彼女の涙をぬぐってやるしかなかった。

「私、すぐに台中に行くことになるの！」

イワは表情を変え、いまの涙はなんだったのかと疑うほど、満面の笑みを浮かべた。

「私、いつも本を借りに行っていい？」

「台中へ？」僕は半分喜び、半分気がふさいだ。

「雑貨店の林さんが、私を加工区に紹介してくれたの」

「あの三角顔はそんなに親切なの？」

「ヤパが足を切断したとき、あの人からたくさんお金を借りたの」

「知ってるよ、林さんは本当に吸血鬼だからな！」僕は腹を立てて言った。

「紹介料取ってるに違いないよ」

「そんなふうに言わないで、ワリス」

イワはやっぱり女の子だ、綿花のように心根が優しかった。

「あの人のお蔭でなんとかやっていけるわ」

ルオシンが僕らを見つけて、走りながら大声をあげた。

「イワ――ヤパが探してるよ」

「なんの用なの、ルオシン！」

「雑貨店のおっちゃんがまた来たよ」ルオシンは息を切らしながら言った。

イワの家に来ると、家のなかではもう酒拳〔酒の場での手指を使った遊戯〕の声がしていた。三角顔は酔って、顔が猿の尻のように真っ赤だった。チヌオは皮膚が黒く、酒を飲みすぎたようには見えなかった。

「師専生も来たか！」林さんは、まるでこの家の主人でもあるかのように、丁寧に僕に声をかけてきた。「座って酒を飲みなさい」

「ユカンの息子、ワリスかね？」チヌオも親しく声をかけてきた。

「はい！」

「イワも座りなさい！」林さんはイワの手をつかんだ。僕は三角顔の手をヘビのように感じた。

「ヤパに孝行するんだよ、あんたは長女で、責任があるんだから」

三角顔はイワの機嫌を取るように言った。「大きくなったなあ！　ますます綺麗になったねえ！」

チヌオはずっと酒を飲んでいた。まるで不意打ちをくらったかのようだった。

「乾杯！」林さんは大きな茶碗を挙げて、足を切断したチヌオに向かって言った。「これからは、イワがお前さんの代わりにお金を稼いでくれますぞ！」

「乾杯！」チヌオは酒を一気に飲み乾した。酒が口元から滴り落ちた。

テーブルの端には契約書があり、チヌオが判を押していた。イワが加工区で働くというものだった。僕は憂鬱になった。イワは辛くないのかな。彼女ひとりの稼ぎに頼るんだ。僕は自分がまだ一九歳なのが本当に恨めしかった。もし僕がイワをお嫁さんにもらえる年齢だったら、イワを外で働かせて苦労させるようなことは絶対にしない。

イワの家を出る頃には、ふたりはもうへべれけに酔っぱらっていた。

翌日の午前、ルオシンが僕に一通の手紙を持ってきた。そして、イワはもう林さんに連れていかれたと言った。

ワリス

私はあなたと一緒にいるときの感覚がとても好きよ。でも、私が苦労するのは運命なのよ。私はヤパを責めないわ。夜、林さんが帰ってから、ヤパは泣きながら言ったわ。「ヤパは、なんの役にも立たない奴だ」って。ヤヤをお墓に送ったときにヤパが泣いてから、これが二度目よ。

ヤパもどうしようもなかったのよ。私は親孝行をしなければいけないってわかってるわ。だから、ヤパが私に加工区で三年働いてほしいと言ったときに、私はすぐにハイって返事したのよ。休みの日に、本を返しに行っていい？

追伸、ルオシンが『ドラえもん』ってうるさく言ってます。

イワより

「お姉ちゃん、なんて書いてるの?」

「君に『ドラえもん』をあげてって」

ルオシンはそれを聞くと、満足して帰っていった。

僕はまだイワに会うことができる。だが、内心には言いがたい失望感が広がっていた。これがいわゆる「別れの味」というものかもしれない。

九

ウーユエハンらが帰ってきたとき、一〇メートル離れていても彼らの唾が飛んできた。僕はおとなしくイスに座ったまま動かず、静かに彼らが話す「渓頭奇譚」を聞いていた。

「ワリス、お前は誘ったけど、行かなかった。絶好のチャンスを逃したなあ」ウーユエハンは得意げに言った。

「商業高校の女子高生はメチャきれいな」マレーシアの華僑もおこぼれを頂戴したのか、やたらと喜んでいる。

「俺らの学校の、あの老いぼれのめんどりどもとは違うなあ」

「なんで?　あのおばはんら、卵が生めるのか!」

「だれが卵を産んでるって?」ドーミンがちょうど入ってきて尋ねた。

「お前が卵を産んでるんだよ!」客家人がこき下ろすようにドーミンに言った。

「女の子がお前と手をつないだだけで、梅毒にかかるって！　皆、小鹿のように隠れてしまった。二〇八号室のメンツ、丸つぶれだ」

ドーミンは顔を赤くして、しばらくなにも言えなかった。

「期末試験の準備をしようぜ！　先輩たち！　今年は台東で補習だ」

「あわてるな、まだ二日、勉強すればいけるよ」ウーユエハンは行くところまで行かないと気が済まないタイプで、去年の夏休みは台南まで行って数学の補習を受けたが、面白かったと言った。

夜中になっても、寝返りを打つばかりで、どうしても寝られなかった。窓の外の月はいつもと変わらなかったが、いまはイワがどこにいるのかが気にかかった。月の明かりを見てぼんやりしているのだろうか。下段ベッドのドーミンはひどいいびきで、その体の大きさにはつり合わなかった。たまに、通りから消防車のサイレンが聞こえてきた。どこかの家からまた火が出たのだろうか。僕は切れ切れに聞こえる鋭い声のなかで眠りについたが、頭のなかにはずっとイワの泣き顔が映っていた。ああ！　やりきれない夜だ。

水曜日、木曜日と二日連続で期末試験だった。試験場は講堂で、異なった学年の学生たちが来ている。カンニングをしようとしても、高度なテクニックが必要だ。首を長く伸ばす学生が特に多く、自分の首が高凌風《ガオリンフォン》［台湾の芸人、歌手。首が斜めに短い特色がある］のようでないことを恨んだことだろう。最後の試験が終わり、僕はユーカリの木の下にいた。ウーユエハンは、コンクリートの地面に頭がつくほどうつむいて講堂から出てきた。

「ダメだ、俺の英語」ウーユエハンは歯ぎしりして言った。「過去の問題がからきし出なかった。

古狸め」

　僕は人の不幸を喜ぶように言った。

「台東師専に行って再履修しないとだめだな」

　午後、学期の終了を祝うために、僕ら二〇八室は中華路に行って皆でご飯を食べることにした。濃厚な恋愛映画を見終わると、もう七時過ぎだった。この時間の中華路には次々と人の波が押し寄せてきていて、台中市の食欲旺盛な人びとが皆、ここに集まってきているように思った。鋭い歯がはえた口を大きくあけて、地球上の動植物を裂き、ちぎり、吸い、消化し、それから肛門を通過して、血管のような排水溝に沿って、地球の心臓——海に流れこむ。このような連想をしながら、屋台に並んだ食べ物を見ていると、冷や汗がどっと出てきて、急に食欲が半減してしまった。

　マヤは向こうで騒いでいる人たちを指さして言った。

「通りで人を殴っているぜ。お前ら台湾の治安は名ばかりだな」

「きっとまた用心棒から逃げだそうとした女だろう！」ウーユエハンは知ったかぶりして言った。視線を通りに向けたが、大勢の人の動きと川のように流れる車でよく見えなかった。その女の子は抵抗し、ふたりの大男が殴ったり蹴ったりして、まるで傷ついたサルを虐めているみたいだった。

「警察に知らせないと！」ドーミンは哀しそうに言った。

　僕らと通りの向こうの人たちは同じ方向に進んだ。人の群れは気をきかせて、ふたりの用心棒に道をあけた。十字路のところまで来ると、ウーユエハンははっきりと指さして言った。

「この先は歓楽街だ、淫売宿がある、あの女の子はきっとあそこに連れていかれるんだ！」

青信号が点滅しはじめ、通行人が横断歩道を急いで渡る。そのとき、はじめて凶悪な顔をしたふたりの男がきゃしゃな女の子を強くつかまえているのが見えた。女の子の両足は宙に浮き、靴もいつの間にか脱げてしまい、二本の鶏の爪のように見えた。女の子はしきりに振り向き、大声で叫んでいる。そばをさっさと通りすぎる人々は驚きながらも、夜半の連続ドラマでも見ているようだった。たまらなくなってよく見たが、思わず「イワ」と口に出た。毛穴が激しく開いたり閉じたりした。

「だれ？　お前、なんて言ったんだ？」ウーユエハンは頭をかしげてこっちを見た。

「つかまってるあの女の子だ！」僕は緊張して通りを渡ろうとした。彼女の髪の毛は激しく乱れていた。

「イワ！」

「お前、知ってるのか！」

肯定はせずに、ウーユエハンとドーミンをグイグイ引っぱりながら急いで進んだ。「どうしてこんなことが？」僕は内心信じられなかった。しかし足は少しも躊躇せず前に進んだ。僕らはまるで事件を追う刑事のように、用心棒のうしろについて行った。奴らは賑やかな通りをまわって細い横道に入っていった。小さな赤い扉が開くと、罵声がふたことみこと、矢のように耳に突き刺さってきた。

「カンニンニャン〔原文「幹恁娘」。前出「他媽的《ターマーダ》」と同じ意味の罵り語〕！　逃げやがって！　今度逃げたらその足をへし折ってやるからな！」あいだに、少女の悲痛な叫び声が聞こえてきた。

「どうしよう？　もし本当にイワだったら？」全身がゆっくりと熱くなってくるのを感じた。少しずつ、つま先から頭のてっぺんまで。

ドーミンは僕が緊張しているのを見て、震えながら聞いた。

「僕の部落のガールフレンドなら、工場で働いているはずだ。どうしてここにいるんだろう？」

僕は一瞬、心が乱れた。

「俺、海仔《ハイザイ》たちを探してくるよ！」

ウーユエハンはすぐに中華路の人ごみのなかに消えていった。

僕とドーミンは路地の入口でどうしていいかわからなかった。しばらくすると、用心棒のひとりが出てきて、僕らを睨みつけた。

「なにを見てる？　悪人を見たことがないってか？　ガキが」

僕らを脅かすとすぐに消えていった。その男が遠くに行ってしまうと、また路地の入口のそばに戻った。あの小さな赤い扉には何の動きもなく、ただわぁわぁと泣く声が蚊が鳴くように聞こえてくるだけだった。

「泣くな！　また逃げたら、親父に弁償させるぞ！　番女め〔原文「番婆」。原住民族の女。差別語〕！」中にいる男はうるさそうに言った。

「どっちみち人に渡すんだ」

本当にイワなのか？　男は少女を「番女」と呼んだ。脳裡に三角顔の顔が浮かんできた。これからは、イワがあんたの代わりに金儲けするんだ……、乾杯、もしこれが本当なら、俺は三角顔をぐしゃぐしゃにしてやる。

そのとき、ウーユエハンが海仔たち三乙班の閩南客を連れて、バイクに乗ってブンブン音を立ててやってきた。

「どうなった！」

「さっきひとり出ていった！」僕が言った。

「突っ込んで、その娘をかっさらってずらかろう」海仔が言った。

「まるで刑事ドラマだな」マヤは何かに興奮しているようだった。

「やっちまえ、クズ野郎！」三乙班の閩南客のひとりが怒りの声をあげた。手にはなにかを握っている。

「見てろ、奴らをやっつけてやる！」

エンジンをかけたまま、バイクを路の入口にとめると、皆は音を立てずにそっと入っていった。

多人数に加勢されたウーユエハンが赤いドアをノックした。

「雄兄《シオン》いか！」中からあの男がドアのカギをはずした。タイミングよく足が三本飛び出て、赤いドアを蹴破った。ワッと奴の驚いた声がしたかと思うと、数人でよってたかって奴を痛めつけた。

僕は中に入ってイワを探した。壁際でイワが叫んだ。

「ワリス！」

僕はたまらずイワの手を引いて外に走り出た。そして大声で叫んだ。

「逃げろ！」

バイクにまたがって発進した。イワの細い体は恐怖のために激しく震え、まるでペンチで挟むように両手で僕の腰にしがみついていた。僕は痛かったが、気持ちはひとつだった。

校門に着くと、海仔が得意になって言った。「気持ちいい！」

「悪い奴をやっつけるのがこんなに気持ちいいって思わなかった！」

僕はイワを抱きかかえていたが、彼女のあのパッチリとした眼は悲しそうだった。僕は海仔や友だちを紹介しながら、イワを慰めた。

イワは髪を整えると、丁寧に言った。

「ムハイス〔タイヤル語で「ありがとう」の意味〕！」

「なんて言ったんだ？」閩南客は、一瞬このタイヤル語の意味がわからなかった。

「イワはいつまでも皆に感謝するって」僕は言った。

星がいつもと同じように輝いている。ただ人だけが世の中の移ろいを味わっている。

イワの手をしっかりと握りながら僕は言った。

「明日、僕らは三角顔を警察に突きだしてやる！」

コウモリと厚唇の愉快な時間

大安渓河畔の段丘より高い場所にあるこのタイヤル部落は、夏休みになると、都会より騒々しくなる。太陽がまだ部落を照らさないうちから、もう人びとはバイクや安い車で隣町に働きに出かける。狭くて曲がりくねった産業道路には、山間部ではめったに聞かれない車の騒音が響いている。彼らは幸運な公務員のほかは、大部分ががっちりした体格の忍耐強い労働者であった。この車の波が引くと、続いて街から魚群のように観光客が押しよせてくる。観光客がやってくると、その振る舞いはどこでもお金につり合った興奮に包まれ、時には、マクドの食べ残しや丈夫な食品用ビニール袋、さらに非常に美味しいと評判のチキンの骨など、街から持ってきたものを車の窓からポイポイと捨てている。もし車が突然側道に停まったら、街の連中が解放されたようにのんびりと草むらで立小便をしているということで、君はきっと笑うだろう。街から来た車の列が、部落で唯一まっすぐに伸びた大きな道を通りすぎるとき、いつもクラクションを鳴らして部落の人たちを驚かせながらスピードをあげて走り去る。そんなとき、たまに部落の人びとの気後れしたような怒りの声が聞こえてくるが、その声はすぐにタイヤに巻き込まれるようにアスファルトに押しつけられて、正真正銘の恨み言のように聞こえてくる。だから、墓地に通じる道の入口で、僕らはもう一度はっきりと彼らの恨み言を聞いた。その声は釣竿を肩に下げたいとこのふたりが発したもので、ペッと唾を吐いてこう言った。お前を青面八郎〔部落独自の罵語〕にしてやる。意味はお前の顔に色を塗りつけて醜い顔にしてやるという意味だった。

彼らが墓地を通りすぎるとき、七月の太陽が墓の草を照らしつけてぐったりさせており、厳粛な埋葬の地の雰囲気はまったくなかった。ただ先祖が寂しさに耐え切れず、地上に顔を出して親族を見つけようとしている気配がして、ふたりはやむなくいつも開きっぱなしの口をぎゅっと閉じた。夜になると息を吹きかえす墓の草が体に触れてくる。ふたりは部落のなかでは多数派の家のいとこ同士であった。年上のほうのいとこは少し背が低く、発達した筋肉は、膨張し続ける石のようで、よく見ると、服の外に飛び出た筋肉は怒った歯のようにむき出しになっていた。背が高いほうのいとこは、もちろん石のような肌ではなく、反対にタイヤルではめったに見かけない、まるでアミ族のような面長で色白、そして透き通ったような体であった。彼はかつては部落の読書人であった。そのため昼は寝て、夜に起きだしてくる生活から、仲間うちで「コウモリ」のあだ名がついていた。

彼らは絶好の行楽日和に大安渓に行って釣をして、退屈な夏の日の午後を過ごそうと思っていた。ふたりは墓地を通り、前後に並んで歩いていった。山道から斜面にさしかかり、ふたりの足は兵隊に追いかけられているように速くなった。そのようすはまるで恐竜のヴェロキラプトルのようであった。

墓地を通るときは、どうして静かにしなければならないか知ってるかい。

墓地から部落半分ほどの距離を遠ざかったとき、年上の従兄が、率先して暑くて空虚な空気を打ち破ろうとした。子どもの頃、彼はよく泣き、上下の唇が腫れるまで泣いて、まるで三匹のオオスズメバチに刺されたようになった。それでお婆ちゃんが、大きくなってからあまり泣かないように気をつけさせるために、仕方なく「厚唇」と綽名をつけたのだった。

うーん……知らないなあ。

コウモリは誠実にそう答えたが、これはおそらく彼が若い頃に学んだ聖経書院〔台湾基督長老教会聖経書院〕で学んだ徳目と関係するだろう。

読書人、どこまで勉強したんだ。厚唇は得意になって身長一七五センチの従弟をこきおろし、昨日の午後バスケットボールをしたときに、夏の火鍋をご馳走させた。ただバスケットボールをしているときには、厚くあるべきところは、本当は足の裏であって唇ではないと秘かに感じた。

知ってるかい？　祖先はうるさく騒ぐのが嫌いだ、騒げば、祖先はすぐに目が醒める。だから、夫婦げんかは家の外でしてはいけない、祖先が聞いたら、夜中に番刀で人の首を斬るんだよ。

厚唇は、意外にも自分のためにそんな連想を思いつきひとりで得意になっていた。彼は従弟に気晴らしする弱点を見つけたのだ。実際、タイヤル族の部落のいとこ同士はみな、相手や自分に気晴らしをすることを楽しみとするが、これはもう会話の伝統となっていた。干上がった川床で、コウモリの顔色は枯れた蘆と同じような色になっていた。厚唇は早くからこの青白いいとこを懲らしめてやろうと思っていた。ひとりの先輩（たった二歳上だけだったが、タイヤルの部落では、二歳は先輩を学ぶのに十分だった）として、厚居はそれは自分の責任だと思っていた。半月前、中部の都市にいた従弟が部落にもどり、今日は教育するために絶好のチャンスだった。

コウモリは下を向いて一心に落とし穴のようなごろ石を避けるように、従兄の話を適当にかわしていた。今日の午後、扇風機のそばで寝ていたところを起こしたことを後悔していた。ただ魚釣りを楽しむために、ブツブツとうるさい説教と引き換えてしまったのだ。あんな仕事もしていない従兄弟たちとは、庭で一緒に酒を飲み、時々一度も部落に来たことのない役所の人間を痛罵しておればよかったのだ。コウモリは女房を思い出した。女房のマホンは環山（スカヤウ。台中市和平区平等里）の人で、悪魔以上に魅力的な顔をしていた。悩ましいのは、女房には五台のトラックいっぱいになるほどの多くの親戚がいることだった。婚約したその日、女房方が「たった」六人来ただけで、山林を縦横無尽に飛びまわる野性の鶏を三羽テーブルに出した。しかし、女房方は熱々の鶏の肉に対して異口同音にこう言った。「肉がないな、さっさと家に帰ろう！」なんと野性の鶏の肉は肉じゃないんだ！　窓の向こうから肉を見ていた部落の人たちは、驚きの声を発した。二時間後、一頭の不幸な一三〇キロの黒豚がようやく大きな快楽を求める口を満足させた。結婚の情景はこれより推して知るべしだ。これ以降、部落ではもう二度とスカヤウの女性を娶る勇気のある人はいなかった。この点について、部落の老人は次のように鄭重に忠告した。「家に養豚場がある場合を除いてね」と。

目の前には乾ききっていない水路があり、数歩歩くと突然小さな池があらわれ、それからまた、干からびた苔石のなかに水路が隠れた。午後に雷がともなうにわか雨がくれば、すぐに窪んだ浅地は水でいっぱいになる。池のなかの生物を仔細に見ていると、ほとんどが精子に似た黒いオタマジャクシだった。オタマジャクシは動きまわり、しだいに温かくなってくる池の水のなかで湧き水を待っている。コウモリは放心したように見入っていたかと思いきや、悲しげに足を止めそこにうずくまった。

墓地の雑草に足をからめとられたのか？　それとも厚唇のことばは、墓地の雑草よりも心に刺さったのだろうか。

従兄のことばを聞いて、コウモリが立ちあがった。すると、服のすそが渓谷の風に吹きあげられ、翼のように高くはねあがった。数歩歩くと、歩きがにぶくなり、まるで白昼のものぐさなコウモリの翼のようだった。

大安渓から分かれた小さな渓流に着くと、厚唇はすぐに石をひっくり返して石の底にくっついている餌——ウライを取った。この餌は狡猾な山の魚の胃にぴったりの好物だった。しかし、あいにく厚唇はこの渓流の天敵だった。部落の青年たちは朝から晩まで釣ってせいぜい三斤〔一・八キロ〕だったが、厚唇は二、三時間釣り糸を垂らすと、透きとおった渓流で七、八斤の山の魚を釣った。彼には評判の悪い名言があった。大安渓は僕の電気冷蔵庫。

この厚唇の電気冷蔵庫は大覇尖山に源を発し、いくつかの支流がタイヤル族の部落を通過して勢いよく合流している。これらの部落は「北勢八社」〔大安溪の沿岸に居住〕と称されているが、百年前に、外国より来た歯科医師兼神父のマカイ牧師〔カナダの長老教会牧師。一八四四年—

一九〇一年」がこの民族に出会ったとき、驚いて「風のごとき意志を持つ」と呼んだ。コウモリはうつむいてウライを探していると、頭に厚唇の一番上の兄の姿が浮かび、彼の家の本のなかに大安渓についてのそのような描写を見つけた。厚唇の一番上の兄は部落の小学校で先生をしているが、三年前に豊原市から部落への転勤を希望したときに、皆は彼は頭がおかしくなったと思った。そうでなければ、どうして都会で「家鴨を飼って（教師の比喩）」もうけるチャンスを放棄するのだろうか。先週、一番上のいとこと一緒に酒を飲んだとき、そのいとこは厚唇の一番上の兄に英語を忘れていないか尋ね、そのあと彼にハワイの土着民に関する歴史小説を手渡し、彼に辞書を引かせて二か月後にインターネットにアップさせた。「役に立つことをしただろう！」このことばはコウモリに冷や汗をかかせた。

厚唇は最初に小さな魚を釣り上げると、釣り針からはずして渓流にもどした。そして、「祖霊よどうぞお召し上がりください」と口ずさんだ。この習慣は子どものときに、ヤパ（父親）と山に狩猟に行ったときの経験からはじまっていた。ヤパはいつも獲った獣の肉の一部を山林に投げ、タイヤル族のことばで祖先に祈りを捧げ、山の霊にお腹いっぱいになればゆっくりと休んで、山をむやみに歩き回らないようにお願いした。厚唇はいつか山林を歩きまわる山の霊を見たことがあった。数年前、山地の「最高」学府である霧社高農〔現、国立仁愛高級農業職業学校〕を退学して家に帰った年、ヤパは彼がぶらぶらしているうちに部落で何か問題を起こしてはいけないと思い、いつも一〇三林道〔タイヤル族伝統領域の棲蘭山境内の林道〕に連れていって、昔は祖先のもの、今では林務局のものとなった筍をこっそり採って金を稼いだ。彼が竹林で採った筍の山を見守っているとき、いつか見たことがあるふたりの古い伝統服を着た人が現われた。彼は後山にある部落の老人かも知れないと思い、親しみを込め敬意を表して声をかけた。老人はふり向いて彼に向かって軽く微笑んだ。その瞬間、青竹の緑葉は上下に揺れ、老人は遠くに姿が見えなくなった。ヤパは肩にいっぱいの筍を肩にかついで帰るとき、彼がもう一度そのときのようすを話すと、お前は霊（ウットフ）を見たんだよ、子どもよ、あの霊は好い霊で、しかもお前は老人を尊ぶことを知っているので、だから怖がることはないとヤパは言った。いま初めて山の霊に遭ったときのことを思い出して、厚唇の唇は突然冷気に当たったようにぶるぶるっと震えた。彼が部落の優れた猟人になろうというときになって、「猟人」の称号は急落し、渓谷のように低くなった。五年前、隣の雪山坑（シヴィル。台中市和平区の雪山渓と大安渓の合流地点）部落の猟人が、雪覇国家公園で逮捕され判決が出てから、部落の人びとは、政府は狩猟と罠の仕掛けを泥棒と同じように恥ずべきものと見なしていることを知り、ベテランの猟人のブユンでさえ道で警察に会えば隠れるようになった。それはまるで鞍馬山〔台中市和平区〕で小熊を連れて遊びに出た母熊に出くわしたら、風上に逃れなければならないのと同じだった。

厚唇は釣り糸を渓流に放り投げ、小さな鉛の重りで魚の餌を波の浮力に合わせて左右に揺らした。食いしん坊の小さな魚は、口を開く前に激流に流されてしまうが、手のひら大以上の魚だけが激しい流れを突破して餌にありついた。たばこ一本吸うあいだに、釣竿がまっすぐに引っぱられはじめた。

釣竿三本分離れたところにいるコウモリが声をかけてきた。どうして兄貴は釣れてるのに、僕はただ水の流ればかり見てるのかな。

従弟を見ると、両手で竿を握りしめていて、まるで教会にいるようだった。厚唇はユーモラスに応えた。魚を釣るときはお祈りはしなくていいよ。お祈りで魚が釣れるとは限らないからね。コウモリは決まり悪そうに笑って立ちあがると、片手に竿を持って、厚唇のほうに近づいてきた。お前に言っとくけどな、魚を釣りたいんだったら、まず大安渓のご機嫌を知らないとだめだぞ。ここらの魚は皆、渓流の気分によって出没するんだ。春に支流に泳いでいって産卵し、夏に小魚が大きくなると、そいつらを大きな川へ連れて行って体を鍛えさせる。大きな魚たちは激流の石の下で休む。大水が出ると三日後には、山の魚は腹をすかせてしまってミミズかウライか、パン切れか見分けがつかなくなる。そうすればきっと釣れる。ほら、またばかな山の魚が釣れたよ。厚唇の得意げな声を聞いて、コウモリは厚唇が慣れた手つきで魚を釣り針からはずし、「フーッ！」と粘着質な声をあげる姿を見た。厚唇の魚籠《びく》はもう魚で溢れていた。

山の生活がこんなに得意なのに、どうしてまた街に行くんだい？　厚唇が餌を釣り針につけているあいだにコウモリが尋ねた。コウモリの質問は、まるで暗闇のなかから突然、夜獣が飛びだしてきたようで、タコができた指がすべって、厚唇は血が滲む指を舌で舐め、唾液を針で突いたところにつけた。

もちろん金儲けのためだよ、あほったれ！

厚唇は釣竿を前に投げた。すると餌が水面に浮いて揺れ動き、太陽の光に輝く水の色によってゆれ動く影像をつくりだした。厚唇はその影のなかに、変化するさまざまなシーンを見た。誰か人影が広々とした工事現場で鉄筋を背負い、その鉄筋は銀色の光を放っていた。それから彼は映像のなかの自分が鉄器を握っているのを見た。そしてその鉄器の下には同族の現場監督がいて、彼も訴えるような声をぼんやりと聞いた。すみ……ません、親父が山で……足を折って……多額の薬代が必要になり……同族のよしみ……で……僕を許して下さい……鉄器が地面に落ちたとき、現場監督と同じ哀れな声を出した。厚唇はあの頃は、ちょうど北二高〔北部第二高速公路。国道三号線〕建設の輝かしい時代だったことをよく覚えている。彼は一日に三千五百元の稼ぎがあった。天気がよければ一か月で一〇万元になった。一度部落に帰ったとき、厚唇は大ぼらを吹いて言った。これからは車で北二高の土城の辺りを通るときには、俺の汗の匂いを嗅ぐことができるぜ。いままた汗の匂いがしてきたが、もう当時の汗とは違っていた。一滴の汗が挑発するように眉から落ちてきた。熱い汗の向こうに、自分が安全帽をかぶって足場にのぼっているのが見えた。足場の下の世界は、異国日本の高崎市で、ビルがたくさん並んでいる。ヤパから聞いた話だと、おじいちゃんは日本時代に観光*に接待されて高崎市を通ったことがあるそうだ。六〇年後、厚唇も、出稼ぎだったが、高崎に行った。高崎ではまるまる三か月、足場の上を歩いていたが、三か月後に手配師が台湾に帰る旅費だけを残して、アメリカにとんずらし、アメリカで女遊びをしていることがわかった。バカヤロウ、クソッタレ！　厚唇は、いきなり映像のなかの騙された男に怒鳴った。眉先に溜まった汗が驚いたようにぱっと飛び散った。

　釣れたか！　釣れたぞ！　コウモリが叫ぶと、厚唇はすぐに釣竿を引いた。が、こざかしい山の魚は目の前で釣針から水に落ちた。

その瞬間、厚唇は、自分のメンツがさっと暗い影に覆われるの感じた。魚を釣針から逃がしてしまうなんて、めったにないことだ。特に従弟の前では。厚唇はやむなくもう一度、コウモリの心臓の辺りを突いて、ある種の尊厳を取りもどそうとした。

嫁さんは？　お前は台中ではなに不自由なくやってたんだろう。何で部落に帰ってきたんだ？

厚唇が口にした問いは、太陽のもとで、まさにキラキラ輝く新しい番刀のように、沈着にコウモリの心臓に迫った。コウモリは番刀を突きつけられた恐怖を抑えて、淡々とこう答えた。帰って三人の子どもの面倒をみてるよ。あの子ら、街に慣れなくてね。

実は三人の子どもたちは街ではほとんど母親に会えなかったのだ。コウモリは心の底で叫んでいた。このような感覚を挫折と呼ぶのかどうかわからないが、彼には自分の心臓が引きちぎられたような音を立てているのが聞こえた。それは流れがごろ石を打つような、細かく優しいがずっと続く痛みだった。

なあ、俺らのこの周りの山はなにを植えてるんだろう？　厚唇の問いはコウモリの引き裂かれた心臓を引っぱりだした。

コウモリは渓谷の両岸を見た。緑の竹林が霧を招きよせている。大克山《だいかつさん》〔苗栗県の卓蘭鎮と泰安郷の境〕一帯の断崖絶壁には、去年の台風で起きた山崩れのあとが残っている。部落の台地から眺めると、新世紀ナシ、タンカン、鶯歌桃が主要な農産物で、山の斜面の部分には、狭い間隔で衛兵のように並んだビンロウ樹が果樹の地盤を少し占領しはじめている。数からみると、まだそれほどでもないが、しかし町に近い山の斜面ほど、ビンロウ樹が多い。いまのところそれほど大きな邪魔にはなっていないようだ。

ミカンを育てるか、ほかに桃もある！ コウモリが釣竿を引きあげた。幸い、魚がかかっていた。顔には幸せそうな笑みを浮かべながら言った。釣れた、釣れた！

釣れたのか！ いいぞ、いいぞ！ 厚唇は賞讃のことばを送った。と同時に、災難のような彼の結婚に同情も覚えた。そうだ！ 果物王国、農会はそのように宣伝してるな。厚唇は軽蔑するように言った。ちょっと聞くけど、お前のおやじさんが植えた桃はもうかってるのか？ コウモリは首を振った。ショウガは言うまでもなかった。スモモは五色鳥〔タイワンゴシキドリ〕に食べさせているよ。厚唇は次々と持ちだした。山のタケノコは大部分がすでに林務局のものとなって、崖の辺りに生えている。タケノコは出てくるとすぐ、食べてしまう。どう思う、俺らの部落の果物栽培農家はどこが金をもうけてるんだ？ コウモリは目で北側の山腹を指した。摩天嶺〔台中市和平区達観里〕の甘ガキの栽培農家はもうかってるという意味だった。そうだよ、平地人が専業区〔市場〕をやれるようにするには、総統が摩天嶺に来て甘柿をひとつ食べればそれですぐに専業区になるのさ。専業区ってどんな意味か知ってるか？ 厚唇は、そんなこと言うまでもないというふうにこう言った。国が金を出してくれて、甘柿が日本のものより大きくなりさえすればいい。それが専業区だよ、わかる？ コウモリは疑い深く厚唇を見て、過激な言い方をするなあと思い、すぐには反論できなかった。しかたなく厚唇の兄さんの言い方を借りて恥ずかしそうにこう言った。兄貴の兄さんが言ってたよ、僕らには情報がないし、それに団結もしない。平地の果物栽培農家の人らには協同班があって、新しい情報はすぐに入ってくる。僕らはただ人の尻を追いかけるだけだってね。厚唇はもう一度ぐちった。俺の兄貴は、俺の兄貴は読書人だよ、兄貴に三〇キロの桃を担がせたら、すぐにへこたれるよ。兄貴がどんな農業を知ってるって言うんだ！　台湾の農業はダメになった。これが俺が都会に行ったわけさ。厚唇はもう興味をなくして言った。釣れるうちに釣ろうや。大安渓が干上がったら、石しか釣れなくなるぜ。

従兄の厚唇の姿が烏石坑渓《うせきこうけい》〔台中市和平区〕のほうへ去っていくのを、コウモリは見送っていた。釣竿も午後の河原に消え、河底には見渡すかぎり大小不揃いのごろ石が乱雑に並んでいた。大安渓に石だけ残るなんてそんなことないさ。コウモリは先ほど従兄が残した予言はまったくだらないと思った。こんなに大きな渓流がどうして干上がるんだ。

いま広い河原には彼ひとりしかいなかった。向こう岸は客家の小さな集落だ。白布帆〔苗栗卓蘭鎮。大安溪の上流〕は、聞くところによると、昔は士林村〔苗栗県泰安郷〕の原住民族の部落だったが、いまは平地人の大梨専業区となり、観光果樹園になっていた。収穫の季節には、観光客がやって来て田園の自然を楽しむ。もちろん、使用者は料金を払う。コウモリは厚唇の兄さんが言ったことを覚えていた。山の果樹園はどこも風光明媚だ。うまく計画すれば、都会の人たちが果樹園にやって来る。それでその名も美しく「田舎の自然に遊ぶ」、「天然の果実を摘む」と呼ぶことができるのだ。あいだに立つ業者の搾取さえ排除できれば、厚唇の兄さんは自信たっぷりに言った。僕らにはまだ希望がある。そうだ、コウモリは雑草が生えた河原に向かって大声で叫んだ。俺は生きていかねばならない、俺にはまだ養わなければならない三人の子どもがいるんだ！

子どものことを思い出して、コウモリは辛くなった。手に持った竿がぶるぶると震えた。彼は自分がまるで都会に釣り上げられて苦しむ魚のように思えた。確かに甘い思い出だった。思い出すと、やっぱり口もとが喜びでほころびた。あの年、彼は二三歳で、梨山〔台中市和平区梨山里に位置する〕の「梨の袋かけ」の日雇いに出かけていた。そして緑の梨の葉のあいだに、六月の大梨より美しくてみずみずしい一七歳のマホンをはじめて見たとき、突然、世界が静止したように感じた。三か月後、ふたりは東勢果物市場で皆の祝福を受けた。しかし、この祝福は三か月も経ずして崩れ去った。まず、マホンが一人っ子であることを口実に、義母が毎月二回、台中市の実家に帰省させた。続いてマホンが、お腹が大きくなってきたことを絶好の口実にして、街で子どもを生みたいと言いだしたことだ。半年後には、妻は再び街の生活のとりこになって二度と部落にもどってこなかった。初老の義母はばかにして軽蔑して言った。うちのマホンは卵より重いものを持ったことがないんだよ、どうして山で桃を担げるんだい。コウモリは小声で遠慮がちに言った。彼女には担がせないですよ、ただ部落に住んでほしいだけなんです。族人はよく噂しますから。しかし、ことは思ったようには運ばなかった。マホンは実家に居つづけた。その頃、妻はもう臨月に近づいており、彼は楽観的に考えていた。子どもが生まれれば、情況はきっと好転する。彼は聖書のなかの母性が輝く場面を思い出し、楽観的になっていたのだ。

思い出すと、情況は決して好転しなかった。それどころか悪くなった。ちょうどいまの魚釣りと同じで、厚唇が行ってしまってから、一匹の魚も釣れなかった。コウモリは激流に向かって罵って言った。川に魚がいないなんて川の恥だ、わかってるのか。

川に魚がいないのは人類の恥だ。声がサーッと吹く風のようにうしろから聞こえてきた。コウモリが振りかえって見ると、三人の街の平地人がいつからかうしろに立っていた。彼らは同じ青緑の制服を着て、左胸のポケットには、某協会というような字が赤で書かれていた。

何が人類の恥だって！　お前たちは何者だ、とコウモリは言った。彼らは好意を持っているようには見えなかった。手には薄いノートを持って、何か記録している。

私たちは大安渓河川保護協会の会員で、河川の保護を専門としています。そのなかのひとりが左胸の赤い字をコウモリの眼の前に近づけた。もうひとりがガラスの試験管を取りだし、水のなかで何かを揺すっていたが、突然ふり向いて大きな声を張りあげた。ここの水はダメだ！　汚染されている。わざとコウモリに聞こえるように言った。

何が汚染だ、もし汚染してたらどうして魚がいるんだ。コウモリは怒って言った。

さっき身分を名乗っていた人がコウモリをちらっと見て、続けて言った。普通、河川が汚れるのは人間のせいなんだ。我々の協会は河川が汚染されないように保護するんだ。彼はまた強調して言った。人間による汚染を受けないように。協会の人はその勢いでコウモリの魚籠を見て、警察のようにじろっと目を向けてきた。魚を釣ってたのかね？　国宝級の高山鮎魚〔別名、苦花魚。数万年前の氷河期に陸封された魚〕はないかね？　あれば違反だぞ！

コウモリはびっくりして魚籠に蓋をした。なにが違法だ。自分の川で魚を釣るのも違法なのか。川の水を検査していた人が言った。これは法律だ、法を犯せば捕まる。総統でも国の天然記念物を釣ったら違法なんだ。ご存知かね。コウモリはそれを聞いて少しは怖くなり、彼らが手に筆記道具を持っているのを見て、大いにありそうなことだと思った。いっぺんに、魚釣りの気分が落ちこみ、まるで自分が国の天然記念物を魚籠いっぱい釣ったような気分にさせられた。従兄がいたらよかったのに、と彼は思った。

厚唇は、支流の烏石坑渓に向かって歩いていた。上流の台湾電力の士林引水道から出る廃水は避けなければならない。いまでは支流にしか大きな魚はいなかった。大安渓の母魚は二年前の春に生育能力を失っていた。二年前、これらの母魚の腹の皮は雄魚と同じようにぺっしゃんこになっていた。

マホンというこの母魚は台湾電力の汚染を受けていない。四年で子どもを三匹生んだんだから、出産率は誰にも負けていないと、厚唇は自分の比喩に得意になり、釣竿を持った歩みはいっそう軽快になった。彼は子どもの頃に遊んだように石のあいだを跳び越した。分校の国民小学校の下を通りすぎるとき、一台のワゴン車が停まっていた。中には人がおらず、上流にも下流にも人影が見えなかった。きっと分校に遊びに来た街の人間だろう。彼は進むべきかどうかとまどった。というのは、ここには魚があまりいないからだ。彼の足はまた前に出た。どこか行ったことのない渓流で運を試してみようと思ったのだ。運が良ければ、明日、街に行くことにしよう。自分が街でやっていけないなんて信じられない。運がずっと向いてこないなんてあり得ない。彼は心のなかにあきらめきれない気持ちが湧いてきて、もう一度賭けてみようという気になった。結論は、従弟のコウモリがいい人に出会わなかったと同じように、自分もいい人に会えなかっただけで、自分の能力が劣っているからではないということだった。

　彼は歩きながら、うつむいて緑苔の斑点を探した。そのようすは遠くから見ると、なにか落とし物を探しているようだった。厚唇は、浅瀬の水底に石にへばりついた緑苔が青々としていれば、頭をあげて前に進んだ。もし石についた緑苔に親指ほどの白点が点々とついていれば、間違いなく手のひらほどの山の魚がいる。針を垂らしてみると、いつも同じ結果だった。そのとき、魚籠はあと人差し指一本分の深さだけ魚が釣れれば、もういっぱいになるところだった。彼は自分が魚釣りに生まれつき才能があることに満足した。もう帰ろうと考えていると、右側にくねくねと流れる小さな渓流を見つけた。渓谷の両側の林は、渓谷をふさぐようにおおいかぶさっている。木の枝を払いのけると、目の前に別世界が広がっていた。試しに釣針を投げると、途端に引きがあった。こうして、長寿タバコを一本吸う時間で、魚籠はいっぱいになった。彼は秘かに得意になってつぶやいた。あとでコウモリに一分間、恥ずかしい思いをさせてやろう。厚唇は手の動きを停めて、タバコに火をつけた。タバコの煙がゆっくりと空中を漂っているとき、渓谷から声が聞こえてきた。どうして声がするんだろう？　厚唇はタバコの吸いさしをもみ消した。もし電気で魚を捕る平地人なら、必ずそいつをぺちゃんこにしてやると決心した。彼は電気で魚を捕る奴が大嫌いだった。電気で魚を捕っていれば、この渓流には三か月でオタマジャクシしかいなくなってしまう。ゆっくりと山の開けた谷に入っていくと、人声がますますよく聞こえてきた。若い女性の楽しそうな声が厚唇の鼓膜を刺激した。彼は女性がいると確信した。時折、山の奥深いところから白い光がきらめいた。これは一体どうしたわけだ。雷のときにしか起こらない閃光が、山のなかで光っている。昔、国民中学校の教科書で読んだ「桃花源」に入りこんだのだろうか。厚唇は大きな石のうしろに隠れて見ると、やっと事の次第がわかった。

さっき竿を引きあげたスピードより速く、厚唇のズボンの股の部分が、まるでスズメバチの針に刺されたように腫れあがって、大きな肉球となった。目の前にはスタイルのいい女性が四人、光るカメラに向かってポーズを取っていた。彼女たちはカメラマンの指示に従って動いている。動くと、あの八つのパパイヤやトマトや甘柿や水蜜桃のような乳房が一瞬、山のなかで揺らめいた。厚唇のズボンの股の部分はほとんど張り裂けそうになった。彼女たちはさまざまにポーズを変え、両足を開いたときには、黒々した密林がさらけだされた。おかしなことに、厚唇のズボンの股の部分は黒い密林が見えたとたん落ち着いた。これはきっとポルノ写真を撮っているのだ。厚唇は腹が立ってきた。どうして自分の故郷で写真集を撮影するんだ。彼は目の前に展開される下品な光景に嫌悪を覚え、もういいだろうと彼らを脅しにかかった。

お前たち何してるんだ。厚唇はムササビのように飛び出した。目の前の女性たちは世慣れたように、あわてず石の上に移動し、ショールで適当に体をおおった。ある女などはわざと乳房をショールからさらけだしていた。まるで彼をどこから出てきた人だろうと頭を突きだして見ているみたいだった。厚唇は彼らは恥知らずな連中なんだと悟って、一瞬どう言っていいかわからず、機転を利かせて大声で言った。お前たちは渓谷を汚染しているんだぞ、わかってるのか。そう言うと、彼は「汚染」ということばの唐突さに可笑しくなった。厚唇は、誰かがびっくりして「汚染だって！」と言うのを聞いた。それから四人の可愛い女たちは笑いだした。彼女たちは本当に笑っていた。

君、こんにちは。ひとりの中年の男が近づいてきて、僕は監督だと、名刺を手渡してきた。名刺にはどこそこの放送会社といった肩書がたくさん書かれていた。僕らは肉体芸術を撮影しているんだよ、芸術であって、汚染ではないよ。中年の男はポマードをテカテカに塗っていて、芸術家の雰囲気はなかった。どっちかと言うとポン引きの手配師のようだった。彼はもともとカメラマンのうしろに座っていたのだ。道理でさっき見えなかったはずだ。

厚唇は疑い深く周りを見ながら、勇気を奮って言った。人体の芸術であっても裸になる必要はないね、裸で……毛が、エロビデオだけだ、毛を露出するのは、わかってるだろう！　四人の女性はまたクスクス笑いだした。まるで毛を露出するのは普通のことで、何もおかしなことはないというふうだった。

路地裏ならね！　君。監督は厚唇を上から下まで眺めると、続けてこう言った。芸術は奥深いものだ、君に言ってもわからないだろうがね。こうしよう、もし見たいなら、見ていなさい。僕らの仕事を邪魔しなければいいよ。そう言い終わると、監督はまたイスにもどり、カメラマンにあれこれと声をかけると、女性たちはまた役柄に合わせて、両足をまるで向日葵のように開きはじめた。厚唇は、もう見てしまったものを誰が見たいかと思った。見過ぎたらあっちがダメになってしまうかもしれない。見るべきでないものを見すぎたら、目に物もらいができるようなものだ。あとで派出所に知らせておくから、お前らはまた人体芸術論をやるんだな。厚唇は憤然としたようすでそこを離れながら思った。ワゴン車のそばを通ったとき、タイヤをパンクさせてやればよかった。そうすりゃ、お前らは夜中に人体芸術とやらを撮れただろうよ。

コウモリは退屈そうに石のうえに座っていた。先ほど河川の保護員に脅かされたので、竿を河原に置いていた。周囲には誰もおらず、ただ渓流の音だけが何かを催促しているようだった。彼は魚籠のなかで目を剝いている不運な魚を見ながら、自分もまったくついてないなあと考えていた。自分が嫁にもらったのはマホンひとりではなく、一日じゅう化粧にあけくれる義母と、ややもすると彼に暴力を振るうふたりの義兄も含まれていると感じるようになっていた。今回、彼は腹を決めて部落に帰った。義母が彼の妻を連れてカラオケに働きに行くなんて、もう耐えられなかった。彼にはいったいどういうことなのか、まったく理解できなかった。まさか二〇年前の輝かしい果物王国の頃を懐かしんでいるわけではないだろう。義母の街の家はその頃に買ったもので、マホンも街の学校に通っていた。マホンは、国民中学時代には街に遊びに行ったら、五千元は使っていたと言っていた。二〇年後のいまも、母と娘はふたりともその気持ちが変わらなかった。それ以上にひどいのは、子どもは自分が生んだ子ではないかのように、いまもずっと部落の家で育てられている。彼は辛い気持ちでマホンのことを思った。初恋の人で妻になったマホン、コウモリはできるだけ美しい頃を思い出した。彼女の水蜜桃のような顔、初めて胸のボタンをはずしたときのシーン、コウモリは思わずズボンのジッパーを下ろしていた。一七歳のマホンの柔らかい肌を撫でるように、だんだんと左手を速く動かし、空に向かって叫んだ。帰って来てくれさえすればいいよ、帰って来て子どもを見てくれたら、それでいいよ！

コウモリは意味のない空想にふけっていた。厚唇が烏石坑渓口からゆっくりと帰ってくるのに、まったく気づかなかった。「何をしてるんだ?」という怒鳴り声がうしろから聞こえた途端、コウモリは絶頂に達して白い液体を勢いよく渓流に噴きだしていた。

お前、何してるんだよ、コウモリ。厚唇は都会で挫折した従弟が、広々とした河原で淫らなことをしているのを見た。なんとそれは渓谷で見た写真撮影と同じ誤ちではないか、厚唇は突然可笑しくなって言った。お前、釣をしてんのか、それとも種を蒔いてんのか?

コウモリは慌てて下半身を隠し、ジッパーをあげた。彼はすっかりばれてしまったのを知って、苦痛の声をあげるしかなかった。マホンのことを考えていたんだ!

お前、女房が恋しくても、真昼間おおっぴらにマスかかなくていいだろうよ。バカヤロウ、大安渓を汚したのわかってんのか。厚唇は「汚す」ということばを今日は使いすぎたと思った。しかし、いまのはちょうどいいユーモアだった。

俺はきっと大失敗をしたんだろうな? コウモリはしょげ返って告白した。僕は家庭の失敗者さ。都会で稼いだ金をすべて義母に渡し、タイヤル男子の株をさげた情けない男だ。それに自分の渓流で魚を釣るのも恐がるような奴だ。コウモリは泣きそうな顔をしながら言った。きっと軽蔑してるんだ、そうだろう!

言っとくが、厚唇は声を張りあげた。お前が三人の子どもを育てられなかったら、本当にお前を軽蔑するぞ。やり直せばいいんだ、人間って失敗ばかりじゃないんだから。厚唇は自分の声が教師をしている一番上の兄に似てると思った。そして、こんな厳しいことを言って少し気がとがめた。自分だって失敗者じゃないか。

厚唇はコウモリの魚籠のそばに寄ったが、情けないことに魚が四、五匹しか入っていなかった。厚唇は自分の魚の三分の一をコウモリの魚籠に移して、ブツブツ言った。子どもに食べさせろ！魚を食べると頭が良くなる。郷長を育てられるか見てやるからな！

コウモリは感激して厚唇に礼を言った。河川保護のことを話そうとしたとき、あの三人の制服の河川保護担当者の姿が視線に入ってきた。河川保護協会の奴らだと、コウモリは厚唇にそう言った。

担当者は突然声を張りあげた。ここで魚を釣っちゃダメだ。

誰が決めたんだ。厚唇は、今日は魔の金曜日でもないのにおかしなことが特別多いと思った。

我々は大安渓保護協会の者だ、河川の水資源を専門に保護している。代表格のひとりが、まるでこの川の所有者であるかのような口ぶりでとうとうとしゃべった。うしろではノートと鉛筆を持った男が、ノートに何やら書き込んでいる。

この川は何という名前か知ってるかい。厚唇は、彼らの前に立ちはだかって、挑発するように尋ねた。この川は僕らの祖先が残してくれたものだ。

三人は異口同音に言った。大安渓だ。

違う、厚唇は大きな声で母語で言った。パイペイノフ（大安渓）だ。パイペイノフは僕らの先祖の名前だ。僕らの先祖の川で魚を釣ってもダメなのか。コウモリも助太刀に入って大きくうなずいた。

おお！　ダメだと言うんじゃないんだ。三人の声は小さくなり、婉曲に言った。川は皆のものだろ。川を保護するのはみんなに責任があるんだ。ましてや我々は汚染源を調査しようというだけで、汚染源を見つけたら告発するんだ。我々はこの川を保護しているんだ。

汚染源だって、上流にひとつ汚染源があるぞ！　士林引水道工事だ、厚唇は上流を指差し、あんたらは、奴らを告発しないのか？　奴らは工事の廃水を流し、それで渓流の山の魚はもう卵を産まなくなったんだ、知ってるかい？　もう三、四年もすれば、水は鯉魚潭ダム〔苗栗県卓蘭鎮〕に引かれて、大安渓は大旱渓と改名されるよ。あんたらはあの大工事を取り締まるべきだよ。俺らの魚釣りなんて河川を汚染するわけがないよ。「汚染」と口にして、厚唇はコウモリのこと、そしてあの谷でのハレンチな出来事を思い出し、一日じゅう汚染に振りまわされたように思った。

三人は何か言おうとしたが黙った。あの青緑の制服は夕陽に照らされ奇妙な色になっていた。それはまるで突然大安渓に降り立ったエイリアンのようだった。

厚唇は、山中で見た乳房と黒々とした密林を思い出し、保護協会の職員にこう言った。引水道工事を捕まえようとしないのはかまわないよ。国が一番だからな、あんたたちをとがめないよ。ただ、ある汚染源は、あんたたちは必ず捕まえられるよ。厚唇は自分の計略ににんまりした。烏石坑渓の右岸のふたつ目の支流に行けば、大きな汚染があるよ。今日の収穫は保障するよ。

協会の職員たちの影がしだいに遠のいていったあと、ふたりも帰路に着いた。魚籠から水がぽたぽたもれて生臭い匂いが漂い、うしろではハエがブンブンたかっているようだった。道々、コウモリはうつむいて何もしゃべらなかったが、ただ大きな汚染が気になって尋ねた。厚唇は、知らないほうがいいけどな、知ったらまた川に種をまいちゃうぞと、からかって言った。そして、墓地の下まで来ると、厚唇は不意にふり向いて言った。ヌードの撮影だよ！

墓地を横切っていると、草がまるで生気を帯びたように勢いづいていた。夜の空気に触れたからだろうか。ふたりは早足になり、道の角まで来ると、運搬車を運転して帰って来たおじにばったり出会った。おじは車を停めると不思議そうにふたりを見ていた。幽霊に会ったのかい、慌てて墓地から走ってきたけど。会ってないよ、釣に行ってたんだ、とふたりは答えた。おじはふたりにかまわずブルブルとエンジンをかけて走りだした。あとにはおじのタイヤル語の嘲笑のことばだけが残った。いい男は魚釣りなんかに行かないよ、魚釣りはいい仕事じゃないね。

そのあと、コウモリは都会に行って働くのかと聞いた。厚唇はきっぱりと、明日、行くよ、と言った。コウモリは僕はやっぱり部落に残るよ、子どもたちはママを失って、もう十分可哀想だからな。

夕暮れが、たちまち再び部落をおおった。

＊理蕃政策の一環として、一八九七年より原住民族の頭目と有力者を台湾島内あるいは日本「内地」への観光に招待した。

第三部——山野漂泊

虹を見たか

学者が部落に帰ったその年はまだ学者にはなっておらず、今日の言い方ではポスドクと言うべきだろう。学者とポスドクの違いは、私たちの族人から見れば実際のところ大差なく、もっと正確に言えば、まるで区別のしようがなかった。学者がアメリカのインディアナ州から飛行機で台湾に帰ってきて、何度か電車を乗り換え、さらに運搬車に乗って河原を渡り、まっすぐ私たちの雪山山脈の中腹の部落に到着した。時はもう夕刻だった。今度の旅程は、学者にとっては現代と荒野の出会いにほかならず、部落の入口に現われると、遠く盡尾山《じんぴさん》〔苗栗県泰安郷雪覇国家公園雪見遊憩区〕から発せられる神秘的な濃緑色を眺めた。足もとの大安渓は、暗闇が訪れるまえで黒っぽく、まるで水へビのような形をしていた。彼は、ゴトゴトうるさく音を立てる運搬車から飛び降り、振動から来る鈍い痛みからも解放された。もう二〇年経ったが、相変わらずだな、これが学者の第一声だと、のちにアル中のパヤスがしどろもどろの口調で言った。学者は飛びおりるとき、土とほとんど変わらない色をしたパヤスを危うく踏みつけるところだった。パヤスが学者が言ったという、「もう二〇年経ったが、相変わらずだな」ということばについては、それが指しているのは、とどのつまり部落のことなのか、それともアル中のパヤスのことなのかは、はっきりしなかった。

アル中のパヤスは、このとき黒い影が急に彼にぶつかってくるのを感じた。彼はまるまる三六〇度回転したが、腰のあたりに酒の空ビンがぶつかって、飛びおきた。目の前に少し疲れたようすの学者が目に入った。学者は手に紺色の書類カバンを持ち、肩には何か袋をかけていた。テカテカ光っていた髪型は、河原を通った振動でバラバラの松葉のようになっていた。パヤスは学者に腹を立てて言った。気をつけろ、俺が見えないのか？　お前をへこますぞ！　パヤスの顔の髭は酔っ払った枯れ草のようだったが、突然、生き返ったように跳ねあがった。

学者は、実際のところパヤスに驚かされた。彼はじっくり見て、最後の口癖を聞いて、まるで幼少期のパスワードを受け取ったようだった。パスワードはある情景を組み立てた。学者は子どもの自分と同級生のパヤスがこっそりと薄暗い家に入っていくのを見た。ふたりの目はまるでサーチライトのようで、目に入る物はすべて光を放っていた。彼らは伝説の巫師箱を探していた。パヤスの祖父は部落の巫師で、巫師箱には部落に伝わる白蛇と毒物が入っていた。ところが、彼らは、結局、それを目にすることができなかった。竹のベッドにいた老人の声に驚いたからだった。老人は顔じゅうに鯨紋があった。まるで幻燈が映し出されるように、学者の脳裡に刻まれている。人を驚かせたこの鯨紋の顔は、その後、学者が成長すると、最終的には彼の学問上の研究課題となった。彼はパヤスの口癖が、祖父の巫師箱を手にして、「信じるか、お前を変えるぞ！」

ということであったことをずっと覚えていた。このことを思いだすと、学者はいつも学術領域でのある種の怨恨を感じた。彼はすぐにアル中に言った。パヤス、お前まだ生きていたのか！

お前は誰だ？　パヤスは目ヤニがいっぱいついた目をこすりながら、もう一度学者をじっと見た。きちんとしたジャケットと紺色のズボンで、ほこりまみれになってもやはり部落の人が着るものとは違っていた。パヤスはこんな読書人は絶対に知らないと言った。そのあと、部落の人たちにはめったに言わない冗談を言った。一三歳のあの年に、学校の勉強は俺のことを忘れたのさ。

僕はヌオミンの長男だよ。学者は部落に着いてすぐに知り合いに会えて大変興奮していた。学者は言った。お前、忘れたのか、小学校時代の同級生だよ！

パヤスは最後にようやく思い出した。学者は二〇年前に部落を出て、都会の学校に行ったヌオミンの息子だった。ところがすぐに、学者ががっかりするようなひと言をそっけなく言った。誰がお前の小学校時代の同級生だって？

学者はなんとか気を取り直した。お互いの関係をはっきりさせても、実際のところ、自分が故郷に帰って進めようとしている学術研究には何の役にも立たない。学者は相手のことを考えた。パヤスはもう酔っぱらっている。まるでアメリカンインディアンの保留地で見かけるように、彼は一三歳のときから、人事不省になるまで酔っぱらうようになったのだ。学者はやむなく適当に聞いてみた。ユタスビハオを知ってるかい？　パヤスの今度の反応は、意外にはっきりしていた。パヤスは、「頭目の家にいる、頭目が死んだ。頭目が死んだから、タイヤルはなくなってしまう、知ってるか」と言った。

学者はすぐに頭目の家を見つけた。酔っぱらったパヤスのことばは学者を奮い立たせ、足取りも軽くふたつの路地を通り越した。唯一歩くスピードを鈍らせたのは、パヤスの最後のことばだった。学者はこの根拠のないことばが、フィールド調査と研究に影響がしないことを願った。頭目の家の庭の外には、篝火が焚かれていた。火はメラメラと闇夜に燃えあがって、辺りを温かくしていた。これが学者が故郷に帰って初めて体に感じた温かさだった。

ビハオは老人だったが、九〇歳でまだ元気だった。ビハオは篝火のところにいた。火は彼の短い白髪を夕暮れのように赤く染めていた。見たところ、ビハオは非常に元気なことがわかった。ただビハオは、自分の体は、解体を待つ古い運搬車のようなものだとわかっていた。ビハオは体の部品が錆びたり、ギーギーと音がしてぐっすり眠れなかった。昔からの友が亡くなるたびに、体の部品のどこかが壊れるのがわかった。彼は若者に言った。ほら、聞こえるだろう、ギー――ギー――ギー――ッて。まるで二本の鉄が突然一緒に繋がっている道を見失ったようになるんだ。若い人が老人の体に身を寄せても、衰弱した心臓の音が聞こえるだけで、彼らは、ドキ――ドキ――ドキ――で、ギー――ギー――ギー――じゃないよ、心臓の音だよと言った。ビハオは思った。いまの若者の聴力はもう自分たちの若い頃に及ばなくなっている、いまの若者は箱のなかから聞こえてくる音しか――テレビやステレオの音しか聞こえないんだ。老人は、そんな音はニセの音で、本当の音は鳥獣や草木が出す音で、ほかに人体から出る音があると思っている。こうしたものはウソがつけないし、人を騙すことができない。老人はいっそう力をこめてほら聞いてごらん、ガラスをこすする音がするだろうと言った。部落の若者たちはすぐにビハオ老人のことばにざわめいたが、正直に、どこにも鉄線やガラスの音なんかしないと答えた。爺さんがでっちあげた音だよ、もう爺さんがでっちあげた音なんか聞かないよ。老人は、そのとき深く絶望し、部落の若者への絶望はどん底に達した。若者はもう人びとが発する甘美な音が耳に入らなくなっているのだ。寒い秋の夜にふるえる草の種子の声が聞こえたことを話そうと思っていたのだが、何もわからない若者たちを前に話すのをやめた。

庭に肉の匂いが漂いはじめた。何人かの若者が肉を焼いて、ムスアガイ（タイヤル族の葬儀で行なわれる死者との別れの前の儀式）に参加した人たちに配る準備をしている。参加者は規律正しく、老人、中年、青年に分かれて固まっている。よく喋っているのはいつでも若いグループだ。彼らは何が死なのかまったく知らない。この世代の若者は、本当の死とはどんなものなのか、まったく見たことがないのだ。昔のやり方なら、ビハオは頭を下げ両手を胸の前で組み、歴史の幕がゆっくりと下りてきて、もう一度自分の声が胸から上に上がってくるのを聞いた。昔は、外で戦死や病死をしたら、死んだ場所にさっさと死者を埋葬し、部落にもどってからは何の儀式も行なわなかった。善死なら、死者を竹のベッドの下に埋めるのだ。いまは何もかも変わり、死者は皆、共同墓地に埋めるようになった。だが、共同墓地には虹の橋はかからない。祖霊の虹の橋はそれぞれの家の上にかかるのだ。人は死んだら虹の橋を渡って祖霊の試練を受けねばならない。ビハオが頭をあげたとき、ちょうど頭目の家の上に、はっきりと虹の橋を見た。湾曲した弓のような橋はまっすぐにパパワッグ（タイヤル族の聖山の大覇尖山）の方向に伸びている。間違いない、大覇尖山は祖霊の家だ、頭目は虹の橋を渡り、カニに手のひらを見てもらわねばならない。

しかし、ビハオには頭目は見えなかった。そのため表情は大変悲しげであった。

若者が皿に入れた肉を運んでくると、ビハオが言った。上を見て、虹が見えるかい。若者はいぶかしげに見あげた。空にはいくつかの星が出ているだけで、黒い雲が月をおおい、多くの星を呑みこみ、残った星はまさに逃げようとしていた。

ユタスビハオ、空には星があるだけだよ。どこに虹の橋なんかあるんだい、虹って、雨が降ったあとに出てくるものだよ。若者は腕が疲れてきて、急いで言った。ひと口食べてよ！　明日雨が降るかもしれないから、雨が降ったら虹が出るよ。

虹が見えないだって？

雨が降っていないのに、どうして虹が出るんだい？　若者は強調して言った。

ビハオは急にがっかりした。そして、口のなかでブツブツ言った。虹がない、虹の橋がないなんてことがあるか、お前たちは目が見えないのか、心の目も見えないのか、見えなくなった心に、どうして虹の橋が見える。わしは毎日、虹の橋を見ておる。わしらの部落の上空にかかっていて、時には凄惨な声がする。パイペイノフ（大安渓）の河原の周りから起こり、毎日朝晩、聞こえる、祖霊の声が呼んでいるのが聞こえるんだ。

老人がまた独り言を言いだしたのを見ながら、若者はこの老人は本当に変わっていると思った。老人は、体のなかの声を人に聞かせ、いまはまた、見えないものを見せようとする。たぶん、老人も頭目のあとを追うことになるんだろう。若者が振りかえったとき、ぼんやりとした影がさっと入ってきたのを目にした。入ってきた影は学者だった。学者は頭目の家にビハオ老人に会いにきたのだ。老人は彼の祖父だった。そんなことはもう皆、知っていた。

今度、部落にフィールド調査に来たのは、博士論文のためだ。僕らは彼を直接はっきりと学者と呼んだ。部落から学者を出すことは、県長を出すことより皆を興奮させる。学者は、部落をぶらぶら回って老人たちを訪ねた。部落の老人には鯨面の人は、たった三人しか残っていなかった。僕らはワイワイ学者を案内して老人の家に行った。学者はカバンからテープレコーダーやノートを取りだした。その熱心な態度に、僕らは自分たちがどんなに怠惰で面白くない人生を送っているのかを思い知らされた。正確に言えば、僕らには人生の目標がないのだ。一度、若いマサオが学者に何か収穫があったかと尋ねると、学者は奇妙な符号がいっぱいに並んだノートを開いて応えた。多くないよ。びっちり書き込まれたノートで、どうして「多くない」収獲なんだろう。僕らにはこれらの奇妙な符号があらわしている意味はわからないけど。ただ、少なくともそれは「学問」に関するある種の標記であることはわかった。そして学問があることは、自分たちの部落では大したことだった。学者は老人への調査が終わると、引き続き、五、六〇歳の老人候補たちに話を聞きにいった。

山村の部落には平地と違った四季がある。秋の季節に学者はラフなスポーツウエアーを着ていた。それでも、手に下げているカバンが、荒野にいる族人とは違う身分であることを物語っていた。学者は部落で唯一の産業道路を歩いていた。道路には幼い頃の足あとと思い出が刻まれていたが、学者には振りかえるゆとりがなく、足どりは重く、焦っていた。部落では若者たちが遊撃隊のように、家の軒下で酒を飲んでいて学者に声をかけたが、彼は酒を飲んで雑談しても学術研究には役に立たないと思った。部落のはずれでは、小学校から児童の朗読の声が聞こえてきた。このほか、犬が一匹たいくつそうにあとをついてくる。まるで秋空ののんびりした雲のように。学者は頭のなかで、ここ数日の収穫を整理した。最初の晩に送別の儀式で採録した資料は収穫に限りがあった。儀式はすでに明らかに近代化と漢化のあとが残っていた。葬送にもどの家からも一人ずつ出席するわけではなくなっていた。唯一記録に値する話は、ノートに記録していた。それは祖父の口述だった。秋の部落の道路を歩いていると、四方の山々は点々と赤く染まり、楓が色鮮やかな赤色を放っている。山の下に広がる大安渓谷には千年の歌曲が鳴り響いている。村はずれまで来ると、学者は目ざとく酔っ払いのパヤスを見つけた。パヤスは学者を見ると、駆けだした。学者は大声でもどってこい、もどってこいと叫んだ。パヤスが足を停めると、追いついた学者が、どうして僕を避けるのかと尋ねた。

パヤスははぐらかしてこう答えた。脚力を鍛えているだけだ。明日、山に行ってインゲン豆を採らなければならないからな。

おじいさんの巫師箱は？　学者は数秒かけて、走ってきて混乱した考えを整理し、ちょっと乱れた動悸をしずめた。ひょっとしたら有意義なことが聞けるかもしれないと思った。

お前は誰だ？　どうして俺のじいさんの巫師箱のことを聞くんだ。パヤスは酒で二〇年間幻惑されてきた目を開けたが、やはり目の前の人と幼い頃の遊び友だちを合致させることができなかった。彼はまた強調した。巫師箱のことを聞いてどうするんだ？

学者は、パヤスがやはり自分のことを覚えておらず、どこか普通でないことに気がついた。もう一度、二〇年前のことを話しても、アルコールで侵されたパヤスの頭はもう回復しようがないだろう。学者はふたりの関係を説明するのをやめ、番刀を握ってイノシシののどに投げつけるように話した。僕は人類学者だ、タイヤル族の死の儀式について研究しようと思っているが、あなたのおじいさんの巫師箱が儀式の秘密を明らかにしてくれるかもしれない。

お前はタイヤルじゃないのか。パヤスは彼に向かって頭を振りながら言った。何が研究なのか、俺にはわからん。生活しかわからん。俺のじいさんの巫師箱にも何の秘密もない。それにだ——パヤスは自分の頭を叩いたが、まるで酒の虫を叩き出そうとするかのようだった。それにだ、俺はもう酔ってると言った。

あなたのおじいさんの巫師箱が何に使われるか知っておくべきだね。学者は諦めずに追求した。巫師箱だって、巫師箱はもう俺のじいさんの墓のなかだよ。じいさんに聞けよ。アル中のパヤスは、タイヤル族のブラックユーモアで答えた。お前、巫師箱を開けてみたらどうだ、箱のなかの白へビがまだ死んでいなければ、何か聞きだせるかもしれんぞ。パヤスはそのとき自分が言った冗談に笑いだしたが、その笑いは学者を侮辱してしまったように思い、すぐに自己弁護して言った。俺はあんたを笑ったんじゃないんだ、ただ白へビがまた生き返ったら、面白いなと思っただけだよ。面白いと思わないか？ パヤスは学者が何とも言えない表情で気分を害しているのを見て、可哀想に思い優しく提案した。ユタスビハオと話したらどうだ、ユタスはいろんなことを知ってるよ。同級生のパヤスはまたうたぐり深く強調した。お前、ユタスビハオが誰か知ってるだろ！

学者は幼なじみが話すのを聞いていた。思わずきまり悪そうな顔になったが、それは部落に急いで帰る途中で、河原で孤立したときとまるで一緒だった。彼は半月前の夕刻、河床の石が落とし穴のように剝きだしになったのを思い出した。彼は河原がすぐそこに見える盡尾山麓の部落を眺めていた。ただ、石ころが重なり合っている大安渓の河原で、部落への道が見つからなかったのだ。そのあと、うしろから運搬車のゴーゴーという大きな音が聞こえてきた。その音には呼びかけに似た、神秘的な気配があった。パヤスがユタスビハオに話しを聞くべきだと言ったとき、彼はもう一度呼びかける神秘的な気配を耳に感じた。このような気配はある種の理解しがたい情報に合わせて現われるもので、今回のそれはパヤスによってもたらされた。だから、彼はパヤスの嘲笑に近い言動を許していた。彼は足早に山上の畑まで歩いていくと、畑には神秘な光が射していた。そのあと学者が光の環のなかに入っていくのが見え、数日後にはまた畑にぼんやりと広がる光りの環のなかから下りてきた。

老人ビハオは無気力にアワ畑の雑草を抜いていた。部落のほとんどの族人はもうとっくにアワの栽培をやめており、彼らが都会から来た観光客に「アワ酒」と言っているのは、実は普通の田んぼの「もち米酒」だった。老人は湿っぽい泥土に向かって軽蔑するように、もち米酒なんて、アワ酒のまろやかさの比じゃないよと言った。秋雨のあとで、雑草が畑いっぱいに広がっていた。ビハオはしょぼつく目をあけたが、アワと雑草がほとんど見分けられなかった。両者を区別するために、ビハオは泥のうえにひざまずき、うつむいて、驚異的に繁殖した雑草を抜いていた。ビハオは休憩の短い時間には、長年会っていない孫を思い出していた。孫はもうオス牛ほどに大きくなった。いや、孫のややひ弱で青白い顔は、白い顔のムササビのようだと言うべきだろう。夜は木の枝を飛びまわり、昼間は木の穴にこもっている動物のようだ。今度しばらく一緒にいるのはなぜなのか、老人には孫がしていることがよくわからなかった。いつも、ものを持って部落のあいだをあっちこっち動きまわり、家に帰ってくると、訳のわからないおかしなことを聞いてくる。老人は本当は、昔はどうだったこうだったと答えたくなかった。ただ自分が死んでから、祖霊が知らない墓地に葬られるのが心配だった。虹の橋を渡れなければ、野をさ迷う孤独な霊になってしまう。彼はかつて、生前の頭目に自分の願いを言おうとしたことがあった。が、この日本人が推挙した老頭目は、死んだらどんなふうに埋葬されるか、誰にもわからないと言った。老人はこのひと言に悩んだ。どのように死者を埋葬すべきか知っている人はいないし、死者の考えを尊重しようとする人もいない。老人がやっとのことで立ちあがったとき、山道を人が移動しているのが見えた。その人が小屋まで歩いてきたとき、老人はまた驚いた。虹を見たのだ。虹は空中に浮かび、きらびやかな色彩に輝いている。虹の橋は山小屋の屋根にかかり、さらに大きなカニが、誰かを招き寄せるようにその上にたたずんでいるのを見たのだ。

虹の橋を見たかい。これは老人が小屋にもどって孫に言った最初のことばだった。そのことばには、ある種の恋慕の情が満ち、学者も呼びかけに似た気配を感じた。

ユタス、見たんですか？

見たよ、屋根のうえにかかっていて、わしを迎えて、帰ろうとしている。

学者はそのことばを聞いて、目の前の老人のことを悲しく思った。祖父はもう死ぬ準備をしているんだ。祖父は虹の橋を見たのだ。虹の橋は、部落の人たちが祖霊のところに行く道だ。老人は逆に孫を慰めて言った。お前は何を悲しんでいるのだ、悲しいのはわしだよ。

ユタスはどうして悲しんでいるのかな？　学者はわからなくて尋ねた。

わしが死んだら、お前たちはわしを共同墓地に埋葬するだろうが、わしは共同墓地には行きたくないんだ。老人は自分が心を痛めているわけを話した。

なぜ共同墓地に行かないんだい。老頭目が亡くなったときも、共同墓地に送られたじゃないの？

昔、亡くなった人も皆、共同墓地に埋葬されているよ！

学者はいくぶん悲しそうにそう言った。以前、アメリカでのフィールド調査ではよく、死に直面した人と死について話し合ったが、自分の祖父と面と向かって死について語る経験は、人生で初めてであり、また最後だった。彼は死の手がまさに少しずつ老人を引っぱっていくように感じ、その感覚にこれまで感じたことのない恐怖を覚えた。それで老人には幼い子どものものとしか感じられない幼稚なことばを口にした——死なないでね、いい？

わしのからだを見てごらん。老人が上着を引っぱりあげると、すぐに、生気のない九〇歳の体が、まるで水気のなくなった樹皮のように学者の目の前に現われた。すっかりだめになったよ。わしにはポロポロと裂ける音が聞こえるよ。わしは共同墓地で死にたくない。わしは自分のベッドの下で死にたいんだ。

僕はどうしたらいいんだろう。学者は言った。死んだ人の始末をしたことがないし、追悼会に出るだけで、他のことは何もできない。

わしが教えてやろう！　老人は死ぬ前の悲しみを一変させ、突然、驚くべきことばを発した。わしが自分の父親を埋葬したような、昔からの埋葬方法を教えてやる。老人は竹のベッドを指しながら、頼むように言った。この下に、わしを埋めてくれ、いいな。

学者は仕掛けに首まではまったように辛そうに言った。わからないよ。しかし、神秘的な力が学者の目を、老人と竹のベッドの下に向けさせた。竹のベッドの下の湿った泥土から、怪しい光りがもれていた。老人はもう一度頼むように言った。わしに虹の橋を歩かせてくれ！

学者は竹製の背負い籠を背負ってベッドの下の土を掘りはじめた。はじめは土と竹のベッドのあいだで窮屈そうに作業をしていたが、足の長さほどの深さまで掘ると、仕事はしだいに楽になった。老人は孫が休む短い時間を利用して葬儀などの注意点を教えた。これからは部屋にお碗をひとつ余分に用意するように言い、食事のときはあたかも老人がそばにいるように、話をするようにと言った。学者はどうしたわけか、祖父の話を聞いて覚えるだけで、ノートに記録しようとはしなかった。頭のなかには忘れがたい情景が映像のように流れていた。

穴を掘り終ると、老人は穴に座ってみた。そして孫には、皆、覚えたかというのを忘れなかった。学者はうなずいたが、目まいを覚えた。疲れたせいかもしれないし、現実の中心に近づきすぎたからかもしれなかった。これまで、今日のように深いフィールド調査をしたことがなく、そのため息遣いも荒く、息がつまりそうだった。祖父は木の枝のような両手を伸ばし、手のひらを上にかざしてガランとした部屋に向かって言った。わしの手のひらの色を見たかね。老人は独り言のように、赤い手のひらだ、そうだろう、と言った。学者は薄暗いベッドの下で祖父の手を見たが、その両手はまるで時間の手のように、学者を百年前の歴史の世界に押しもどした。手のひらは薄暗いなかでしだいに赤みを帯び、まるで五尺下の土のように赤くなった。老人は楽しそうに、カニは検査してくれると言った。手のひらの赤い人はパパワッグに行くことができる。カニの目はお前たち若いものよりずっとはっきりしているんだ。お前は外に行って、虹が来たかどうか見てきなさいと祖父が言った。学者は外に出た。すでに真っ暗な夜だったが、なんと彼の目の前には真新しい橋、呼びかける気配を漂わす虹の橋がかかっていた。

老人ビハオの葬儀は完全に学者ひとりの手で行なわれた。葬儀はここ数十年に見られたものとは異なり、部落の老人によると、彼らが生涯で見た、最も完全な伝統的な葬儀で、服装以外は、ほとんど文句のつけようがないということだった。僕ら若い世代も葬儀の厳粛さと荘厳さに感銘を受けたが、唯一無礼で突飛だったのは、アル中のパヤスだった。僕らは皆、アル中のパヤスが学者に投げつける失礼なことばを聞いた。パヤスはもごもごとこう言った。お前はお前のじいちゃんを殺したんだ、そうだろ？　僕らはすぐさまパヤスを彼のねぐらに連れて帰り、懲罰としてベッドの前の柱に縛りつけた。パヤスの酔い加減から見れば、おそらく自分でも何を言っているのかわからなかったのだろう。翌年、我らの学者はついに本物の学者になった。彼は帰ってきて豚を三頭殺し、部落の皆にご馳走した。そして、ほろ酔い気分で、僕の成功は部落に頂いたものですと言った。このことばは耳に心地よかった。僕らも彼が学者になるのを手伝ったひとりのように感じられた。パヤスは相変わらずその後も数年間、酒を飲んで暮らしたが、彼がいつも口にする失礼な言葉を、僕らは同級生の学者への嫉妬と悪意の攻撃だと見ていた。しかし、その後、数年経たずにパヤスは肝硬変で死んだ。彼の攻撃も一緒に土のなかに埋められたが、いまからよく考えれば、老人ビハオの死には疑問がないわけではない。だが、誰が九〇歳の老人の死を追究するだろうか。七〇歳、八〇歳の老人は皆、亡くなり、もう誰も老人ビハオがどのように死んだか追究する人はいない。いわんや、僕らはこうして最も伝統的な葬儀を行ない、いわんや、部落から博士が出たことは、県長が出るよりさらに栄誉あることなのだから。そうでしょう！

タイワンマス

彼の顔にいつもゆえ知らぬ影が漂っていたのを覚えている。私は高山の木の葉の影が映っているのだと思っていた。そこは一六〇〇メートルの高地にある小さな農場で、大甲渓〔源流は台中市和平区〕の支流にある。青山発電廠〔大甲溪発電廠青山分廠の旧称〕からの下線道路には、日本統治時代の理蕃道路が拓かれていた。三キロ先は両側に高く聳える岩壁で、そこは手作業で匕《フォ》状に掘られた歩道となっており、その道幅はちょうど一六〇〇CCの小型車が通れるくらいだった。農場は、もう使われていない木の柵のある管制所を過ぎた、めったに見られないほど深い森の奥に隠れていた。達芙蘭のタイヤル人はみな彼を「ボーターの子ども」と呼んでおり、北部復興郷から来たタイヤル人という意味だった。ボーターは言い伝えでは、タイヤルの移動史のなかで最も有名な英雄で、石門ダム上流の史馬傭人を追い払い、その蕃刀の血は台北盆地まで流れたと伝えられている。農場で最も神秘的なのは、小さな川に陸封されたタイワンマス〔桜花鉤吻鮭〕で、私たちはいまのところ七家湾渓〔雪霸国家公園の武陵農場を流れる〕にしかいないと考えている。ところが惜しいことに、彼は変わった気性で、これまで他所の人には売らないし、自分でも食べないのだ。ただ中央から来た政府の大物役人だけがありつけるのだ。このような役人たちは、七家湾渓を視察したり、見物したりしたあと、その日の晩餐には農場から来た美味しいタイワンマスが用意されるのだ。私はタイワンマスにはとくに興味がなく、達芙蘭人の伝説に興味があった。農場はもともと達芙蘭人の先祖の地で、頭目のハヨンはここで耕作し、さらに部落の人びとの土地の面倒をみてきた。おおよそ三〇年前に、達芙蘭人が言うには、北方から来た人がある不可思議な方法で土地を手に入れた。その人はひとつの秘密を頭目に売ったのだ。今のところそれがどんな秘密か知っている人はいない。頭目の腹心のひとりだったロシンが、酒を飲んでいわくありげに何やら少し漏らしたことがあった。ロシンが言うには、「ボーターの子ども」が部落の人びとに話したことだが、彼はかつて警備総司令部に尋問されたが、彼の口は針で縫ったように一字も漏らさなかった、そしてわしを怒らせる奴は誰でも大甲溪に放り込むぞと言ったと、ロシンは強調した。私は資料をあれこれ読み、最後の事件は、一九七三年に桃園復興郷のある校長が山地青年隊を組織して反乱を起そうとして訴えられたという事件だったことに気がついた。私は今でも覚えているが、彼の声は震え、読書人の気質が彼の話を冷酷でタイヤル人によくある情熱に欠いたものにしていた。話が終わると、屋外の空には星がなく、冷たさと暗さが私がそこを離れるまえに最後に感じたものだった。そのような夜空はめったになく、九月の秋空にはあるはずもない夜空だった。

大濁水渓〔別名、和平溪。花蓮県と宜蘭県の県境を流れる〕から思源啞口《あこう》〔台中県と宜蘭県の県境。海抜一九四八メートル」に登っていくと、「鹿角がいっぱいある美しい場所」に入る。フィールドワークをしている頃は、私は環山をこう呼ぶのが好きだった。梨山を過ぎると、達芙蘭人の言い方を思い出し、中部山区で北から来た人を訪ねるのはとても面白いものだと思った。車を管制所の入口に停めて、林の影になった小道に入っていった。道端の小さな渓流は川底まで澄んでいて、斑点が対称的についたタイワンマスがゆったりと泳いでおり、知らない人が来ても少しも恐れるふうもなく、かえって農場主を驚かせた。私は自分がこの近くに住んでいて、移動史の研究に興味があることを話した。農場主は、実際のところかなり年を取っており、「歴史を学ぶことはいいことだが」と言いながら、小屋から自家製の米酒を持ってきて、倒木に座って私に一杯くれると、また頭を振って言った。「けど、それだけじゃだめだね」

私はこの林に囲まれた小さな農場を一面の湖のように感じた。さまざまな音が飛びこんできてもまるで湖水に落ちたように音がなくなり、私たちのわずかな対話が静かな山林を驚かせているようだった。北側の雪山山脈は振り上げられた何振りかの蕃刀のようで、刀の背には陽光の輝きはもう見えなかった。酒を二、三杯ひっかけると、筋肉が酒の効果で柔らかくなり、心もひとひらひとひら漂う雲のようになった。私は意外にも気が大きくなって、拷問されても部落の人びとを裏切らなかった老人の勇敢な行為を称賛した。農場主は数秒盃をとめると、ゆえ知れぬ暗い影がその顔に浮かぶのをはじめて目にした。私は高山でゆれ動いている木の影だと思ったのだ。その瞬間、私は我に返り、農場主が怒りださないうちに、退散しなければと思った。

農場主は宙に浮かせたままだった酒を飲み干すと、少しもとがめるようすもなく、かえって悟ったように大きく息を吐いてしゃべった。

「こどもよ、タイワンマスの物語を聞きたいかい？」

私は喜んで同意した。しかし、農場主は容易なようで、実行するのが難しい条件を出した。

「わしが話し終わったら、あんた思いどおり書いてくれ」

以下は、私の筆記内容で、農場主は主として国語〔標準中国語〕を使い、あいだにタイヤル語と日本語が混ざっていたが、これはあの年代には珍しい言語使用状況である。


民国三九〔一九五〇〕年前後のことだ。あの頃は、わしはあんたよりまだずっと若かった。北峰区（国民政府初期の山地行政、いまの新竹五峰郷、南澳郷連線以北）には自治をめざす山地知識人の計画があった。中心人物は、日本統治時代のタイヤル族の先覚者の世代の指導者であり、のちに林瑞昌と改名したロシン・ワタンだ。わしの父の友だちの親戚で、ロシン・ワタンはその頃すでに省政府の顧問だった。後輩のわしらの世代の大多数は師範学校の学生で、おかしなことだが、いつも台北新公園の博物館の地下の図書室に行って本を読んでいた。館内には日本語の蔵書が豊富にあり、皆は競って新しい知識を吸収していたが、そうしてこそ時代の新しい青年であると感じていた。マルクスとエンゲルスが書いた『資本論』、アダム・スミスの『国富論』、さらにヘーゲル、カントの哲学、あんたは信じないだろうが、これらの本はみな誰でも読むことができて、わしらの机の上に載っていた。ベーコンは、知識は力なり、そうして知識と人民運動の結合こそが偉大なる革命であると言った。わしらは階級理論を信じていて、当時の仲間のうち、ある人たちはのちに革命のために英雄的な犠牲となり、ある人たちは思想犯として牢獄に繋がれ、その他の生き残った人たちは沈黙したままか、そうでなければ社会主義の理想に背いたかだった。

　台北に日本統治時代の「山地招待所」、いまは「山地会館」となったところがあるが、そこはわしらがいつも会合を開く場所になっていた。わしははっきり覚えているんだが、復興郷高義〔現、桃園市復興区高義里〕に住むテム・シャダという名前の教師がいた。歳はわしらより少し上で、台北師範の先輩だった。あの日、土曜日の午後だったが、彼が駆け込んできた。手に共産主義の小冊子をかかげていた。彼はわしら山地人が自決を生ぬるい理論で話し合っていることに大いに不満だった。とても印象深かったのは、彼の顔は働きすぎて肝臓を患ったような黒い影があらわれていたし、それに耐えられなかったのは彼のからだが小さくて醜かったことだ。椅子に座るとまるで踏みつぶされたススキのようだったし、立ちあがって意見を述べるときにはまるで罠に落ちたイノシシのようだった。彼は武装革命のない自決運動は、ブルジョアジーのロマンティックな想像にすぎないと断言した。そして、知識の伝播には時間が必要で、大衆はただただぎるような情熱だけを求めており、知識人はそのような膨大な情熱を放つための照準器だと断言した。わしはこの男の言い分には完全には同意しないが、その激しい態度には確かに圧倒された。奴の弁がわしに深い印象を与えたというより、奴の悪魔のような口舌と誘惑が皆に恐怖を覚えさせ、そして喜ばせたのだ。わしには、一瞬、ヒトラーの死んだ姿がよぎった。

　駅裏の近くに行くと、いつものようにわしらは熱い担仔麺《タンヅミエン》を食べて帰ろうとしていた。すると、暗い路地から出てきたその土地の若い連中が「死にぞこないのファナ（蕃仔）もラーメン食うのか」とはやし立てた。わしらは急いで帰ろうとしたが、テムがイスに座ったまま体を曲げると、なんとゲボッと吐き、黄色くきたない麺のきれっぱしがテーブルに流れ出た。

続く数か月のあいだ、先覚者の林瑞昌が、たまに知らない人を連れてやってきた。その人は唐山〔中国〕からやってきた人で、質素な服を着て、いつも微笑みながら、わしらの大ぼらを聞いていた。とくにそのような状況では、テム・シャダの発言はまるで個人の演説のようであり、行動の指標のようでもあった。彼はとっくに担仔麺をテーブルに吐きだしたあの小心者を演じたことを忘れていたが、わしらは忘れることができなかった。あの知らない人が唐山から派遣されてきた省山地工作委員会〔中国共産党の山地工作の組織。一九四六年五月成立〕であることを知ったのは、林瑞昌や阿里山ツォウ族のエリートらが捕まったあとだった。保密局の逮捕劇は猛烈な嵐のようで、山地の集落もなんとも言えない静けさに包まれた。そのとき、わしらはほとんどが山地の小学校に配属されており、幸いテム先輩が慎重に手配してくれたお蔭で、学校はわしらの避難港のようだった。わしらが途方もない考えから準備した「蓬萊民族自救闘争同盟」〔一九四九年五月設立〕の計画もしばらく休止すると宣言し、いくつかの簡単な宣言や十分練られていない図表、自分たちでつくったローマ字表音のタイヤル文字は、いずれも秘密裏にテムが保管していた。テムはすでに学校の主任に昇格していたので、わしらよりずっと安全だった。

一九五二年の春、県政府が、三民主義の研修に参加するようにとの電話を学校にかけてきた。わしは着くとすぐ、ふたりの便衣〔平服を来た特務〕に拘束され、刑事警察大隊の独房に閉じこめられた。床には自白書とボールペンが置かれ、わしは事情をのみこんだ。わしは革命の信条を堅く守り、口を縫ったように閉じた。そうして激しい殴打と肉体の苦痛に耐えた。拷問のために、何日目のことか忘れてしまったが、いずれにせよわしは景美看守所（台湾警備総司令部軍法処看守所。台北市中正区青島東路三号）に連れていかれた。志と信念を同じくする山地のほとんどの教師はみな集まっていた。一か月にわたって、わしらの体力と精神力は、まな板のうえで水分がなくて死にかけている魚のように、連日昏倒し、水をかけられ、痛めつけられ、覚醒されることが交互に行われた。奴らはわしが完全に意識を失ったと思ったのだろう。牢獄の外の足音が聞こえて、奴らはひそひそとしゃべり、その声はまるでミツバチのようだった。「これはあるか？」「あるぞ！」この聞きなれた密告者の声で、わしが腫れた眼を無理に開けると、鉄格子の向こうの顔にははっきりと黒いしみが見えた。

ここまで語ると、老人の体が震えだした。

「わしはすべてをあんたに話したよ。わしは歳を取ったから、いくらわしを軽蔑しても構わない、ただ、この話を書くことを覚えて置いてほしい」

僕は老人にその密告者のその後のことを話してくれるようにお願いした。

農場主は冷たく言った。テム・シャダは密告によって校長になり、いつも小さな情報を売って保密局の賞金を手にした。数年経って、入獄した部落の族人が減刑されて出獄してくると、テムは報復をひどく恐れて学校を離れ、山奥で生活をはじめ、誰とも往来せず、関係を断ち、ひとりで生きた。そして、一生故郷に帰らなかった。

「ご老人、どうしてそんなによく知ってるのですか？」

「若者よ、わしの顔の黒いしみが見えるかね。わしこそが、あのからだが小さくて醜い密告者のテム・シャダだ。わしは自分が犯した罪滅ぼしのために、ここで生きてきた。タイワンマスが脅えながら閉ざされた小さな渓流に生きているようにね。こういう方法で話すことでやっと話してしまう勇気が持てたんだ」

私は最後にもう一度彼の顔に漂う暗い影を見たが、確かにそれはどんな木の葉の影でもなく、からだのなかの罪悪、怯え、後悔が凝縮された黒いしみだった。私がこの平穏に見えながら強風が吹きすさぶ中心から抜け出すと、道沿いの小さな渓流にいるタイワンマスが尋常でない激しさで水面から飛び出した。私は車にもどって、渓谷を見ると、空はまるで真っ暗いカーテンのようで、蕃刀のようにそそり立った連峰が不安そうに動いているようだった。

車を運転して部落の家に帰りつくと、もう夜明け時分だった。ほどなくして、中部大地震〔一九九九年の九二一大地震〕が起こったのを知った。私はその後ニュース記事で、谷関から青山までの山壁が壮観な峡谷に変わったと知った。二年後、中部横貫公路がようやく通れるようになった。あるとき、私は青山発電廠を通りすぎたが、理蕃道路はもう跡形もなかった。達芙蘭人も、もう「ボーターの子ども」といった話をすることはなくなり、老人は行方がわからなくなっていた。災害は一方では記憶を創造し、その一方では記憶を壊滅する。だから私はこの物語を書いたのである。

人と離れてひとり暮らす叛逆者、ビハオ・グラス

族系

一五〇〇年、わしらはその年だと信じているが——部落の長老は安心したように眠たげに、口のなかでもぐもぐと神話のようなことばをもらした——その年の秋、わしらのミフの祖先はふたりの兄弟だったが、マバアラ（いまの南投県仁愛郷眉原部落）から寡婦となった母親を連れて、山を登り嶺を越えて八仙山の山頂にたどり着いた。母親は対岸の霧が立ちこめる一点を指差した。秋の午後、三人は海抜が高く、まるで獣の毛で編んだように落葉がびっしりと積っている地面を踏みながら、たちまち海抜七百メートルの高台にあるマアウ（またはマガウ、漢訳「馬奥」、「馬告」）と呼ばれる狭い台地まで下りてきた。台地のあちこちに緑色の山胡椒がいっぱいに生え、山胡椒の清々しい香りがつんと鼻を刺激し、疲れた両足をしっかりさせた。しかし、母親は疲れから病気になり、それで兄は弟をマアウに残して母親の面倒をみさせ、自分は美しく湾曲し石も

割れるほど鋭利な番刀を杖代わりに先に進むことにし、次の秋が来たら、番刀でつけた印を追ってくれれば、炊事の煙があがる美しい地を見つけていると約束した。

私たちミフの祖先はタイヤル人で、五百年前にはまだ髪を辮髪に編む漢人のことや、さらにはその四百年後に、武士の刀と陸軍の大砲で、あろうことか渓谷を揺るがせた長刀人（日本人）のことを知らなかった。三人はもちろん理由があって祖先の地を離れたのだった。タブーを犯したのかもしれないし、祖先の地の人口が膨張したのかもしれない。予知できない病気（小さな風邪があの時代には命取りだった）が発生したのかもしれないし、あるいは部落戦争が起こったのかもしれない。いずれにしても、彼らが離れる前には、まず頭目の家で腕と手をしっかりとあげて誓いを立て、厳しい表情をした頭目が最後に祝福の歌謡を口にしたのだ。

わしはお前たちに一枚の布のような舌、杖の結を送ろう
あらゆる風とイバラの刺がお前たちに当たらないことを願う
お前たちが足を運ぶところが平らで順調に進めることを願う
お前たちがどのような渓流の隅っこに散らばっていようと
ぼんやりと日を過ごしてはいけない
あの落ちた葉っぱのようになってはいけない
お前たちが星のように大きく明るく輝いて
周りの人たちがお前たちを賞讃し、お前たちを尊敬することを願う

マアウで暗闇のなかに輝く星のような小さな果実が実を結んだとき、弟は病気で死んだ母親の埋葬を終えて出発した。番刀で残されたあとに従って、ハクビシンが匂いを嗅ぎつけるように、河辺の小高い台地を切り拓いたところに炊事の煙を見つけた。この兄弟はその後、謙虚にスヴィイの族系（意味は「水辺に住む」で、「住んでいるところはあまり良くない」という謙虚な表現）を自称し、その後、タイヤル族のツォレ群のペイノフ系統の民族生態の変化を引き起こした。用意周到なブュンは、計略をめぐらしてミフの土地を買い、そして、罩蘭《たくらん》地区（いまの卓蘭）の客家人が越境してきて大克山《だいかつさん》に樟木を植えたために、六〇年にわたるタイヤルと客家の抗争が起こった。伝聞によれば、羅布溝社（いまの竹林部落）の青年が誤ってミフの青年を襲い、それで渓流を割譲して罪を贖ったという。この渓流は、ほかにもいろいろな伝聞が伝わっている。老人のあいだで「火花の爆発」と称されているもの、日本の偵察機が族人によって自家製の銃と弓矢で大安渓谷に打ち落とされたこと（老人の証言）、日本の人類学者森丑之助〔著作『台湾番族図譜』など。一八七七年～一九二六年〕がほとんど這うような姿勢で、険しい盡尾社を訪ねたこと、マカイというカナダ人医師（一説に神の福音を伝える人）は、大安渓上流に入ることができず、一生悔やんだこと、そして、清朝の林朝棟《りんちょうとう》は、「棟」字の軍旗を掲げて五千の大軍を率いていたが、功をあげることなく撤退したなどで、これが私たちタイヤル族のツォレ群ペイノフ系統のミフ部落〔雙崎部落〕の由来である。

このほか、人びとからひとり離れて暮らし、叛逆者のように人と交わらないビハオ・グラスの伝奇的な事跡も忘れてはならない。

水辺に住む

族人の目にはイモに似た形に見えるこの島では、いたるところに勢いよく流れる渓流を見ることができ、私たちはこれらの渓流の父パパワッグ（大覇尖山）はあらゆる渓流の源だと信じていた（のちに日本の警察は、五万分の一の地図でずっと誤っていた族人の視野を拡大した）。また歯科医師のマカイも驚きのうちに、「風の意志」を持ち、草原を駆けめぐる騒ぎを起こす民族の奔放な領域を書き残している。この点については、マカイが去ってから三〇年後に、日本人の人類学者伊能嘉矩（著作『台湾蕃人事情』など。一八六七年〜一九二五年）が、火薬の煙が充満し、大砲の音が鳴り響くなかで『台中庁理蕃史』（台中庁蕃務課編、一九一四年七月）を書き、驚きと共に証明している。

渓流の父には赤く輝く渓流が流れ、ここに最初にたどり着いた移動者のバイは「紅河」と名づけた。ふたつの山の湾曲によって、紅河は度重なる歴史的な災害を経たように、その色はあとかたもなく消えてしまった。（地球の反対側のアルゼンチンの作家ボルヘスは、次のように的確に述べている。伝統は忘却と記憶の産物である。もちろん、伝統的な河川も含まれる）しかし、それは実は消えてしまったのではなく、つつましく恥ずかしげな水を集めつづけ、それが私たちのよく知る大安渓となっているのだ。渓流はさらに勇壮に流れ続け、後に唐山から忍耐強く、そして慌ただしく黒水溝〔台湾海峡を指す〕を越えてきた唐山の男たちが建設した港に達する。その後百年も経ずに、交易し、そして嘲笑し、魂を奪った私たち「崩山八社」〔清朝時代に存在した。呑霄社、大甲東社など八社からなる〕の族人の血が、波のように押しよせて来た唐山の男たちの血管のなかで薄められたのだ。

一九世紀末期（本書の物語のビハオの時代）、大安渓上流の両岸から伸びた支流で、通常は森林に隠れた高地になっているが、そこで族人は大規模な移動や狩猟や伐採や焼き畑、さらに肝をつぶす出草（首狩り）を行なった。竹の家（人が死ねば、その家を捨て、他所に移る）に住み、スズメと争ってアワ（スズメは子どものおやつになる）を食べ、家族は同じ山に散らばって住む。彼らは文字を知らず（否定できないのは、彼らの学習能力は極めて高いことだ——皇民化教育の統計資料にあらわれている）、ただガガ（GAGA）を知っているだけだ。唐山の書物はどれも「雞爪番」と蔑視して禽獣に属するとみなし、また長刀人はさらに極端に科学的に分析して、この民族は「人間に非ず」と証明した。人間でないものを屠殺しても道徳的な罪悪感はないなどとした。*「水辺に住む」人たちは、依然としてガガ——「本当の人」の信仰を保ち、自信を持って自主的に行動した。ビハオ・グラスはそのなかでも抜きんでていた。

ビハオ・グラス

地方文史工作室では、各家庭で忘れられ散逸した写真を集めて、分類し、整理し、「社区総体営造」の成果としてまとめているが、ビハオ・グラスについてはどんなてがかりも見つかっていない。一九〇二年の長刀人の第一次「北勢蕃への前進」(官側の用語で、帝国の自己満足と「蕃人」蔑視を表わしている)を記録した総督府図録でも、あるいは一九二〇年に正式に「水辺に住む」不良蕃を移住させる計画でも、さらにその後のさまざまな祝賀行事の白黒写真のなかでも、ビハオ・グラスはまるでとらえられない風のように自由で、ぼんやりとつかみどころがなく人びとの噂のなかでゆれ動いている。「面長で平べったい、目は奥目……」、八三歳で痩せこけた瞼をやっとのことで開いて、老人がかつてした簡単な描写だった。雪山部落のあるビリヤード店兼軽食堂のおやじの祖父さんの話の内容が最もよくできている。

「あの年のことを、わしはよく覚えている。というのも、天の鉄馬が落ちてきてまもなくのことだ。不思議なことに、雪山山脈全体に雪が厚く厚く降り積もり、その冬、我が家では二本の枯れた大きな樟樹を燃やしたんじゃ。ビハオ・グラスはそのときの行動で有名になったんじゃよ。行動するまえに、大人たちが先に部落の出口のところでシリック鳥に吉凶を占った。指につけた酒のしずくを道路に均等にまき、前途のご加護を祖霊にお願いした。というのも、長刀人が大挙して侵入してくると聞いていたので、子どもより少し大きな少年たちも戦闘の隊列を組んだ。ビハオはそれで参加できたのじゃ。皆は木の茂みやススキに身を隠しながら山頂の制高点にたどり着いたとき、やって来たのはよく知った長刀人ではなく、轟々と大きな音を響かせる鉄馬であった。飛ぶことのできる、雷のような鉄馬が大安渓からゆっくりと飛んできた。皆は驚き、白昼にルドス(亡霊)を見たと思った。ビハオは慌てず、弓を構え、石を踏みしめて、イノシシが牙を剝くように、鉄馬の鼻を狙った。ムカデの毒を塗りつけた矢が放たれた。ビハオの中指と人差し指が弦をはじくと、ビハオはススキのなかに尻もちを着いた。その瞬間、我に返った人びとは皆、次々と猟銃で鉄馬を打ち殺した。わしらはこんな勇壮な銃弾の音を聞いたことがなかった。秋に巨大な獲物をしとめたと思った。あの鉄馬はきっと驚いて大安渓にころげ落ち、鉄馬に乗った長刀人は墜落して死んだ。もうひとりの機関銃を持った若者は苦痛でうめいていたが、大人たちは最初の矢を命中させたビハオに止めを刺させた。こういうことだったんだ！」

私は前に丁寧にそして細かく、結局、ビハオに会ったのかどうか問い詰めたことがあった。老人はタバコを一服吸い、それから意味深長に語った。

「ビハオは山林の風のように夏坦森林にもどっていった。わしはビハオが漂うように移動しているのを見た。わしはそれ以降このような少年を見たことがない。これは本当のことだ、ガガがわしの話を証明してくれるよ」

夏坦森林

一九一二年秋（多くのことは秋に起こる。秋の大安渓は戦闘に適している。夏は流れが激しく、冬は厳寒で、近づきがたい）、長刀人が「北勢蕃への前進」終結と名づけた行動をはじめた。日本総督府蕃務課がのちに出版した記録には、帝国主義の偏った表現がなかったわけではない。「射殺蕃人五百人、拘束蕃人二千人」という文言について、この戦役を目撃した老人ハユン・レイサは、統計資料を示すこの驚くべき数字を信じていない。

「わしが見たのは、手を伸ばした若者が真っ赤に焼けた弾薬で撃ち殺されたのと、片手の大人が砲弾を受けて部落に帰る道がわからなくなっていたのとで、ほかの老人と子どもたち、多くの人はみな紅河に逃げた。日本の警察は部落と家を焼き、立ちのぼった煙は最後には天上の雲と握手して、空をイノシシ色に塗りつぶしていたな」

その後は、数年続けて起こった旱魃と寒さで、もちろん日本総督府が実施した封山戦略（塩と鉄の物々交換を断つ）も効を奏した。唯一の例外は夏坦森林だった。

夏坦森林は巨木が林立し、陽の光が射してもぶ厚い木の葉に跳ねかえされる。ここは技術レベルの高い猟人、流亡者、半面人（あとで彼らの物語を読むことになる）、そしてビハオ一家が身を隠し、安心して暮らせる猟場なのだ。夏坦森林に行くには、仰ぎ見るほど高い断崖を通らねばならない。普通は、断崖はシカやキョンがよじ登るのに適している。もし断崖の両側の、手を伸ばしたら五指が見えなくなるような森林地帯を進むことにするなら、獰猛なイノシシに遭わないように祖霊にお祈りするしかない。イノシシを避けられたら、今度は有毒の植物にかぶれないようにお祈りするのだ。運気がぐんとよくなってからも、さらに骨と筋肉を石のようにしてしまう瘴気を吸いこ込まないように祈らねばならない。それからあなたが夏坦森林の遊び場に行こうと考えるなら、大変申し訳ないが、ビハオ一家と半面人が仕掛けた罠が、何の目的もないあなたの魂をやすやすと捕まえてしまう。これこそが夏坦森林で、族人が「クーウン」と呼び、意味は暗黒で亡霊が住む場所である。

長刀人はかつて何度か夏坦森林に勢いよく進入を試みたが、いずれも巧妙な仕掛けで撃退された。陸軍上尉の神谷一郎は、日記に謎のようなことばで、夏坦森林のクーウンの内実をこのように説明している。真っ昼間に前進しているにも関わらず、私は部隊が正に闇夜に亡霊と戦っているように感じた。

半面人

半面人は語り伝えられている人物だ。彼らは決して体の半分だけで行動している人間というわけではなく、顔の半分が黒く、半分が赤い。生まれつきなのか、あるいは植物染料で塗ったのか、その理由はわからない。言い伝えでは、半面人はどの木に隠れても発見されず、科学的に判断すれば「動物擬態」という機能を備えているというべきだろう。少食で、飢餓に耐え、狼のごとく行動する。私の考えでは、ビハオは少なくともその行動から大いに利益を受けている。半面人は、北勢蕃への前進の全面的勝利を宣言した長刀人にとって、ごく小さなかつ具体的な汚点だった。この汚点は、ちょうど体のうしろの両手が届かない背中にできた、人をイライラさせるものもらいのようなできものである。このできものが、人を不快にさせた顕著な効果は、青年ビハオが半面人と連合して日本総督府の侵入に抵抗したことから来ている。一九二〇年、長刀人は三回の秋を費やして、埋伏坪社を整理し、そこに駐在所、医療所、三〇戸の新しい家、さらに黄金色の稲穂が育つ水田をつくり、紅河に退いて飢えと寒さにあえいでいる「水辺に住む」不良蕃人や頭目に、そこに出てきて住むように籠絡《ろうらく》した。しかし、このようにして誘い、夏坦森林のできものを取り除こうとしても、どうにもならなかった。結局、日本人は人類学者を派遣し、学者は人種誌研究以外の帝国への奉仕を行ない、フィールド調査で、半面人は欠点がまるでないというわけではないことを知った。半面人の人間的な欠点は、タイヤル族の神話のなかの巨人ハルスが女色を漁るのと変わらなかった。すぐにタイヤル族の美女に誘われて夏坦森林を離れ、平坦で広々とした大安渓の河原にやってきた。鉄線で手を串刺しにしてから縛りあげられ（私たちが後に知った一九三〇年の「霧社事件」で逮捕された族人も、鉄線で串刺しにされて埔里の街を引きずりまわされて、埔里で処刑された。その手法はここに出ているのかもしれない）、人に知られないように、干上がった河床の縁に沿って速やかに東勢角まで護送された。美人はどこへ行ったかわからない。半面人が発した悔恨のことばは、当時、駐在所の巡差補（私たちはいま「派出所の公友」と呼んでいる）だったイファン・シャダの耳を驚かせた、彼の口から山々を越えて埋伏坪社の、当時はまだ土ぼこりでいっぱいの理蕃道路の上に広がった。――ビハオの話を聞くべきだよ。男の一物は家庭でお腹を膨らませるもので、それで黒熊をからかって生命を売買するものではない。

人と離れてひとり住む

半面人を失った夏坦森林は、ビハオの家族にとってまるで孤島に隠れて住むようなものだった。これはビハオが人と離れてひとり住みはじめた発端にすぎない。彼のふたりの弟は米の味が恋しくてまっさきに山を下りてしまい、彼らは新しい住まいと田畑を持った。

「お前たちの足は、田んぼの土から抜けだせないんだな」

ビハオはめったに見せない男の涙を流しながら弟に忠告したが、ふたりの弟は大喜びで河原に駆け出した。兄の忠告は落葉のうえに残し、さらには慌てて、兄の家の梁《はり》に身振り手振りで誓いを立てるという数百年前の伝統を忘れてしまった。落葉は無情にも河原に落ち、静まりかえっていた。数年後、弟のひとりが、なんと巡差補となって、死んだイファン・シャダのあとを継いでいた。この弟はだれが見ても駐在所に配給された大型自転車に乗るのがうまく、それが日本人警察官に評価されたにすぎなかった。しかし、私たちは日本の警察に秘かに使われているのではないかと疑っていた。と言うのは、巡差補になったこの弟は何度も夏坦森林に行って、ビハオに下山を勧めていたからだが、その効果はなかった。ビハオは、弟が紺色の制服を着、長髪をそり落として、しかし唇の上にはイノシシのような醜い黒い髭を蓄え、そして口では「あいうえお」といった奇妙なことばを発し、すぐには別れた弟とはわからなかった。

「お前は梁に誓った分かれたときの祈りのことばをまだ覚えているか？」

ビハオはタイヤル語で弟にそのことば言った。

「願わくばお前たちが星のように輝きつづけ、周囲の人びとに称賛され、敬われんことを。お前は星のように輝きつづけているか？」

弟は、自分の場違いな身なりをじっと見て、恥ずかしくなり山を下りた。数年後に、兄のために嫁を探してやり、山へ連れていった。ビハオ一家は、後に四人の子どもをもうけた。日本の警察は依然として人と離れて住むこのできものを怨み、そのうちの三人の子どもを、部落の黒巫術に頼んで殺した。その一生を終えるまで、ビハオは山を下りて、長刀人がほしいままにしている土地に住もうとはせず、「水辺に住み」続けて森林を愛した。私の父親はビハオの名前を受け継いだが、私はこのように文字で記録する方法で、会ったことのない祖父の行いを記念する。その一方でまた、しだいに成長し、欲望を避けられずに都市へ向かう子供たちに、次のような祝福の歌謡を残したい。

わしはお前たちに一枚の布のような舌、杖の節を送ろう
あらゆる風とイバラの刺がお前たちに当たらないことを願う
お前たちが足を運ぶところが平らで順調で進めることを願う
お前たちがどのような渓流の隅っこに落ちてようと
ぼんやりと日を過ごしてはいけない
あの落ちた葉っぱのようになってはいけない
お前たちが星のように大きく明るく輝いて
周りの人たちがお前たちを賞讃し、お前たちを尊敬することを願う

＊「人間に非ず」『理蕃誌稿』第一編（台湾総督府刑務本署編、一九一八年）に収められた「持地（六三郎）参事官ノ蕃政問題ニ関スル意見」には次のようにある。

「蕃地問題は国家問題ナリ殖民地経営問題ナリ予輩ハ人道問題トシテ之ヲ解決セント欲スルモノニアラズ這ハ世ノ宗教家慈善家ノ本務ナリ予輩ハ國権問題トシテ解決セント欲スルモノニアラズ何トナレバ禽獣ニ均シキ彼レ蕃人ニ対シテ皇化ノ普及國威ノ宣揚ヲ絶叫スルノ必要ナケレバナリ」

父

ヤパは？

10

ヤパは七〇歳になった。数年前から酒を飲まなくなった腹は、いまではアマガエルのようにふくれあがっていた。頬は、衛生所からもらった入れ歯を失くして、谷のように凹んでいた。昔はまだ入れ歯をはずし、それを地上に這わせて孫を驚かせていたが、そんなブラックユーモアを備えた父がいなくなったのだ。

2

七〇歳の父は、六〇歳の頃はやはり酒がなにより好きだった。あの頃、私はよく深夜の一本の電話で、街の借家から二時間かけて部落にかけつけ、米酒《ミーチウ》でへべれけになった父を、小さな町の総合病院に連れていった。通常、父は酒を一滴、口にすると、抑えきれなくなって連日飲みつづける。神様が苦労してこの世を創られて休息すべき七日目になると、父の酒の虫はすでに五臓六腑をむしばんで、無残に枯れた秋の落葉のようにしてしまう。かくて電話が来るのだ。おかしいのは、父の酔っぱらってぼんやりした眼は総合病院の看板が見えると、半分酒から回復し、さらに昔なじみの医者が首にかけた銀白色の聴診器を胸のまえでブラブラとさせているのが眼に入ると、意識はもう半分回復しており、続けて父が医者にここ数日の荒唐無稽な行動を詳しく話すのを聞けるようになる。私は内緒で医者に最も厳しいことば（もう一滴飲むと終わりですよ、あなたの肝臓は河原のごろ石のように硬くなっている……）で父をおどかしてほしいとお願いしたことがあった。しかし父は変わらなかった。諸葛孔明《しょかつこうめい》が敵将の孟獲《もうかく》を七度逃がしてやったという七《しち》縦七擒《しょうしちきん》の物語以上に入退院を繰り返し、一度、胃から吐いたブタの血のような熱くて、生臭い血の塊が、私の手のひらで震えているのを見て、父ははじめて閻魔大王の恐ろしさを本当に知るようになり、それからはもう酒を飲まなくなった。こうしてもう一〇年余りが経った。

ただ、父は姿を消したのだ。

「帰ってくるわよ！」

3

ヤヤが、九二一大地震〔一九九九年〕の仮設住宅の共同炊事場からこう言うのが聞こえてきたが、その口調には緊張も嬉しさもなく、その声は鉄製のフライパンでタケノコやひき肉をジャージャーと炒める音にまぎれてしまった。

酒を断ってからの父は、早朝の太陽が森のなかの動物や植物を照らしだす前に、またあるときは月が蛋餅《タンピン》のように海に入って泳ぎだす頃に、果樹園専用の運搬機にまたがり、ビニール紐を引いてエンジンをかけていた。運搬機は三〇年前の農耕牛より勇壮で威力のあるうなり音を出していた――ボンボンボン、ゆっくりと力強く、果樹園の中腹に向かって進み、運搬機の鉄の牛は四本足で一歩一歩登り、部落で唯一の広々とした道を踏みしめ、吠えるような音が静かな空気を打ち砕き、振動が広がって地面から部落のベッドの脚に伝わった。美しい夢の邪魔をされた族人たちはベッドから飛び降り、寝ぼけたような声で叫ぶ。ノパス　バレイ！（またノパスに違いない、本当に）このときが父の最も得意なときだった。正面から見ると、父はまるで運搬機の大きな牛の顔のように見えた。この牛は夜のまとわりつくような網を楽しげに突き破って、甘い香りのする果樹園に向かって突き進んでいった。丸い太陽が雪山山脈を越えて刺すような光を放ちだす頃、父はすでに果樹園の仕事を終えて、おとなしく仮設住宅に引きあげていた。その頃、部落じゅうがようやく本当に起きだし、中学生は長い背負いかばんを引きずりながらバスに乗って学校に行く。小学生は運動場で青天白日満地紅〔中華民国国旗〕に向かって敬礼し、公務員は三菱か国産のフォードに乗って近隣の町に出勤する。若い酔っ払いたちは徳懋《ダーマオ》商店のまえのテーブルで保力達《パオリータ》入り米酒（米酒に栄養ドリンクの保力達を混ぜる）を飲みながら、握手をしたり挨拶をし合ったりしている。皆はそれぞれの場所で生活をはじめているのだ。まさに井戸水は川の水を侵さず、黒熊はイノシシを侵さない（互いに縄張りを荒らさない）という風情だった。

しかし父はとうとう仮設住宅にもどってこなかった。私ははじめは父の不在を意識したが、しかし急いで分校に授業に行かねばならない状況で、そのような意識はすぐに消えたが、午後になって授業を終えると学校から帰った。

4

果樹園の作業小屋は竹で造られており、建て増しされたあずまやにはテーブルが一台あり、そのテーブルには簡単な鍋や食器類が置かれていた。そして、黄色い土には石が三つ置かれてカマドとなっていた。私は父が、国民政府の接収員が白い馬に乗って、部落に公示を伝えにきたときのようすを話してくれたことを覚えていた。白馬の役人はあの黒く焦げた三つの石でできたカマドを見て、すぐに大喜びして、我々の三民主義とは皆がご飯を食べられることだとはっきり言った。つまり、お前たちが三つの石でつくったカマドと同じように、三民主義の具体的な象徴だと。

話しによると、白馬が飄然と立ち去ったあと、しばらくのあいだ族人は三つのカマドを見ながら「三民主義、統一中国」と口にするようになった。前のことばは、もちろん皆が食べるご飯があるという意味だが、うしろのことばの意味はわかる人がいなかった。そこである人が自分で解釈して「統一中国」は白いご飯をおにぎりにして口に頬張ることだと言いだしはじめた。この新しい解釈は大変実際的で、かつ飢えを癒すことができた。だから、私は幼い頃に、山でご飯を食べるときに、父は私たち兄妹におにぎりを持たせ、口に放り込むときに、父がひと言——統一中国——と言い、私たちも「統一中国」と続けて、それからご飯を食べたことをまだ覚えている。一番いいのは塩をまぶすことで、ひどい空腹が嘘のように消えた。

竹の小屋は錆びた鉄の鎖で戸締りがされていて、竹で組んだ窓からのぞくと、父は竹のベッドに寝ていなかった。部屋じゅう物音もなく、人がいたあともなく、室外の食器類もきれいだった。さらに私はテレビで見た西部劇のアメリカンインディアンの真似をして、目を土地に近づけ、耳で遠くの振動の音を聞こうと試した。こうして鉄牛のかすかな痕跡を探そうとしたのだがうまくいかず、這っているタイワンハブに驚いて三メートルも飛びのいた。

父は果樹園に来なかったのだ。昼間まる一日いなかったのだ。私たちがあとになると二度と「統一中国」などと叫ばなくなったと同じように、嘘のように消えてしまったのだ。

果樹園は、実は父のものではなく、父の一番上の姉が死ぬまえに遺言を残し、父に無償で七年使わせてくれたのだ。

どうして八年や一〇年、三年や五年ではなくて、七年なのか。「七」というこの美しい数字は、キリスト教の神様がこの世を創られて七日目の休息日でもあることを知っていたが、伯母は決してキリスト教ではなかったし、また高度な数学者でもなく、最も可能性があることとして「推測」されるのは、伯母が臨終に際してたまたま伸ばした力のない指が、ちょうど親指と人差し指で「七」の形を形づくっており、そのあと、伯母の腹違いの弟——父のあの谷のような顔——に目をやったので、こういうことになったのだ。このようなことはいつも夢か幻のような生死の境で起こるものだ。空気が動かず、周囲の皆がしばらく呼吸を止め、ハエやカさえもおとなしくしているときに、特に富豪や政治家の臨終の際に起こる。この種の推測や誤差は、死者の生前の姿勢やちょっとした仕草、切れ切れのことばと共に、慢性肝炎のようにたちまち普通の庶民の耳に流れこみ、ひとつひとつの伝説や神話となる。そのなかでは蒋経国の浙江なまりの「ちょっと待って*（你等會《ニードンフィ》）」が最も味わい深い。父は伯母が伸ばした指を見て、とうとう涙を顔いっぱいに流し、姉弟の情に胸がいっぱいになる。霊安室に移されると、その後、父は室外で姉の霊を見守ってくれている人びとに昔のことを話した。それは父が孤児となった一一、二歳の頃の日本統治末期のことだった。駐在所の日本人警察官は水田に用水路を引くために、それぞれの家から男子をひとり出すように命じた。父は家の唯一の男子で、どの男子にも一定の仕事が割り当てられた。大安渓の河原から、ドカン（男の背負い籠）に入れたごろ石を五袋分、山の中腹の鉄線が張られた工事現場まで運ぶというものだった。一一、二歳の父はドカンを二度背負って運んだが、太陽はすでに大安渓の谷に沈もうとしていた。すでに嫁に行っていた伯母は、こっそりと布団を持ってきて大人の男にドカン三つ分のごろ石と交換してもらい、弟の足らない分を補ってくれたのだ。

父は族人のまえで石を運ぶ格好をまねをしてみせた。腰を渓流のエビのように曲げて、よろよろと歴史の階段に向かって進んだ。現場監督の日本人警察が大声で叱責するようすを想像し、それから不注意で草むらに転げ落ちる演技をして皆を笑わせた。そこは伯母のいる霊安室から棺桶三つ分離れた場所でのことだった。父は言った。

「マホンは本当にいいお姉ちゃんだったよ!」

死者につき添っていた人びとの笑い声に、死化粧をした伯母の固く結んだ唇も虹の橋のようにゆがんだ——かすかな微笑みだった。

まだら模様の玄関の戸を開けると、伯母の夫が年老いた口を開けて言った。ノパスは、ここに来てないぞ!

6

まだら模様の玄関のある庭は、昔はきっと目を奪われるほどの豪華な風情だっただろう。私は小学校二、三年生になってはじめて、私に伯母がいることを知った。伯母は金持ちに嫁いでいた。

金持ちの家は、部落ではあまり見かけない細かい石を混ぜたコンクリートの建物だった。ある年の賑やかな正月に、父は私の手を引いて伯母の家にやってきた。途中、父は私に懇々とおどすように、笑うんだぞと言った。そして私には意味不明なことば「恭喜発財《ゴンシーファツァイ》（商売が繁盛しますように）」を言うように言った。さらに「おばさんは鳥のように美しいです、おじさんは国民党のようにかっこいいです」と言うように言った。それから、伯母と伯父がお年玉を私にくれたら、私はお年玉を父に渡し、父はお年玉の袋のなかのお金で徳懋商店へ行って米を買うことができると言った。米があれば我が家は餓えることはない、餓えない族人は三民主義だ。ところが本当におじに会うと、私の口はおどされたセンザンコウのように丸まってしまいなにも言えなかった。その後、町に出て国民中学校に通うようになっても、私の口下手はほとんど自閉症のようだったが、それがおどされたセンザンコウの延長なのか、自分でもよくわからなかった。しかし、数千人もの客家人の同級生がいる学校では、陰湿な菌類のように私は太陽の光をさけてひっそりと生きていた。中学三年のときの創立記念日のことだ。クラス代表が教室で、一人ひとりに競技種目の徒競走、リレー、幅跳び、ソフトボールなどを割り当て、最後に「棒高跳び」の種目が残った。同級生たちは皆、自分の競技が決まり、応援団ももう決まっていた。しかし、私にはなんの種目も割り当てられなかった。いや、ないというのではなかった。私はまるで存在しない泡のように陽にあたると、破裂して消えてしまうのだった。結局、私には棒高跳びが割り当てられた。これは人気のない競技だった。競技場は運動場の端の河床に近い工芸教室のうしろの砂地だった。最初は二メートルからで、クリアすると三〇センチずつ高くなる。私は山で、竹竿で飛ぶような遊びをしたことがあることを思い出し、これは簡単だと思った。競技がはじまると、別のクラスの選手がまるでイナゴのようにそわそわと、身長の二、三倍もある竹竿を持ち、前方のくぼんだ穴に向かって走った。一番目、二番目と飛んだ選手が、バーに引っかかり、三番目の選手は優美なスタイルで空飛ぶ鳥のように跳んだが、意外にもドサッと落ちた。ポールが真っ二つに折れてしまい、棒高跳びの器材はこの折れた竹竿しかなかったので、競技は中止になった。国民中学の三年間を通して唯一参加した運動会は、このため散々なものとして私の記憶に残り、まるで空疎な冗談のように私の人生に影のようにつきまとった。

まさか父も私に空疎な冗談を仕かけているのだろうか。

7

父の従弟を訪ねようと思った。

おじの家は下の部落にあり、おじは父が孤児となってからの遊び仲間で、もう六、七〇歳になる老人だった。

私がおじを知ったとき、彼はもう六、七〇歳だったこと覚えている。おじは日本統治時代の早い時期に部落では珍しい警察補だった。いまの言い方だと、派出所の補助員だ。父の話では、ある年、駐在所に先進的な交通道具――鉄馬が新しく配備された。そこで日本の警察は部落の族人に、この石のように硬い鉄馬をあやつって下の部落の小さな渓流まで行き、駐在所まで戻ってくることさえできれば、誰でもなることができると言った。なるのは、天から落ちてきた贈り物のように貴重だった。若いおじは、ほかの族人たちが次々と膝や腕をけがしたあとに、勇気を奮って鉄馬に挑んだ。鶏の足のように開いた足の指でしっかりとペダルをつかみ、両手は鉄馬の両側を握った。一足踏みこむと、鉄馬がでこぼこの石の道を走りはじめ——まるでイノシシが人間の汗の臭いを嗅ぎつけたように——ススキを押しのけまっすぐ前に突き進んだ。それからまた、汗まみれの顔を苦痛にゆがめながら駐在所まで登り、ついに巡差補の職を射止めたのだ。その後の四、五〇年にわたる得意満面の生活がはじまった。私は、その後、社区総体営造の古い写真のなかで、おじの日本の警察の巡査補の制服姿を見たことがあるが、腰には象徴的な木のサーベルを下げ、口もとには日本人をまねた、まるでイノシシの切られた黒い尻尾のような、黒いちょび髭を蓄えていた。しかし、まるで歴史から逃げだしたかのように、どの古い写真のなかにも祖父はいなかった。父の言い方では歴史を「拒絶」したのだ。というのは、祖父は初期の頃、日本の警察を襲撃する戦争に加わったことがあったからだ。日本の軍人と警察が連合して行動した「北勢蕃への前進」戦役で、族人と一緒に猟銃を撃って低空飛行する日本の偵察機を打ち落とし、雪山坑上流に墜落したその偵察機は、爆撃されたワラ葺の家のように濛々と煙をあげていた。おじは巡査補になってから、祖父が夏坦森林で大型の獣を追い求める苦難の日々を送るのをやめて、部落に移ってくることを願ったが、反対に祖父に叱責されてしまった。

「お前の醜い髭は祖霊の心から遠く離れてしまった」

祖父は生涯、夏坦森林でアワを植え、野性の生き物を獲る生活を貫いた。米を食べ、ふたつの太陽のもとで生活する族人と一緒に暮らすことを望まなかったのだ。

私はどうしておじと祖父を思い出したのかわからない。まさか漢人が言う「蛙の子は蛙」の諺を確かめたのだろうか。行方が知れなくなった父は、祖父のあとを追って夏坦森林にもどっていったのだろうか。しかし、夏坦森林はもう行政院農業委員会の低海抜特有生物研究中心と国有林になっている。設計した国家が林に隠れて発見されないということがあるだろうか。

8

「お前のおやじは本当に冗談が好きだったなあ！」

去年の漢人の正月のとき、僕が父の言いつけ通り、一族の家々にブタの頭をひとつずつ贈ったところ、猪八戒のようなブタの頭を見て、おじはこう言った。

「こりゃ、一か月ほど煮ないと食いおわらないね！」おじは本当に冗談が好きな人のようだ。

「昔、お前がまだ生まれていないとき、お前には兄さんと姉さんがいたんだ。でも、ふたりとも巫術に呪われて死んでしまった。だから、お前のおやじは女の子をひとり養子にもらったんだ。まだやっと三、四歳で、部落の貧しい客家人の子だった。お前のおやじはいろんなところに行って仕事をしていたから、最も高価な克寧《クーニン》粉ミルクや可愛い洋服を買ってやっていた。一年育てた頃、客家人が後悔して、娘を連れて帰る、五〇〇元払うと言いだした。お前のおやじは体つきはクマのようだが、心はキョンのように優しく、とうとう娘を客家人にかえしてやった。その客家人は、頼という姓で、頼の家には田んぼがあってね。お前のおやじはいつもあの娘を思い出しては、涙を流していた。ある日、おやじはわしに瓶を集めさせた。ちょうど春で、頼家では田植えの準備をしていた。お前のおやじとわしは、その晩、瓶を粉々に割り、その破片を田植え前の田んぼにばらまいた。翌日、頼家の人びとは田んぼに行って田植えをしようとしたが、苗を何株も植えないうちに、皆の足がガラスの破片で切れ血が出て、『わあ、なんだこりゃ！』と大声で叫んだ。あの日、わしらはススキのうしろに隠れ、スズメでさえ遠く逃げていくほど、しきりに屁をひりながら笑っていた。どうだい、おやじは冗談が好きだろう！」

「もう一回あった、昔は大雪山の林場のトロッコは小さな町に沿って『魔のロード』（大雪山稜線）まで敷かれていたんだ。国民党がやってきた。わしらはレールを売って金にすることが違法だとは知らなかった。わしらはこっそりと町の客家人に売ったんだ。その客家人は欲を出して、買いたたこうとしたが、話がまとまらなかったので、客家人はわしらがレールを盗んでいると訴えたんだ。わしらは捕まって、台中の裁判所に呼びだされた。お前のおやじはわしの演技を見てろと言った。裁判官が、お前はレールを盗んだかと尋ねた。おやじはタイヤル語ででたらめにしゃべった。裁判官はひと言も聞き取れず、それからこのふたりの山地人はとても可哀想だと言った。国語（中国語）も喋れないのに、どうしてレールを売って金にできるんだと。こうして、わしらは裁判所の命令で帰されたんだ。どうだい、お前のおやじは本当に冗談が好きだろう！」

「今日、おやじを見かけた？　おじさん」

「見てないよ、お前は冗談を聞きに来たのかと思ってたよ！」

9

仮設住宅にもどると、部落には夜の帳が下りはじめ、いくつかの星が私にまばたいた。星は、神話では、射られた太陽が空にまいた血だということになっている。傷つけられた太陽がいまの月だが、まばたく星からはどんな啓示も得ることができなかった。ところが広場で土地を提供して仮設住宅を建ててくれた牧師の地主にばったりと会った。

「どうしよう、郷公所が仮設住宅を撤去するそうだ！」

地主は長老教会の牧師だった。「九二一大地震」で私たちは一緒に新社〔台中市新社区〕の十軍団営区〔第一〇軍団指揮部〕に逃げ、二か月後に、牧師は気前よく土地を提供し仮設住宅を建ててて、被災者を住まわせてくれた。共同の炊事場を設けて、族人の「分かち合って共に食べる」という美しい伝統的な行為をまねようとしていた。しかし、いまはつまるところ共産主義の時代ではない。マルクスが亡くなってもう百年、資本主義が権力を握る時代で、族人もわずかな利益を争っていた。三年も経たないうちに、仮設住宅に住んでいた族人は、ほとんど前に住んでいたトタン屋根の家に帰った。少し能力のある者は、ローンを借りて鉄筋コンクリートの家を建てた。ただ、数戸はまだ仮設住宅に住んで、成り行きにまかせている。

「今日はおやじを見かけた？」

「見ていないよ」牧師は言った。

「数日前に、お前のおやじは山に行って暮らす、部落はもう人間の住むところじゃないって言っていた！」

「おやじは冗談を言ったんだよ！」

「かもしれないな、だけどずいぶん年を取ってしまったね」

0

ヤパは？

ヤパのことはもう派出所に届けたよ、ゆっくり寝てるんじゃないか？

夜が明けようとしていたが、私は依然として眠れずに何度も寝返りを打った。父の生涯について、家族の記憶では，父が一日帰って来なければたぶん真相がわからない。私は推測と判断ミスという罠に落ちてさまよいつづけるしかなかった。

＊ある人が病床にある蒋経国総統に、「あなたの後継者は誰？」と尋ねたところ、浙江省なまりで「你《ニー》等會《ドンフィ》（ちょっと待って）」と答えたのを、「李登輝《リードンフィ》」と聞き間違えたという笑い話に由来する。

【初出一覧】（発表順）（　）内、原題

「弔い」（祭）『聯合報』副刊、一九八〇．九．二九
「最初の狩猟」（最初的狩獵）『聯合報』副刊、一九八〇．一二．二四
「小さなバス停の冬」（小站之冬）『自由日報』一九八七．六．一〇
「この、もの悲しい雨」（這，悲涼的雨）『自由日報』一九八七．六．一九―二〇
「奥の手」（絶招）『自由日報』一九八七．一二．五
「中秋の前」（中秋之前）『台湾時報』一九八八．一〇．三〇
「夜の行動」（晩間行動）『新聞晩報』一九八八．一一．二三
「長い年月のあとのある夕暮れ」（多年以後某個黄昏）『台湾時報』副刊、一九九〇．四．二四
「私の小説「先生の休日」」（我的小説創作：「老師的假期」）『自立晩報』一九九〇．五．二一―二二
「銅像が引きおこした災い」（都是銅像惹的禍）『民衆日報』一九九〇．五．一〇―一一
「ムハイス」（ㄐㄑㄒㄓㄡㄡㄢㄣ）『聯合文学』第七二期、一九九〇．一〇
「タロコ風雲録」（太魯閣風雲録）一九九三（不詳）
「悲しい一日」（哀傷一日記）『中国時報』人間副刊、一九九六．四．二三―二四
「コウモリと厚唇の愉快な時間」（蝙蝠與厚嘴唇的快樂時光）『台湾日報』副刊、一九九七．一二．八―一二

【初出一覧】

「虹を見たか」（看到彩虹橋了嗎）『聯合文学』第一六九期、一九九八．一一
「タイワンマス」（櫻花鉤吻鮭）『幼獅文芸』第五九四期、二〇〇三．六
「タクシー」（計程車）『聯合報』副刊、二〇〇四．六．二
「野ゆりの秘密」（野百合的秘密）『聯合報』副刊、二〇〇四．八．一九
「失われたジグソーパズル」（遺失的拼圖）『聯合報』副刊、二〇〇四．八．一九
「人と離れてひとり暮らす叛逆者、ビハオ・グラス」（離群索居的叛逆者―匕昊・古拉斯）『明道文芸』第三四一期、二〇〇四．八
「独裁者の涙」（独裁者的眼涙）『聯合報』副刊、二〇〇四．九．六
「女王の蔑視」（女王的蔑視）『聯合報』副刊、二〇〇四．一一．三〇
「死神がいつも影のごとく寄りそう」（死神總是如影隨形）『聯合報』副刊、二〇〇四（不詳）
「希洛の一日」（希洛的一天）『第九届中県文学奨得奨作品集』二〇〇七．一一
「父」（父）第九届中県文学奨短篇小説奨、二〇〇七（不詳）

訳者あとがき

ワリス・ノカンは、一九六一年に台中市和平区雙崎部落（ミフ、旧埋伏坪社[1]）に生れたタイヤル族である。

本書はワリス・ノカンの二冊目の邦訳書である。一冊目は、二〇〇三年一一月に、中村ふじゑほか編訳・小林岳二解説『永遠の山地　ワリス・ノカン集』が、『台湾原住民文学選』全九巻の第三巻として草風館から出版された。

台湾原住民文学は台湾の民主化運動に連動して、一九八〇年代の台湾原住民族権利促進運動のなかから誕生した。第一世代は、小説家のトパス・タナピマ（ブヌン族）と詩人のモーナノン（パイワン族）である。そして彼らに続いて登場したのが、一九九〇年代の「部落に帰ろう（回帰部落）運動」のなかで作品を発表するようになった作家たちである。主な作家に、ワリス・ノカン、リカラッ・アウー（パイワン族）、シャマン・ラポガン（タオ族）、アオヴィニ・カドゥスガヌ（ルカイ族）、孫大川（プユマ族）たちがいる。[2] ワリス・ノカンはそのリーダー的な位置にあった。

ただ、今回の翻訳によって、ワリス・ノカンは、トパス・タナピマより早く、一九八〇年に「弔い」(『聯合報』副刊、九月二九日)と「最初の狩猟」(同、一二月二四日)を発表していることを知った。これまで第一世代とされてきたトパス・タナピマやモーナノンに先駆けて、ワリスは小説を発表しているのである。しかも、「最初の狩猟」は、そのテーマと言い、内容と言い、台湾原住民文学の最初の作品に位置づけられる。

ワリス・ノカンは、原住民族としての覚醒以降、台湾原住民部落の伝統生活や山地の風景、そして近代文明との衝突、さらに原住民族の受難の歴史、例えば、日本総督府のタイヤル族北勢蕃への進撃(一九一二年)やタロコ戦役(一九一四年)、霧社事件(一九三〇年)、さらに、中華民国総統府による五〇年代の白色テロなどについて、口述歴史やフィールド調査を通じて、さまざまな角度から作品に描いてきた。そのようなワリス・ノカンの作品については、冒頭にあげた『永遠の山地　ワリス・ノカン集』で幅広く読むことができる。(3) この翻訳書は、一九九〇年代に出版された『永遠的部落』(一九九〇年)、『荒野的呼喚』(一九九二年)、『山是一座学校』(一九九四年)、『想念族人』(一九九四年)、『戴墨鏡的飛鼠』(一九九七年)、『番人之眼』(一九九九年)、『九二一文化新福』(二〇〇〇年)などの作品集から、幅広く詩二一編、散文二七編を選んで翻訳している。一九九〇年代には、他に『泰雅孩子台湾心』(一九九三年)と『伊能再踏査』(一九九九年)が出されている。

このように活発な活動を通じて多数の作品集を出版した一九九〇年代を経て、二〇〇〇年代に入ると、ワリス・ノカンの作風は多様化し、多元化して、作品世界も台湾の原住民族から世界の少数民族へと視野が広がっていった。と同時に、文学形式にも変化が表われ、短編小説やショートショート（掌編小説）形式の「微小説」、さらに作者独自の「二行詩」など多彩な文学形式の作品を書くようになった。二〇〇〇年代の作品集には次のようなものがある。

散文集『迷霧之旅』（二〇〇三年）、短編小説集『城市残酷』（二〇一三年）、微小説『瓦歴斯微小説』（二〇一四年）、短編小説『戦争残酷』（二〇一四年）、散文集『七日読』（二〇一六年）、二行詩『当世界留下二行詩（増訂版）』（二〇一八年）

今回、ワリス・ノカンの作品集を翻訳するにあたっては、二〇〇〇年代に出版されたこれらの作品集のなかから、短編小説集『城市残酷』を選んだ。『城市残酷』は、二〇一三年五月に南方家園文化事業から出版されている。邦訳書の題名は、簡潔に『都市残酷』とした。

本書は三部構成で、第一部の「記憶柔和」は一〇編からなるが、その内の八編は微小説に類する掌編小説である。

本書には、一九八〇年から二〇〇七年にかけて発表された作品が収録されているが、最も発表年度が早いのは、第一部の巻頭を飾る「弔い」で、一九八〇年九月二九日付け『聯合報』副刊に発表されている。本編は一九七九年に起こった中越戦争（第三次インドシナ戦争。一九七九年二月一七日〜三月一六日）を背景に、華人系ベトナム難民を描いている。

次の「最初の狩猟」も発表は一九八〇年で、同年一二月二四日に同じ『聯合報』副刊に発表された。内容は、ユタス（祖父）が孫にタイヤル族の伝統である狩猟について語り、孫から「勇士になるにはどうすればいいの？」と尋ねられているその最中に、突如、イノシシが背後からふたりに襲いかかってきた。そのイノシシを間一髪、いま聞いたばかりのユタスの教えに従って、孫がとっさに仕留める話である。筆者は今度はじめて本編の存在を知った。トパス・タナピマの「最後の猟人」（一九八五年）と読み比べてみると、「最後の猟人」が、原住民族の伝統である狩猟が禁止されていることに対する異議申し立ての人権文学であったのに対して、本編はユタスの狩猟生活を継承しようとする新しい世代の孫の登場を描いている。発表は「最後の猟人」より四年早く、今後は台湾原住民文学史の上で重視すべき作品となろう。

「長い年月のあとのある夕暮れ」（一九九九年四月）は、学生時代に民主化運動に従事し、その後は思想的にも異なった道を歩いていた阿翠と羅念祖のふたりを通して、万年国会を解消するために行なわれた、一九九二年一二月の立法委員選挙当時の民主化運動をシニカルに描いている。

次の四編は、発表年はいずれも二〇〇四年である。「独裁者の涙」（九月）は、独裁者を描いた微小説であるが、この独裁者は「民主選挙で選ばれ」た総統とあるから、当時の陳水扁総統がパロディ化されている。

「野ゆりの秘密」（八月）は、屏東県の高屏渓の支流にある隘寮渓で起こった多国籍企業グループの廃棄物汚染に抗議し、母親たちが野ゆりを届けて総統との面談を求める。拒否された母親たちは野ゆりを総督府の敷地内に投げ込んだ。その瞬間発砲が起こり、死者やけが人が出る。翌年、地球の安全と環境のトップ会談を写した記録写真には、「血のような真っ赤な花が咲いていた。」総統の権力をパロディ化したブラックユーモアの微小説である。

「女王の蔑視」（一一月）は、一九四二年に警手として勤めた蕃社の駐在所で出会った若い女（「俺の女王」）と、その後、南洋に行き、「大東亜共栄圏を創造する聖戦に参戦し」て靖国神社にいる「俺」とが、六〇年後の二〇〇二年に再会する。若い女の名前は、「台湾慰安婦の名簿」に書かれていた。高砂義勇隊と台湾慰安婦、そして「東京都の靖国神社」——、本編では、原住民族を襲った戦争という重いテーマが軽妙なタッチで描かれている。

「失われたジグソーパズル」（八月）は、日本統治時代の原住民エリートを襲った一九五〇年代の白色テロを象徴的な手法で描いた微小説である。一九五四年四月一七日に、白色テロによる冤罪で処刑されたタイヤル族のロシン・ワタン（林瑞昌）は、桃園県の復興郷（旧、角板山）に住んでいたが、作品に描かれたワタンは、現、桃園市復興区の後山に位置する高坡部落に住んでいたもうひとりのワタンである。作者によると、フィールドワークのなかでの見聞にもとづいて書かれている。

「死神がいつも影のごとく寄りそう」は、発表年が不詳だが、美麗島事件の闘士であった呂秀蓮の副総統時代（二〇〇〇年～二〇〇八年）をシニカルに描いた、いわば民進党批判の作品である。なお、本編との関係は不明だが、呂秀蓮は副総統時代の二〇〇四年七月一六日に、原住民は中南米に移民して開墾に従事すべきだ、さらには、台湾の最も早い住民は「色の黒い小人」（原住民族には「コビト伝説」がある）であって、原住民ではない、といった差別発言を行い、七月二四日に七二四台湾原住民反差別デモを引き起こしている。

残る二編は、短編小説である。「タロコ風雲録」（一九九三年）は、タイヤル族（現在は、タロコ族に分類されている）に襲いかかった台湾総督府のタロコ蕃討伐、タロコ側から言えば「タロコ防衛戦」が描かれている。一か月におよぶ「最後の徹底抗戦」は、一九一四年の五月に起こった。時の台湾総督は佐久間左馬太であり、頭目はハル・ナウィであった。

「悲しい一日」（一九九六年四月）は難解な作品だ。長老教会のそばの高台にいまも日本の神社が建つが、そのうしろに一九五三年につくられた墓がある。部落の公共墓地があるのに、どうしてここに埋葬するのか。日本人は悪人だから、この日本神社のそばに「悪人」が埋葬された。「葬儀は雨がしきりに降る五月のこと」で、「家族は私を除いて、祭主の伯父らわずか数人だった」。本編には、ミフ部落（旧埋伏坪社）に伝わる白色テロの影が色濃く映しだされている。

第二部「都市残酷」の一一編は、短編小説が中心で、微小説に類するのは「奥の手」（一九八七年一二月）と「タクシー」（二〇〇四年六月）の二編である。「奥の手」に描かれた阿吉仔（アジザイ）は、日本統治時代は巡査で、皆に「大人、大人」と呼ばれていたが、いまは生かされている喜びを神様に感謝し、あるときからはただ行動だけが前のように「自由でなくなっただけ」の、衣食に恵まれた生活を送るようになった。ブラックユーモアの作品である。「タクシー」は、一九九九年の九二一大地震が、タクシーの運転手夫婦を襲った悲劇を描いている。深く心に残る悲しみに満ちた作品である。

その他の短編小説で気がつくのは、原住民社会と風俗産業の問題が多く描かれていることである。発表年月に注意して見ると、一九八七年七月一五日の戒厳令解除前後に集中して書かれている。発表順にみると、戒厳令解除前夜に書かれた「小さなバス停の冬」（一九八七年六月）は、怪我をした夫羅辛に代わって働きに出た妻イワが、風俗営業の理髪店で働き、さらにお金のために退役軍人と再婚することになった。そんな両親を五歳の子どもの描写を通じて描いた悲哀に満ちた作品である。

次の「この、もの悲しい雨」（一九八七年六月）も戒厳令解除前夜に書かれている。本編もまた風俗で働かざるを得なくなったタイヤルの女性が描かれている。弟が都会の学校で何の心配もなく学べるようにと街に出て働く姉と、一心に姉を慕う弟を描く。タイヤルの父は猟人であったが、渓谷で足を折り、生活の負担はすべて姉の肩にのしかかっていた。姉弟は傷つけ合い、そして雨のなかでふたりは理解し合う。

「中秋の前」（一九八八年一〇月）の発表は、戒厳令解除後である。だからだろうか、作品世界は明るい希望に向かって走りだすような内容である。中秋節前夜、都会に働きに出た息子のマヤランが、月餅をお土産に持って帰ってくるのを待つ老人ヤジス――。一方、父の期待を裏切って風俗の客引きに身を堕したマヤランは、その夜、店で働く同じタイヤル族の秋花を連れ出して逃げる。気がつけば、「都会のビルの林のなか」。ふたりは激しい雨に打たれながら、未来に向かって歩きだす。

次の「夜の行動」（一九八八年一一月）は、映画「ランボー」ファンの正義感に満ちた羅亭を描く。羅亭は客引きに呼び止められて風俗店に入ると、そこで働くホステスの救済に乗り出す。気がつけば、しとしとと雨が降る路上に横たわっていた。

さらに、少し傾向が異なるが、「私の小説「先生の休日」」（一九九〇年五月）と「ムハイス」

（一九九〇年一〇月）にも原住民族と風俗の問題に言及がある。前者は、原住民教師の腐敗堕落を描いているが、時代背景は、原住民族が初めて出した漢語新聞『原報』（Aboriginal post）が創刊された頃である（一九八九年一一月一八日創刊）。後者の「ムハイス」は、台湾省立師範専科学校（現、国立台中教育大学）時代の作者をモデルとして描いた私小説風の作品である。本編では、渓谷に落ちて狩猟生活が出来なくなった猟人チヌオの娘イワが、ミフ部落で雑貨店を営む悪徳商人の平地人（漢人）に騙され、加工区に就職を世話するとの名目で風俗店に売られようとしてるのを、バスケットの試合を通じて親しくなった師専生同士が協力し合って助け出すという話である。なお、「ムハイス」は、タイヤル語で「ありがとう」の意味である。

あとの三編は、次のような短編小説である。

「希洛の一日」（初出不明）の主人公の希洛は、ふたりの子どもの父親で、山で一攫千金の二葉松を探すことに執念を燃やしているが、うまくいかない。そのため借金取りから逃げるようにして、山小屋で年を越そうとする。そんな夫のところに、妻が家族皆で山小屋で過ごそうと、こどもたちを連れて山に上ってくる。希洛はそんな家族を見て、山を下りて年越しをし、これからは去年からはじめた果樹栽培に精を出そうと決心する。山道を下りる途中、遠くに見える小さな村には、「花火があがるのが見え」る。

「銅像が引きおこした災い」（一九九〇年五月）は、国民中学校に入ったばかりのタイヤル族のイブとハユンが、蔣公（蔣介石）様の銅像に敬礼をしなかったために、用務員の劉さんに摘発され罰せられる。その二週間後、銅像には「緑色のペンキ」がかけられた。なんと夜中には、洗剤でペンキを「一生懸命に洗い落としてい」るイブの姿があった。

「コウモリと厚唇の愉快な時間」（一九九七年一二月）は、コウモリと厚唇というあだ名を持つふたりの従兄弟が、大覇尖山に源を発する大安渓に魚釣りに出かけた一日を描く。コウモリは三人の子どもを持つ父親だが、妻のマホンは台中の都会育ちのために、義母の元に行ったきり帰らなくなり、子育てもしなくなった。思い余ったコウモリは、厚唇と釣りをしながら、部落に残る決心をする切ない話が描かれている。

第三部「山野漂泊」は四編からなり、各編それぞれ特色ある短編小説である。

「虹を見たか」（一九九八年一一月）は、二〇年ぶりに、博士論文の執筆のためにアメリカ留学から帰ってきた学者と祖父（ユタス）のビハオを描く。ビハオは、死後、共同墓地に埋葬されることを嫌い、タイヤル族の祖霊のもとに行く道、虹の橋を渡って死を迎えるために、ベッドの下の地中で死ぬことを選ぶ（タイヤル族は室内埋葬が伝統である）。葬儀は、ビハオの願いに応えた「学者ひとりの手で行なわれた」。学者はその後博士となる。本編はいささかミステリアスな仕立てになっているが、同級生の酔っ払いのパヤスがそのミステリアスを暴く。

「タイワンマス」（二〇〇三年六月）は、山地におよんだ白色テロによって、一九五二年一一月の「高山族匪諜事件」で逮捕された林瑞昌や高一生らが処刑される事件が起こったが、本編は、林瑞昌らに影響を受けた師範学校生の先輩のなかから出た密告者を、雪覇国家公園内の七家湾渓に陸封され、孤立して棲息するタイワンマスに喩えて描いた作品である。密告者テム・シャダの行方は、一九九九年の九二一大地震以降、杳として知れない。

「人と離れてひとり暮らす叛逆者、ビハオ・グラス」（二〇〇四年八月）は、ミフ部落の由来にはじまり、パパワッグ（大覇尖山）の渓流に住むようになったいきさつ、英雄的な人物ビハオ・グラス、そしてビハオが住む険しい猟場の夏坦森林、さらに黒と赤の顔を半分ずつ持つ半面人の存在、そして長刀人（日本人）が支配する土地に住むことを拒否し、「人と離れて住」み続けるビハオを描く。あるいは、このビハオは、作者のユタスなのかもしれない。では、次の「父」（二〇〇七年）は、作者の父（ヤパ）を描いたのだろうか。本編は、七〇歳になったヤパがある日いなくなったというトリックで、ヤパそしてユタスが、生きてきたタイヤルの部落社会の歴史を描きだす仕掛けになっている。

このように見てくると、本書は、「蕃刀」をペンに換えて文化出猟／文化出草し、タイヤルの伝統領域における生活を守り、失われゆくタイヤルの誇りを言祝《ことほ》ぐために書かれた猟人の文学である。書中には大覇尖山に源を発する大安渓に沿った各地の地名があがり、そして、そこには渓流の音とともに、山谷をかけめぐる作者の声が木霊し、時にはまた、都会の残酷さに怒りを放つ、ワリス・ノカンの表情がくっきりと浮かびあがってくる。

最後に本書の翻訳についてお礼申し上げたい。近年、台湾の華語（中国語）には、台湾語（福佬語）がかなり混じっている。さらに流行語などもたくさん使われている。そうした点について、不明な箇所は、清華大学台湾文学研究所博士課程の蕭亦翔さんにお尋ねし、一つひとつ熱心にご教示頂いた。また、台湾原住民文学研究者の魚住悦子さんには、全文にわたって徹底した訳稿の検討と修正をして頂いた。おふたりには、改めて心よりお礼申し上げたい。

本書の翻訳出版に際しては、中華民国（台湾）政府文化部の助成を受けることができた。記して深くお礼申し上げたい。

【注】

（1）林修澈主編『台湾原住民族部落事典』、原住民族委員会、二〇一八年六月参照。

（2）魚住悦子「台湾原住民族作家たちの『回帰部落』とその後」、『日本台湾学会報』第七号、二〇〇五年五月、一五九頁参照。

（3）『永遠の山地　ワリス・ノカン集』に収録された、小林岳二「【解説】ワリス・ノカンが綴る近現代史」には、「一、ワリスの生い立ち」と「二、歴史への眼差し」について詳しい解説がある。

二〇二一年一二月一一日

下村作次郎

【著者略歴】

ワリス・ノカン（瓦歴斯・諾幹、Walis Nokan）

一九六一年、台湾台中県和平郷ミフ部落（現、自由村雙崎社区）生まれ。タイヤル族で、パイ・ペイノフ群に属する。台湾省立師範専科学校（現、国立台中教育大学）卒業。花蓮県富里国民小学校はじめ小学校教諭として、さらに、静宜大学、成功大学台湾文学研究所、中興大学中国文学学科で講師として勤める。最初、柳翱のペンネームで散文集『永遠の部落』を出す。一九九〇年代になって、雑誌『猟人文化』の発行や「台湾原住民人文研究センター」の活動に従事する。

著作は、さまざまなジャンルにおよび、重要な詩集に『想念族人』、『山是一座学校』、『伊能再踏査』、『当世界下二行詩―増訂版』等、散文集に『永遠的部落：泰雅筆記』、『番刀出鞘』、『泰雅孩子・台湾心』、『戴墨鏡的飛鼠』、『番人之眼：部落観点、泰雅人説故事』、『迷霧之旅』、『瓦歴斯・諾幹二〇一二：自由写作的年代』、『七日読』等、さらに『荒野的呼喚』、『台湾原住民史―泰雅族史篇』、『字字珠璣』等の報導文学、評論集、他に小説集『戦争残酷』、『城市残酷』、『瓦歴斯微小説』等がある。

文学賞の受賞は多数におよぶ。時報文学奨、聯合報文学奨、聯合小説新人奨、呉濁流文学奨、教育部文芸創作奨、台北文学奨、西子湾文学奨、陳秀喜詩奨、一九九二年度詩奨、一九九五年度詩奨、二〇一一年呉濁流文学新詩奨、二〇一一年聯合報散文評審首奨等。

【訳者略歴】

下村作次郎（しもむら　さくじろう）

一九四九年、和歌山県新宮市生まれ。関西大学大学院博士課程修了。博士（文学）。天理大学名誉教授。二〇二〇年二月から七月まで、国立清華大学台湾文学研究所客員教授。著書『文学で読む台湾』、『台湾文学の発掘と探究』、監訳『悲情の山地』（以上、田畑書店）。翻訳・編集『台湾原住民文学選』全九巻（二〇一二年、第一等原住民族専業奨受賞）、孫大川著『台湾エスニックマイノリティ文学論』、シャマン・ラポガン著『空の目』、『大海に生きる夢』（二〇一八年、第5回鉄犬ヘテロトピア文学賞受賞）（以上、草風館）、陳芳明著・共訳『台湾新文学史』上・下、陳耀昌著『フォルモサに咲く花』（以上、東方書店）など。二〇二一年三月、日本台湾交流協会表彰、同年一一月、台湾文学貢献奨受賞。

田畑書店

都市残酷

2022年　3月10日　印刷
2022年　3月15日　発行

著 者　ワリス・ノカン

訳 者　下村作次郎

発行人　大槻慎二
発行所　株式会社 田畑書店
〒102-0074　東京都千代田区九段南 3-2-2　森ビル 5 階
tel 03-6272-5718　fax 03-3261-2263
本文組版　田畑書店デザイン室
印刷・製本　モリモト印刷株式会社

ISBN978-4-8038-0393-8 C0097
定価はカバーに表示してあります
落丁・乱丁本はお取り替えいたします